Rachel Cusk vit à Brighton. Publié en 2007, son premier roman traduit en français, *Arlington Park*, adapté au cinéma sous le titre *La Vie domestique* en 2013, a connu un grand succès public et critique. Elle est également l'auteur de *Bienvenue à Egypt Farm* (2008) et des *Variations Bradshaw* (2010).

DU MÊME AUTEUR

Egypt Farm
L'Olivier, 2008
repris sous le titre
Bienvenue à Egypt Farm
« Points », n° P2326

Les Variations Bradshaw
L'Olivier, 2010
et « Points », n° P2570

Contrecoup
Sur le mariage et la séparation
L'Olivier, 2013

Rachel Cusk

LA VIE DOMESTIQUE

(Arlington Park)

ROMAN

Traduit de l'anglais
par Justine de Mazères

Éditions de l'Olivier

TEXTE INTÉGRAL

TITRE ORIGINAL
Arlington Park
ÉDITEUR ORIGINAL
Faber and Faber

ISBN 978-2-7578-3823-5
(ISBN 978-2-87929-574-9, 1re publication)

Pour Penny, affectueusement.

Toute la nuit la pluie tomba sur Arlington Park.

Les nuages arrivèrent de l'ouest : des nuages pareils à de sombres cathédrales, des nuages pareils à des machines, des nuages pareils à des bourgeons noirs fleurissant dans le ciel aride illuminé d'étoiles. Ils arrivèrent sur la campagne anglaise, plongée dans son sommeil agité. Ils arrivèrent sur les collines basses et populeuses où des éparpillements de lumières palpitaient dans l'obscurité. À minuit, ils atteignirent la ville qui scintillait vaillamment dans son bassin provincial. Discrètement, ils s'épanouirent telle une seconde ville aérienne, s'épaississant, s'étendant, dressant leurs monuments sauvages, leurs tours, leurs monstrueux palais de nuages inhabités.

À Arlington Park, les gens dormaient. Çà et là les maisons laissaient apparaître un carré orange de lumière. Les voitures se traînaient le long des rues désertes. Un chat sauta d'un mur et se coula parmi les ombres. En silence, les nuages emplirent le ciel. Le vent se leva. Il secoua légèrement les branches des arbres et, dans le parc sombre et vide, les balançoires s'agitèrent un peu d'avant en arrière. Une poignée de feuilles mortes bruissa sur un trottoir. En ville il y avait encore des gens dans les rues, mais à Arlington Park, ils étaient dans leurs lits, déjà abandonnés au lendemain.

Il n'y avait personne pour voir la pluie arriver, excepté

un couple qui se dépêchait de rentrer d'une soirée dans les avenues silencieuses.

« Je n'aime pas ça, dit l'homme, jetant un coup d'œil au ciel. Voilà la pluie. »

La femme laissa échapper un petit rire exaspéré.

« Tu es expert en tout ce soir, non ? » dit-elle.

Ils entrèrent chez eux. La lumière orange apparut un instant dans l'encadrement de leur porte et s'éteignit.

Dans Arlington Rise, où les réverbères formaient un tunnel de lumière crue et où la route commençait sa descente dans la ville, le vent soulevait des déchets égarés et les faisait tourbillonner. Plus bas, le ciel noir pesait sur les vitrines obscures. Une rafale irascible fit cogner les enseignes contre les vitrines. De là, on pouvait voir la ville, étendue en dessous dans la demi-splendeur de la nuit. Un brouillard brun la surplombait. Dans l'entassement de son centre, des grues, des immeubles de bureaux et les minuscules flèches illuminées de la cathédrale émergeaient de la brume. Des lumières rouges et jaunes bougeaient à intervalles réguliers comme si elles appartenaient à un mécanisme compliqué. Tout autour, où les banlieues se déployaient au nord et à l'est, de brillants champs de lumière ondulaient au-dessus du paysage obscurci.

Au centre de la ville les pubs et les restaurants étaient fermés, mais les gens faisaient la queue devant des boîtes de nuit. Quand la pluie se mit à tomber quelques filles crièrent et se protégèrent la tête avec leurs sacs. Les garçons firent entendre des rires gênés. Ils courbèrent les épaules et glissèrent leurs mains dans leurs poches. Les gouttes tombaient de l'obscurité insondable et scintillaient dans la lumière orange. Elles tombaient sur l'auvent du Luna et vrillaient dans les rayons des réverbères. Elles tombaient dans la fontaine mélancolique et souillée du square, où des hommes en T-shirt étaient assis, canettes de bière à la main, et où des garçons encapuchonnés décrivaient des cercles gracieux dans la pénombre sur leurs planches à roulettes. Des gens s'agglutinaient sous les porches, il y avait des filles en talons hauts qui hurlaient, des garçons à la chevelure sculptée, des hommes mûrs portant furtivement des choses dans des sacs en plastique. Une femme en imperméable moulant tictaquait d'un pas pressé sur le trottoir, portable collé à l'oreille. Un des hommes près de la fontaine ôta son T-shirt et frotta son torse frigorifié sous la pluie tandis que les autres l'acclamaient. Les véhicules se déplaçaient lentement sous l'averse. Une voiture pleine d'hommes klaxonna les filles dans la queue et ses occupants poussèrent des cris au passage par les vitres baissées.

La pluie tombait sur les rues médiévales tortueuses, les rues victoriennes crasseuses et sur les grandes rues autrefois bombardées où des centres commerciaux avaient été construits. Elle tombait sur l'hôpital, le vieux théâtre et le cinéma multiplexe. Elle tombait sur les parkings à plusieurs étages et les immeubles de bureaux. Elle tombait sur les fast-foods et les pubs avec l'Union Jack en enseigne. Elle tombait sur les nouveaux immeubles aux fenêtres encore enveloppées de plastique et aux fondations à peine sorties de la boue, elle tombait sur leurs palissades. Longeant le fleuve, des immeubles commerciaux aux formes géométriques – compagnies d'assurances et banques – se succédaient, et la pluie tombait sur leurs places vides, aux formes géométriques. Sur le fleuve noir, sous le pont, des cygnes s'abritaient des gouttes sombres parmi les déchets flottants. Le long de la grand-rue assombrie par la pluie les gens attendaient aux arrêts de bus : des gens venus de quartiers désertés de la ville, de Weston ou de Hartford, où la pluie tombait sur des boutiques et des maisons aveuglées par des planches et les sentiers en béton de propriétés insomniaques. Ils s'entassaient sous les abribus, un homme avec une gigantesque gerbe de dreadlocks, un autre avec une énorme valise, une vieille dame soigneusement emmaillotée dans un manteau de tweed, un couple en survêtement qui s'embrassait à pleine bouche sous le toit en plastique sur lequel la pluie cognait, au point qu'à l'arrivée du bus, dans un grand arc d'eau sombre, la vieille dame dut taper sur l'épaule du garçon pour leur dire d'avancer.

À travers la pluie, le bus remonta Firley Way qui, depuis le centre, traversait les banlieues jusqu'à la zone d'activités commerciales, où la pluie tombait à seaux sur des entrepôts anonymes, des hypermarchés et leurs parkings vides. Elle tombait sur les toits de stations-service plongées dans le noir. Elle tombait sur des show-rooms de concessionnaires automobiles et des entreprises de matériaux de construction. Elle frappait les marquises en plastique sous lesquelles des chariots de supermarché étaient imbriqués en longues rangées caquetantes. Elle tombait sur le parc d'activités et sur les buissons qui ornaient son rond-point désolé. Elle tombait sur les champs noirs et dociles, morcelés sans remords pour créer de nouveaux espaces. Au-dessus du centre commercial de Merrywood, la pluie tombait dru sur le toit néoclassique géant, de sorte que l'eau dégoulinait le long de sa façade indifférente.

Sur Arlington Rise, l'eau dévalait les pentes dans les caniveaux. Plus bas, une sorte de vapeur était suspendue au-dessus de la ville, amortissant les lumières rouges et orange. Le bruit des klaxons et d'une sirène se propageait dans la colline depuis l'entassement scintillant et fumant de la ville.

Un peu plus haut, au détour d'un virage, la vue disparaissait. L'obscurité s'épaississait. Les immeubles devenaient plus gracieux et les trottoirs mieux ordonnés. Comme la route montait vers Arlington Park, aux boutiques criardes d'en bas succédaient des fleuristes et des antiquaires : les cafés devenaient des caves à vin, les chaînes de fast-food devenaient des bistros. De part et d'autre, des rues bordées d'arbres commençaient à apparaître. Sous la pluie, ces rues possédaient l'atmosphère permanente des endroits anciens. Leurs grandes maisons se dressaient impassiblement dans le noir, derrière leurs arbres dégouttant de pluie. À travers ces arbres, on pouvait avoir en contrebas un ultime aperçu panoramique de la ville : de ses éternelles lumières rouges et jaunes, de son mécanisme palpitant, de ses rues toujours grouillant d'une vie aveugle. C'était une vue surprenante, bien que peu rassurante. Elle était trop impitoyablement théâtrale : sans cesse active, tout arrêt, toute interruption ou pause lui était étrangère. L'histoire de la vie exigeait ses arrêts et ses pauses, ses jours et ses nuits. Sans quoi elle ne rimait à rien. Mais devant un tel spectacle, on aurait pu croire qu'une vie humaine était dénuée de sens. On aurait pu croire qu'une journée ne signifiait rien du tout.

La pluie tomba sur Arlington Park, tomba sur ses avenues vides et ses haies bien taillées, sur ses écoles et ses églises, sur ses rues et ses jardins. Elle tomba sur ses places victoriennes en hémicycle avec leurs fenêtres sombres, sur ses rangées de maisons à baies vitrées, sur ses propriétés géorgiennes derrière leurs grilles, sur son labyrinthe de rues proprettes où les maisons à un étage étaient peintes de jolies couleurs. Elle tomba joyeusement sur la pelouse noire et désertée du parc, sur ses sentiers et ses buissons nets. Elle cogna, nettoyant les trottoirs, lavant les égouts à grande eau, tambourinant sur le toit des voitures en stationnement. Toute la nuit elle tomba, jusqu'à ce que, avec une nouvelle intensité, juste avant l'aube, elle déverse une cascade rugissante sur les maisons, comme si elle était projetée contre les fenêtres sombres.

Dans leur sommeil, ils l'entendirent, les gens étendus dans leurs lits : le grondement de tonnerre de l'eau. Il pénétra leurs rêves, un bruit pareil à des applaudissements frénétiques. C'était comme si un vaste public applaudissait. Il devenait de plus en plus fort, ce bruit étrange et dérangeant. Il emplissait la nuit : il ébranlait les fenêtres et faisait se retourner les gens sous leurs couvertures et pleurer les enfants dans leur sommeil. Il leur donnait l'impression d'être observés, comme si une assemblée lugubre s'était réunie au-dehors et regardait par les fenêtres, en frappant dans ses mains.

Juliet Randall fouilla ses cheveux devant la glace et elle était là : une chose, une sorte de cafard, de sept centimètres de long et cinq de large, incrustée dans son cuir chevelu, agitant les pattes d'une manière triomphale. Elle le montra à son mari. Regarde, dit-elle, regarde ! Elle pencha la tête en avant, tout en maintenant ses cheveux de côté. Benedict regarda. Oh, comme ça grattait ! Comme c'était dégoûtant, insupportablement dégoûtant ! Il n'y avait pas un moyen de l'enlever ? Son mari ne paraissait pas le penser. Il était manifestement content que la bête n'ait pas décidé de faire son nid dans ses cheveux. Fais quelque chose ! Juliet hurla, ou essaya de hurler, mais c'était un de ces rêves où on tente d'émettre un son et où on découvre soudain qu'on en est incapable. Elle se débattit dans son linceul de sommeil. Puis, dans un grand effort, elle le déchira et ouvrit les yeux.

Quel rêve horrible – horrible ! Juliet saisit sa tête et fourragea frénétiquement dans ses cheveux. Le cafard y était et n'y était pas en même temps. Elle était pleine de sa présence et pourtant elle ne pouvait pas le toucher ; elle ne pouvait que le sentir, ses pattes qui bougeaient hideusement, la sensation rampante d'être infestée. Oh, la manière dont il avait remué les pattes avec avidité ! Et la terrible certitude qu'il n'y avait pas moyen de l'enlever, qu'il lui faudrait le supporter à jamais ! La lumière du jour commença à atténuer un peu cette certitude. Elle ressentit une première dose de soulagement, puis une autre. Mais la chose, l'insecte, était encore réelle pour elle, plus réelle que la surface intacte de cuir chevelu sur laquelle ses doigts se promenaient sans cesse. Où était-elle passée ? Qu'était-ce, pour que cela demeure si réel à ses yeux ? Son inexistence la mettait presque en fureur : c'était à rendre fou, presque, d'être tourmenté par quelque chose qui n'était pas là.

Il n'était pas là ! Elle reconnaissait qu'il n'était pas là. Progressivement la sensation de son existence diminua. Tout ce à quoi elle pouvait penser maintenant était que Benedict ne l'avait pas aidée. Il l'avait plainte, mais il avait accepté son sort. Il avait accepté son avenir, en tant qu'hôtesse d'un cafard géant. Il était content que ça ne lui soit pas arrivé à lui. Elle scruta une nouvelle fois les profondeurs du rêve, à la recherche d'informations. L'instant où elle avait écarté ses cheveux pour lui montrer : c'était à ce moment-là qu'elle avait compris. Elle avait compris la véritable signification d'un fait bien connu d'elle. Elle le savait et cependant il semblait qu'elle n'avait finalement perçu le sens de tout cela qu'à cet instant : elle et Benedict étaient distincts l'un de l'autre.

La maison était silencieuse, excepté le bruit régulier de la pluie contre la vitre et le rugissement étouffé de la circulation sur Arlington Rise. Il était tôt, pourtant déjà les rues étaient éveillées, occupées dès l'aube par leurs activités subversives. Qu'est-ce que les gens fabriquaient à pareille heure ? Quel profit illicite poursuivaient-ils dans leurs voitures qui allaient et venaient le long d'Arlington Rise ? La chambre était enveloppée d'une lumière hésitante et ondulée. Juliet gratta l'endroit où s'était logé le cafard. Benedict dormait. Elle s'éloigna de la masse qu'il formait, se déplaçant de l'autre côté du lit. À l'étage, au-dessus de leurs têtes, les enfants étaient encore silencieux dans leur chambre. Elle écouta le bruit de la pluie. Au cours de la nuit – plus tôt, avant le cafard –, elle s'était réveillée et avait entendu l'eau assourdissante dans l'obscurité. Elle faisait un bruit d'applaudissements. Elle ne savait pas pourquoi, mais cela l'avait effrayée : elle avait ressenti la peur de quelque chose qu'il était trop tard pour empêcher, quelque chose qui s'était déjà produit. C'était comme si elle avait pu aller à la fenêtre et le voir là dans le jardin, achevé, dans la pénombre pluvieuse.

La lumière diffuse poursuivit le modeste inventaire de leur chambre. Il y avait la penderie brune et l'inélégante commode ; il y avait la chaise aux deux barreaux manquants, la carte de Venise encadrée, le miroir à la dorure écaillée avec son ovale en verre opaque, qui tous avaient survécu sans altération à l'obscurité. À la fenêtre, les rideaux affaissés commençaient à révéler leurs vieux plis et tombés. À côté d'elle, par terre, ses vêtements gisaient en tas : elle s'était déshabillée là le soir précédent. Ils étaient rentrés tard et elle les avait enlevés sans s'en soucier pour se mettre directement au lit.

Quelle soirée ils avaient passée ! C'était le genre de soirée qui laissait un goût amer dans la bouche, qui, le lendemain matin, faisait peser son impression de honte sur votre poitrine. C'était une soirée, dans un sens, dont le cafard avait été la conclusion – le cafard et la prise de conscience qu'elle et Benedict n'étaient pas unis mais distincts l'un de l'autre. Elle n'était même pas capable d'en tirer un sentiment clair d'indignation : elle avait trop bu, et la honte lui pesait sur la poitrine. L'amertume était comme du plomb dans ses veines. Apparemment, elle avait été légèrement odieuse. C'est ce que Benedict lui avait dit sur le chemin du retour. Elle, Juliet, trente-six ans, mère de deux enfants, professeur au lycée de filles d'Arlington – une personne considérée dans sa jeunesse comme exceptionnelle en quelque sorte, titulaire d'une bourse universitaire et déléguée des étudiants –, avait été légèrement odieuse envers ses hôtes, les Milford : Matthew Milford, le propriétaire ignoblement riche d'une société de fournitures de bureau à Cheltenham et son épouse chevaline, maigre et fripée, Louisa.

Elle pensa à leur minable maison sur Guthrie Road qui aurait facilement tenu tout entière dans la cuisine des Milford. Qu'avaient-ils fait pour mériter pareille maison ? Où était la justice là-dedans ? Elle se rappela que Matthew Milford lui avait parlé grossièrement. Le seigneur du manoir avait parlé grossièrement au milieu de son butin, juché sur son trône d'injustice, à Juliet, son invitée. Et c'est elle que Benedict avait qualifiée d'odieuse !

Qu'avait-il dit ? Qu'avait dit Matthew, assis à table, là, comme un seigneur, un taureau, un taureau furieux, soufflant l'air par les naseaux ? *Vous devriez faire attention.* Il lui avait dit qu'elle devrait faire attention, en insistant sur le *vous*. Son crâne était si chauve que la lumière des bougies le faisait reluire tel un bouclier. Il avait parlé à Juliet non comme s'il l'avait invitée chez lui mais comme s'il l'y employait. C'était comme s'il l'employait en qualité d'invitée et la réprimandait. C'était cette impression qu'un homme pareil vous faisait ressentir : que votre droit à l'existence dépendait de son autorité. Il la regardait, elle, une femme de trente-six ans avec un travail, une maison, un mari et deux enfants, et il décidait si oui ou non elle avait le droit d'exister.

À côté d'elle, Benedict s'assit.

« Bien », dit-il, ébouriffant d'une main ses cheveux fins et soyeux.

Aujourd'hui cela la dérangeait, la manière dont Benedict revenait à la vie le matin : comme si la vie était un fleuve au bord duquel il s'était reposé, avant de remonter dans son canoë monoplace et de se mettre à pagayer à contre-courant. Benedict ne l'avait pas défendue contre cet homme, Matthew Milford, pas plus qu'il n'avait débarrassé son cuir chevelu du cafard.

« Tu étais bourrée hier soir », fit-il observer.

Il sortit du lit et alla près de la fenêtre. Juliet était toujours allongée là, la tête sur l'oreiller et les cheveux déployés en éventail.

« On l'était tous, dit-elle.

– Pas moi.

– Tout le monde sauf toi, alors. »

Benedict était nu. Vêtu, il paraissait très légèrement efféminé, mais pas nu. Sa poitrine couverte de taches de rousseur semblait costaude et massive. La nudité de Benedict était extravertie, comme celle des adeptes du nudisme.

« Incroyable maison, dit-il, écartant un peu les plis du rideau d'un doigt puis les laissant retomber.

– Ridicule, dit Juliet.

– Moui, je suppose qu'elle l'est, en un sens.

– Elle l'est, affirma solennellement Juliet. Comment des gens si idiots peuvent-ils avoir autant de succès ?

– Je pensais que tu pensais qu'elle était ridicule.

– Elle l'est ! Toutes ces gravures de chasse à courre – et les bois de cerf dans les chiottes ! Pour qui se prennent-ils – des aristocrates ? Tout ce qu'il fait c'est de vendre des photocopieuses à des secrétaires dans des bureaux ! »

Benedict émit un son désapprobateur.

« C'est vrai », déclara Juliet avec amertume. Elle était décidée à se justifier. « Je déteste la façon qu'ont les hommes de se croire importants. Ils s'attendent à ce que tu t'inclines devant eux simplement parce qu'ils dirigent une affaire ! Qu'est-ce qu'une affaire a de si important ? C'est juste vendre des choses pour ton profit personnel. C'est juste de la cupidité travestie en utilité. »

Benedict se retira dans la salle de bains. Juliet s'allongea pour écouter la pluie, et le bruit étouffé de la circulation qui passait dessous.

« Qui est-il pour dire aux gens de faire attention ? demanda-t-elle en haussant la voix. Il ferait bien de faire attention lui-même. Les gens pourraient décider de ne plus utiliser de photocopieuses. J'espère qu'ils le feront vraiment», ajouta-t-elle, bien qu'il n'y ait pas eu de réponse.

Elle gratta l'endroit où s'était logé le cafard.

«Comment a-t-il osé! reprit-elle, quand Benedict revint.

– Qui?

– Matthew Milford, hier soir. *Les femmes de votre âge peuvent commencer à paraître hargneuses*, imita-t-elle. Pour qui est-ce qu'il se prend?

– Je ne crois pas qu'il l'ait dit méchamment, répondit Benedict d'un air évasif. Ça n'avait probablement rien à voir avec toi.

– Ce n'est pas ce que tu m'as dit hier soir.

– Ah bon?

– Tu m'as dit que c'était ma faute. Tu m'as dit que j'avais été odieuse.»

Elle comprit qu'il avait oublié même avoir dit cela. En réalité, il ne lui prêtait pas vraiment attention. Il pensait à la journée qui s'annonçait. Il pensait à l'école, où ses classes voraces l'attendaient. L'année précédente, ses classes avaient obtenu des résultats aux examens sans précédent dans les lugubres annales de l'établissement secondaire polyvalent. La nouvelle avait fait la première page de l'*Arlington Gazette*, le miracle des résultats de Benedict. Des garçons armés de couteaux, la tête rasée, des garçons qui étaient plus que légèrement odieux, des garçons avec des problèmes de drogue et d'alcool, félicités pour leurs devoirs sur les dernières pièces de Shakespeare! C'était extraordinaire. Les classes de Juliet obtenaient des résultats parfaitement en accord avec la réputation du lycée. Mais dans l'école de Benedict on fouillait les garçons à l'entrée. Les résultats de Benedict étaient extraordinaires.

Juliet ne pensait jamais à l'école jusqu'à l'instant où elle franchissait les grilles en fer forgé. C'est Benedict qui réfléchissait, afin d'être extraordinaire. Il se soumettait à leur vie commune comme si c'était un générateur alimenté par Juliet, puis s'en détachait pour réfléchir.

Il décrocha sa robe de chambre pendue derrière la porte, l'enfila et, la mine chagrine, retourna dans la salle de bains.

« Putain de photocopieuses ! » s'exclama-t-elle, à l'intention de la chambre vide.

Elle s'allongea et regarda le plafond. Elle entendait les mouvements dans la chambre des enfants au-dessus. Dans une minute, elle devrait se lever pour s'occuper d'eux. Benedict n'irait pas. C'est Juliet qui faisait tout. Tout ! Elle leur ferait enfiler leurs uniformes et les emmènerait sous la pluie. Puis elle se rappela qu'on était vendredi, le dernier vendredi du mois, le jour où Benedict allait chercher les enfants à l'école.

Juliet et Benedict ne connaissaient pas bien les Milford. Louisa Milford semblait brisée, toujours très occupée et distraite, comme si un secret compliqué, un lourd fardeau inavouable pesait sur sa famille. Ç'aurait pu être son mari, c'était difficile à dire : il dirigeait sa proprc affaire et n'était quasiment jamais là. Ils habitaient dans l'une des maisons géorgiennes du parc, sur Parry's Place pour être exact, dont on avait dit à Juliet – elle aimait prétendre ignorer ces choses-là – que c'était l'adresse la plus chère d'Arlington Park.

Même s'ils ne les connaissaient pas bien, l'invitation de Louisa – « dîner dans la cuisine à Parry's Place, entre nous, *totalement* décontracté » – supposait un savoir d'un certain genre : le savoir du type d'invitation qu'il convenait de faire aux Randall. Juliet et Benedict se mirent en marche, et une fois dans le parc ils longèrent de grandioses demeures, derrière des murs en pierre de Bath et des grilles fermées. La nuit elles avaient l'apparence monolithique de temples, se dressant sur la masse ombreuse d'herbe et d'arbres, leurs façades rendues fabuleuses par une lumière ambrée très particulière. C'était étrange, d'être parmi cette petite aristocratie de maisons. Dans Guthrie Road, comme ailleurs dans Arlington Park, c'était le côté solide, bourgeois, rentable de la vie ordinaire qui dominait généralement. Mais ici les choses existaient à un degré d'ostentation frappant. Il était difficile de savoir exactement ce que cela signifiait. À un moment, Juliet avait eu l'impression qu'elle et Benedict pouvaient être avalés tout crus ou réduits en esclavage, et l'instant d'après qu'une récompense sous une forme quelconque les attendait. C'était excitant, en un sens.

Mais alors, tandis qu'elle apercevait les formes blindées des grosses voitures de luxe tapies dans les ombres des allées le long du parc, elle fut tout entière envahie par une sensation de malveillance, d'un mal intense ondulant silencieusement autour d'eux dans l'obscurité. Dans l'allée des Milford, une énorme Mercedes rutilante était tapie sur le gravier, montée sur des pneus gargantuesques. Ses vitres teintées semblaient jeter sur toutes choses leur regard obturé, annihilant. Juliet avait ressenti une force de pure agression qui émanait de ses surfaces métalliques. C'était la voiture d'un assassin, d'un tueur. Louisa Milford ouvrit la porte à panneaux et adressa aux Randall un regard plutôt vide. Était-ce elle la tueuse ? Juliet n'aurait pas su dire.

« Vous êtes venus à pied ? s'exclama Louisa. Vous êtes *merveilleux*. »

L'entrée était enveloppée d'une lumière ambrée. Il y avait l'odeur des fleurs, de la cuisine, et de la cire, et Juliet fut submergée par une nouvelle révélation : la vie était faite pour être merveilleuse. Elle sentit qu'elle l'avait su auparavant, mais l'avait inexplicablement oublié. Benedict tendit la bouteille de vin achetée au supermarché et les bonbons à la menthe que son sens de l'ironie lui permettait d'offrir en de pareilles occasions.

« Oh, vous êtes vraiment *merveilleux* ! » dit Louisa en examinant son butin, puis en leur souriant la tête penchée, comme s'ils venaient de faire un don à une cause charitable qu'elle soutenait.

Les gens tels que les Milford pensaient invariablement que les Randall, tous deux professeurs, étaient merveilleux. (« Je trouve vraiment que vous deux et le travail que vous faites êtes *merveilleux.* ») Bien sûr, ils voulaient parler de Benedict. Ils n'auraient jamais songé à envoyer leurs propres enfants à l'école polyvalente de Hartford View, réputée pour sa violence et son *anomie**[1] ; mais il était excitant d'avoir un contact, quelque indirect qu'il soit, avec ceux qui avaient cette malchance. Grâce à Benedict, les après-midi de Juliet au lycée de filles d'Arlington Park prenaient indirectement un lustre de signification : les occupants des temples dans le parc jugeaient que ce petit drame de la puissance mâle et de la sensibilité femelle offrait un spectacle satisfaisant. Aussi, les personnes du genre des Milford préféraient penser que les Randall n'étaient pas matérialistes. D'une certaine manière, ils semblaient considérer cette position comme irresponsable, comme si le matérialisme était un parent âgé qu'ils aimaient promener dans sa petite voiture tout en s'estimant liés à lui par les chaînes de l'honneur et du devoir.

Tous quatre s'assirent dans une cuisine de la taille d'une salle de bal, autour d'une lourde table carrée aux pieds sculptés. Quand Louisa Milford souriait, elle laissait entrevoir un enchevêtrement sinistre de dents grises pareil à un bouquet de pierres tombales. Ses filles allaient au lycée : c'était pour elles qu'elle pensait que Juliet était merveilleuse, et pourrait cesser de le penser. Son mari, Matthew, était un gros homme rougeaud, aussi replet et

1. Les mots en italique suivis d'un astérisque sont en français dans le texte. *(Toutes les notes sont de la traductrice.)*

lisse qu'une otarie, aux dents blanches, proéminentes et régulières ; il les gardait toujours légèrement découvertes comme pour réfuter la qualité inférieure de celles de sa femme. Sa peau formait des plis roses sur sa nuque. Il ressemblait à une grosse otarie lisse aboyant sur son rocher, c'est du moins ce que pensa Juliet. Lui et Benedict parlaient et Louisa et Juliet se nourrissaient des bribes de la conversation des hommes qui leur tombaient dessus. Benedict était assis en biais sur sa chaise : plus Matthew parlait, plus Benedict se contorsionnait. C'était un signe, reconnaissable par Juliet seule, qu'il n'était pas d'accord avec Matthew ; ou plutôt, qu'il l'écoutait avec un détachement étudié, ce qui se rapprochait généralement le plus du conflit pour Benedict. Louisa ne cessait de s'asseoir et de se relever, se déplaçant en somnambule dans la vaste cuisine, comme une femme dont les domestiques avaient pris leur premier soir de congé. Elle était attentive aux bougies et ne cessait d'en allumer de nouvelles, les disposant dans toute la pièce selon son caprice comme si elle ne pouvait pas se lasser de ce tour de force qui consistait à produire de la lumière. Matthew apportait bouteille sur bouteille. Chaque fois, il enroulait soigneusement une serviette blanche autour du col avant de servir le vin.

Juliet buvait à profusion. Au début, elle paraissait répondre à la profusion du cadre, à un besoin de l'égaler. Tout l'invitait à se jeter dans un océan de vin. Mais à mesure qu'elle buvait, la soirée se ternit. La vie n'était plus aussi merveilleuse qu'elle semblait l'être auparavant. Tout ce sur quoi son regard se posait perdait de son éclat.

Louisa n'arrêtait pas de répéter : « Je pense que Matthew n'a pas tort. »

Matthew n'arrêtait pas de parler. Il parlait de politique, d'impôts et des gens qui se mettaient en travers de son chemin. Il parlait des paresseux et des malhonnêtes.

Il parlait des femmes. Chaque fois qu'il embauchait une femme, disait-il, il passait un an à la former, à l'envoyer en stage et à la mettre au parfum, après quoi elle tombait illico enceinte et partait en congé maternité. Eh bien, il n'embaucherait plus jamais de femmes. Il refusait carrément. Rien à foutre que ce ne soit pas politiquement correct. Il ne le ferait tout simplement pas.

« Je pense vraiment que Matthew n'a pas tort, dit Louisa à Juliet.

– Demandez à votre patron, dit Matthew à Benedict. Il vous le confirmera. C'est partout la même histoire. Et ne commencez pas à dire qu'une école n'est pas comme une entreprise. Une école est exactement comme une entreprise. Vous n'avez pas besoin de me dire que la vôtre est différente. Elles sont toutes pareilles d'un certain côté. Ce qui les intéresse ce sont les résultats. »

Le proviseur de Hartford View était une femme. L'année dernière, en le croisant dans un couloir bondé de l'école après avoir reçu les résultats des examens de Benedict, elle s'était apparemment agenouillée devant lui, sous le regard des élèves et des professeurs qui passaient.

« Bien sûr que les résultats les intéressent, dit Benedict. C'est juste qu'elles n'arrivent pas à les obtenir.

– Eh bien je vais vous dire pourquoi – la moitié du personnel est en congé maternité de longue durée ! dit Matthew, quasiment extatique.

– Parle-leur de Sonia », le pressa Louisa.

Matthew hocha la tête et leva une main pour l'arrêter.

« L'autre jour une fille m'a téléphoné. *Mr Milford,* elle me dit, *Mr Milford.* » Il prit la voix stupide et aiguë de la fille. « *Mr Milford, j'ai peur de ne pas pouvoir revenir comme prévu*. Et pourquoi ? je dis. *Eh bien, Mr Milford, ce qui se passe, c'est que mon bébé a besoin de moi.* » Il se tut, et mima l'ahurissement. « Moi, j'ai besoin de vous, je dis. *Mais ce n'est pas la même chose. Ce n'est pas la même chose, Mr Milford. Tout ce que je vous demande c'est un peu plus de temps.* Mon petit, je dis, de combien de temps vous croyez que vous allez avoir besoin ? Est-ce que dix-huit ans suffiront ? Jusqu'à ce qu'il entre à l'université ? En fait, envoyez-le plutôt ici quand vous aurez terminé et je lui donnerai un travail ! »

Matthew rit bruyamment.

« Mais vous lui avez donné plus de temps ? » demanda Juliet d'une voix tremblante.

À la dérive sur un océan de vin, elle ne s'était pas préparée à la nécessité inattendue de l'affronter. Elle avait laissé le vin l'emporter et elle avait ensuite découvert qu'elle n'était pas préparée à la froideur de la vie.

« Bien sûr que non. Je ne dirige pas une maternité. Je lui ai dit qu'elle pourrait revenir à la fin de ses trois mois ou ne pas revenir du tout. Sans rancune, j'ai dit. Pour moi, elle pouvait passer le reste de sa vie à plier des couches si c'est ce qu'elle voulait faire avec ce qui lui sert de cerveau. Comme je dis, sans rancune.

– Les couches ça ne se plie plus, chéri, dit Louisa. Ça s'achète au supermarché. » Elle fit un clin d'œil à Juliet. « Ça vous dit combien il en a changé.

– Elle pouvait rester chez elle à jouer les mères de famille épanouies, reprit Matthew. Ou elle pouvait revenir travailler pour moi au jour et à l'heure convenus. Fin de l'histoire.

– C'est illégal », dit Juliet.

Il y eut un silence. Matthew baissa les yeux sur ses bras puissants, croisés sur sa poitrine. Une couleur rouge sombre envahit son cou et son visage.

« Je ne crois pas que vous puissiez réellement dire que c'est *illégal*, Juliet, dit Louisa.

– Mais si. C'est précisément le cas.

– Mais vous ne pouvez pas accuser *Matthew* ! »

Louisa les regarda tous avec un air de gracieuse incrédulité.

« Écoutez, mon chou, déclara alors Matthew à Juliet. Je ne dis pas que je n'estime pas du tout le travail formidable que vous faites, vous les femmes. C'est un gros boulot, de s'occuper d'une famille. C'est dur. Je le sais parce que Lou ne parle que de ça, comme c'est dur de s'occuper des gosses et de la maison et comme elle est tout le temps fatiguée. Je suis la dernière personne à dire que c'est un boulot facile, de fonder un foyer et d'élever la génération suivante. Ce que je dis c'est que vous avez tendance à oublier comment tout ça va être payé. Je paie la maison, les voitures, l'école, la jeune fille au pair, la teinturerie, les vacances, le club de gym, la garde-robe de Lou… » Il énumérait la liste à l'aide de ses gros doigts devant le visage de Juliet, comme si elle devait lui être reconnaissante. « Et la plupart du temps je ne suis même pas là. Alors quand la fille me téléphonera pour m'annoncer qu'elle veut passer plus de temps avec bébé, et qu'elle veut que je paie ça aussi, je l'enverrai balader.

– Il faut reconnaître qu'il n'a pas tort, dit Louisa tandis que Matthew avalait une longue gorgée belliqueuse de son vin.

– Elle pourrait vous attaquer en justice », dit Juliet.

Il releva un peu la tête avec la vivacité d'un prédateur.

« Elle ne le fera pas, dit-il d'un ton ferme.

– Eh bien, elle devrait. »

Et c'est alors qu'il le dit.

« Vous devriez faire attention », dit-il. Elle vit combien elle était proche de sa haine : c'était comme un nerf qu'elle était à un millimètre de toucher. « Il faut être prudente. On peut commencer à paraître hargneuse à votre âge. » Il s'essuya la bouche du revers de la main et regarda Juliet comme si elle était nue. « Le problème avec les femmes comme vous c'est qu'elles ne connaissent pas leurs limites. »

C'est maintenant qu'elle se sentait ivre ; maintenant que son aversion pour lui demandait à naître dans toute son intensité mais sans y parvenir, liée qu'elle était par l'imprécision, par des strates paralysantes d'engourdissement. Benedict fixait le bout de sa chaussure, là où elle effleurait l'ourlet en damas blanc de la nappe. Juliet le regarda la déplacer avec précaution jusqu'à ce qu'elle touche l'ourlet puis l'en éloigner de nouveau.

« En fait, Juliet a une sacrée paire de couilles », dit-il, tordant un peu le cou pour voir sa chaussure.

Il y eut un silence et Matthew hurla de rire.

« Une sacrée paire ! » cria-t-il, se renversant sur sa chaise en explosant de rire en direction du plafond.

Juliet était abasourdie. Jamais, depuis qu'elle le connaissait, Benedict n'avait dit pareille chose. Louisa poussa un petit gloussement réprobateur. Matthew avança brusquement son bras en travers de la table pour saisir la main de Juliet.

« Une sacrée foutue paire », lança-t-il en riant et en lui pressant les doigts, les yeux rivés sur Benedict.

Tous les hommes sont des assassins, pensa Juliet. Tous. Ils assassinent des femmes. Ils prennent une femme et, petit à petit, ils l'assassinent.

Maintenant Juliet était allongée, immobile, et regardait la carte de Venise accrochée au mur face à leur lit. Elle regardait les canaux intestinaux agglutinés les uns aux autres. Maintenant, tout comme les murs de Venise supportaient l'eau sombre qui s'étendait entre eux, tout comme l'eau supportait son confinement entre les murs tortueux qui la retenaient là, et tout comme ce lien éternel avait un nom, une existence, une sorte de beauté, de même Juliet pouvait supporter le jour à venir.

Et c'était vendredi, le dernier vendredi du mois ! Juliet enseignait l'anglais à mi-temps au lycée, et généralement son dernier cours se terminait à trois heures et demie. Au même moment, à l'école primaire, à sept cents mètres de là, les professeurs aux visages blancs ouvraient les portes, libérant de grandes vagues d'air vicié tandis que les enfants – dont Katherine et Barnaby – se bousculaient devant la sortie, vêtus de leurs manteaux. De l'autre côté du parc, au son de la cloche, Juliet se mettait à courir. Elle abandonnait la classe de têtes blondes, légèrement surprise, pour courir dans les couloirs cirés, sortir en courant dans la cour où se regroupaient des femmes bien habillées, passer les grilles en courant et se précipiter dans la rue. Elle courait sur les trottoirs en serrant contre elle son sac plein de cahiers. Sept ou huit minutes plus tard elle arrivait, essoufflée, la sueur cascadant le long de ses flancs. Katherine et Barnaby n'étaient pas toujours les derniers. Il y avait généralement au moins un autre enfant là, sur les talons du professeur. Juliet ne touchait pas tout à fait le fond : il y avait toujours un enfant qui aidait à ranger, résigné, comme un pupille de la nation, apparemment sans espoir qu'on vienne jamais le chercher.

Mais il fallait quand même qu'elle coure.

Cependant le dernier vendredi de chaque mois, Juliet s'occupait du club littéraire de l'école. Ces vendredis-là étaient comme un dividende duquel elle tirait toute une vie secrète. Elle était un organisme géant dont la vie dépendait d'un unique vaisseau capillaire qui sortait de ses vendredis après-midi. Le club littéraire était ouvert à toutes les grandes classes et avait beaucoup de succès. Il commençait à quatre heures et durait une heure. Ces jours-là, Juliet ne courait pas. C'est Benedict qui allait chercher les enfants. Il fallait faire venir un suppléant pour prendre sa place, parce que l'école de Benedict était en ville et qu'il lui fallait une heure pour rentrer à Arlington Park. Normalement, l'un dans l'autre, il n'était jamais à la maison avant six heures. Juliet, quand elle était au club littéraire le dernier vendredi du mois, pensait à ce suppléant. Elle avait le sentiment qu'elle et lui – elle imaginait toujours que c'était un homme – étaient liés de quelque étrange façon. Ensemble, ils formaient un petit mécanisme, de ceux qu'on utilise pour remplacer un organe. C'était un arrangement compliqué qui assurait la continuation de la vie. Tandis que le remplaçant enseignait, Juliet parcourait en ahanant une voie d'évitement du temps et Benedict récupérait les enfants à l'école.

Tout au long de cette heure plombée, l'heure où les enfants étaient libérés de l'école et se menottaient une fois de plus à une forme essoufflée, elle parlait littérature avec quatorze et quelque filles privilégiées d'âges divers. Ou du moins, elle donnait l'apparence de parler de littérature : il y avait toujours quelque chose d'autre qui venait s'immiscer, un élément d'ostentation, d'exhibitionnisme presque. C'était comme si, dans cette atmosphère à la fois moins formelle et plus raréfiée que la classe, elle se montrait à elles dans toute la texture de son humanité. Regardez-moi, disait-elle, une femme se rendant, menottée, à l'autel de l'art. Elle se présentait à elles tel un objet manufacturé du théâtre humain, une tranche de vie sculptée, presque comme une œuvre d'art. Dans la salle de classe, où elle enseignait machinalement une année après l'autre, il n'était généralement pas possible de leur apparaître ainsi : elle était une bizarrerie, une adulte dans un monde d'enfants. Elles la voyaient, même les terminales, comme une figure isolée, un pilier solitaire au milieu d'elles qui pour une raison ou pour une autre avait choisi de soutenir le toit au-dessus de leurs têtes. Elles ne pouvaient pas l'imaginer mariée, ni mère ; et lui prêter de l'humanité – le désir ou le péché ou la simple subjectivité – était, elle le savait, une sorte de plaisanterie. Elle le savait parce qu'elle avait ressenti la même chose pour ses propres professeurs : ils étaient comme d'étranges petits dieux dans leur bienveillance et leur furie, leur permanence. Ils n'étaient pas humains du tout : plutôt, ils étaient pareils à des figures sculptées symbolisant les attributs humains.

Mais au club littéraire, pendant une heure, Juliet prenait

forme humaine. Elle s'exposait à quatorze filles, à partir de treize ans, qui avaient pris sur leur temps pour parler de sujets d'un ordre supérieur. Elle se montrait à elles, moitié avertissement, moitié énigme. Vous ne me comprendrez jamais, semblait-elle dire ; et en même temps, voici ce que vous deviendrez peut-être un jour.

Elle se leva du lit et alla sur le palier. Benedict sortait de la salle de bains vêtu d'une ample chemise ressemblant à une blouse.

« Tu vas à Londres aujourd'hui ? » demanda-t-elle.

Il la regarda comme si elle était folle. « À *Londres* ? » dit-il.

Assassin, pensa-t-elle.

« Je viens de me rappeler que tu avais dit que tu allais à Londres. Pour une conférence ou quelque chose. Et c'est le club littéraire aujourd'hui.

– Je suis ici aujourd'hui, dit-il. Pourquoi, tu espérais que je débarrasserais le plancher pour inviter ton amant à prendre le petit-déjeuner ? »

Elle se tourna vers la fenêtre qui donnait sur le côté de la maison. On voyait Guthrie Road sous la pluie, au croisement avec Arlington Rise. Un delta d'eau marron obscurcissait tout un coin du trottoir. Une femme se tenait devant, sous un parapluie, hésitante. Juste à ce moment une voiture passa et déterra de la flaque une grande gerbe d'eau marron qui bascula et s'écrasa à ses pieds. Les voitures qui allaient dans l'autre direction, vers la ville, étaient en file indienne, immobiles. Des nuages de vapeur s'élevaient de leurs pots d'échappement. Leurs phares luisaient dans l'atmosphère grise avec une sorte de suggestivité diabolique. Les rangées de maisons victoriennes, telles de vieilles filles, semblaient chétives et lugubres à côté des rangées de voitures de luxe à l'arrêt.

« Ce serait un drôle d'amant qu'on inviterait à prendre le petit-déjeuner », dit-elle.

Arlington Park sous la pluie : un labyrinthe de rues

grises bien ordonnées avec des voitures qui les traversaient telles des pensées intimes. C'était à ça que revenait toute l'histoire : un lieu d'existence purement matérielle, traversé par des pensées intimes. Elle n'avait jamais pensé qu'elle se retrouverait ici, où des femmes buvaient du café à longueur de journée en poussant des landaus dans des rues grises et bien rangées, et où les hommes allaient au travail, y allaient et ne revenaient jamais, comme s'il y avait la guerre. Elle avait pensé qu'elle serait quelque part dans une université, ou dans un grand journal. D'autres personnes l'avaient pensé aussi. À l'école elle était l'élève exceptionnelle. Elle était celle dont tout le monde parlait. Elle était première dans toutes les matières ; elle avait reçu une bourse pour entrer à l'université. On l'avait même nommée déléguée des étudiants. C'était drôle, d'une certaine manière qu'elle ait fini professeur, de retour à l'école. C'était comme si l'école était son habitat naturel. C'était comme si elle n'était pas du tout brillante, ni douée, ni exceptionnelle. Elle n'était bonne qu'à aller à l'école.

Le dernier jour de terminale son professeur d'anglais, Mrs Mountford, l'avait serrée dans ses bras, des larmes brillant dans ses petits yeux durs et malheureux, et lui avait dit : « Eh bien, je présume que j'entendrai parler de toi. » Juliet devrait lui écrire une lettre. « Chère Mrs Mountford, juste pour vous faire savoir que j'ai trouvé une autre école qui a eu la gentillesse de m'accepter. » « Chère Mrs Mountford, juste pour vous faire savoir ce que j'ai fait de toute cette éducation que vous m'avez donnée. J'ai trouvé d'autres filles pour la leur donner. C'est bien, n'est-ce pas, Mrs Mountford ? » « Chère Mrs Mountford, vous vous demandez peut-être pourquoi vous n'avez pas entendu parler de moi durant toutes ces années. C'est que j'ai été assassinée, Mrs Mountford. Mon mari, Benedict, m'a assassinée. Il l'a fait avec beaucoup de douceur ; ça n'a absolument pas été douloureux.

En vérité, je m'en suis à peine rendu compte. Mais je vais bien maintenant, Mrs Mountford. Vous serez contente d'apprendre que je fais attention. »

Derrière elle, Benedict toucha ses cheveux. Le contact de sa main la hérissa. Elle se retourna pour qu'il ne puisse plus la toucher et sa main se retrouva suspendue en l'air. Il y avait son visage, lisse et aux joues rouges comme celui d'un bébé, avec ses petites prunelles malignes au milieu. Dans sa blouse, avec ses joues rouges et ses yeux humides comme ceux d'un vieillard, il ressemblait à une illustration de conte de fées. Il avait l'air d'un bûcheron ou d'un savetier. Elle ne voulait pas être touchée par un savetier de conte de fées. Elle était prête à reconnaître ses qualités magiques, mais elle ne voulait pas qu'il la touche.

« Quelle longueur », dit-il.

Elle comprit qu'il voulait parler de ses cheveux. Ils lui descendaient presque jusqu'à la taille. Depuis l'enfance elle avait eu les cheveux longs. Elle ne les avait jamais coupés, bien que cela eût contrarié sa mère. Ce n'était pas pratique, disait sa mère. À cette époque, Juliet n'avait aucune intention d'être pratique. Elle avait défendu ses cheveux contre les rendez-vous bisannuels punitifs que prenait sa mère chez la coiffeuse. Elle s'asseyait dans le fauteuil et se mettait à pleurer, de sorte que la femme n'avait pas le cœur de lui couper plus d'un centimètre. C'est juste une façon d'attirer l'attention sur elle, disait sa mère à la coiffeuse : elle semblait faire allusion aux larmes, mais en réalité, Juliet le savait, elle parlait des cheveux. Ce ne sont pas des cheveux particulièrement originaux, disait sa mère. C'est une chose d'avoir les cheveux longs, s'ils sont d'une couleur inhabituelle. Mais les tiens sont châtain terne. Ça fait bizarre, d'avoir tous ces cheveux châtain terne. Ça me plaît, criait Juliet. Ce n'était pas tant que ça lui plaisait, mais plutôt qu'elle les considérait comme une sorte de symbole, un signe :

c'était la manifestation extérieure de sa conviction intérieure qu'elle était exceptionnelle.

Benedict avait aimé ses cheveux. Il les avait tant aimés qu'il les avait escaladés jusqu'en haut, comme l'homme du conte de fées. Il les avait escaladés jusqu'au sommet de la tour, jusqu'à la demeure de Juliet et, sans qu'on sache comment, il en avait fait plus sa propre demeure que la sienne.

« N'oublie pas que nous sortons ce soir », dit-elle, éloignant sa tête de sa main, toujours suspendue près de son visage comme à la recherche d'un endroit où se poser.

Benedict parut contrarié.

« Vraiment ? Encore ?

– Nous dînons chez les Lanham. »

Il fronça les sourcils. Il ne connaissait pas de Lanham. Comment pouvait-on penser qu'il connaissait des Lanham quand une nouvelle journée l'attendait à Hartford View, où des élèves de terminale géants faisaient voler des tables dans la salle de classe et où on s'agenouillait devant Benedict dans les couloirs ?

« Christine Lanham, dit Juliet. Elle était à l'école avec moi. Je t'ai dit que je l'avais rencontrée dans la rue. »

Elle avait rencontré Christine Lanham alors qu'elle revenait du supermarché. Juliet portait ses courses dans des sacs en plastique. Elle était avec Katherine et Barnaby et elle portait ses courses parce que Benedict avait pris la voiture pour se rendre au travail. Mais *comment* vas-tu, avait dit Christine, stupéfaite. Elle ignorait que Juliet habitait Arlington Park. Venait-elle d'arriver ? Juliet avait répondu que cela faisait presque quatre ans qu'elle était là et Christine fut de nouveau stupéfaite. En réalité, elle avait été plus que stupéfaite, avait remarqué Juliet : elle avait été déçue. Je ne sais pas pourquoi, avait dit Christine, mais je t'ai toujours imaginée à Londres. C'est drôle, non ? Juliet n'avait pas pensé que c'était particulièrement drôle. En fait, c'était l'une des choses les moins drôles qu'elle avait jamais entendues. Elle avait voulu dire que, personnellement, elle n'avait absolument pas pensé à Christine, pas une seule fois de toutes ces années, et que si elle avait jamais pensé à elle pendant ne fût-ce qu'une seconde elle l'aurait imaginée exactement où elle était, à Arlington Park. Elle connaissait à peine Christine, mais elle ne se serait quand même pas trompée parce que, elle, Juliet, demeurait exceptionnelle en un sens. Alors, *comment* vas-tu ? avait fait Christine, en écarquillant les yeux, suffisamment pour embrasser les courses, les deux enfants, les vêtements de Juliet qui étaient ceux de quelqu'un qui ne s'en souciait plus. *Comment* vas-tu ? avait demandé Christine, et Juliet avait failli répondre : en fait, je suis morte. J'ai été assassinée il y a quelques années, presque quatre ans pour être exacte.

« Oh oui, dit alors Benedict, hochant la tête, avec l'air évasif de quelqu'un qui l'encourageait à poursuivre pour pouvoir continuer à penser à autre chose.

– Christine Lanham et son mari Joe », dit Juliet. Elle appuya sur *Joe*. Benedict avait l'habitude exaspérante de s'adresser aux gens, avec la plus grande assurance, par des prénoms qui n'étaient pas les leurs.

« Joe. Exact. »

La main de Benedict voltigea puis avec un mouvement gauche se posa de nouveau sur ses cheveux. Il la regarda de ses petits yeux à demi suppliants. Où diable avait-il déniché cette blouse ? Comment s'était-il tiré de sa confrontation avec les terminales géants vêtu de cette blouse ?

« Il faut que je conduise les enfants à l'école », dit-elle.

Il emmêla ses doigts dans les tresses châtain terne. Elle se rendit compte qu'il ne pensait même pas à ce qu'il faisait. Il avait oublié pourquoi sa main était là dans ses cheveux. Il les entortillait seulement d'un air absent autour de ses doigts, oubliant ce qu'il avait senti rien qu'une minute auparavant. Il avait senti qu'elle était loin de lui. Elle le savait : il l'avait aperçue là sur le palier et s'était rappelé qu'elle se tenait loin de lui. C'était comme lorsque Juliet était debout devant la télévision avec la télécommande, changeant de chaîne à la recherche d'un programme pour les enfants, et qu'un fragment de nouvelles apparaissait sur l'écran. Elle voyait une guerre ou un tremblement de terre, les visages de gens qui souffraient ou de gens avec des fusils, elle voyait des régions de poussière et de montagnes à mille lieues d'ici. Elle voyait cela, ces quelques instants de trouble au bout du monde, et puis elle passait à autre chose.

Au premier on entendit des pieds qui allaient et venaient en courant et une porte qui claqua.

« Habillez-vous ! » beugla-t-elle, si fort que Benedict, dont le visage était à quinze centimètres du sien, fut obligé de faire un pas en arrière et de lâcher ses cheveux.

En fait ce qu'elle avait dit à Christine Lanham c'est : nous sommes venus ici pour le travail de mon mari. Elle lui avait tout expliqué, dans le moindre détail. Elle avait dit : mon mari change souvent, vois-tu. Il est professeur. Il est spécialisé dans les écoles en difficulté. Ça a l'air de quelqu'un de *fascinant*, avait dit Christine, de sorte qu'une amère sensation de fierté était montée à la bouche de Juliet. Eh bien, avait-elle répondu en riant, je suppose qu'il l'est. Comme je disais, il aime les nouveaux défis. Donc je… Elle avait rejeté en arrière ses cheveux châtain terne et avait changé son sac de main. Elle avait agi comme si ce qu'elle faisait ne l'intéressait pas. Donc je trouve généralement du travail sur place, avait-elle dit.

Elle était en train de s'habiller dans sa chambre quand Katherine entra. Katherine était vêtue de l'uniforme de son école, boutonné de travers sur sa poitrine dodue. Elle n'avait que cinq ans et elle s'habillait toute seule quand on le lui demandait. Quelle gentille petite fille c'était, raisonnable et gentille.

« Où est Barnaby ? dit Juliet.

– Il est en haut, l'informa Katherine. Barnaby fait l'imbécile. Il dit qu'il ne veut pas s'habiller.

– Vraiment ? »

Katherine était gentille, mais Barnaby gagnerait. Katherine ferait tout ce qu'elle pourrait, mais à la fin il la vaincrait.

« Et il a enlevé toutes les affaires de son lit, dit Katherine. Je lui ai dit de ne pas le faire mais il l'a fait. Je lui ai dit que tu avais dit de ne pas le faire. Il a enlevé tous les draps et tout. Il a fait une montagne avec.

– Qu'il aille au diable », dit Juliet.

Elle se brossa les cheveux devant le miroir. Derrière elle, Katherine était assise au bord du lit. Juliet la voyait dans la glace. Dans son uniforme bleu marine elle faisait une sorte d'ellipse sombre sur la couverture pâle. C'était étrange, qu'elle ait créé ces êtres en uniforme. Les uniformes étaient comme un diplôme supplémentaire : ils semblaient attester de la tension intime et confuse que suscitait en elle sa réussite. Cela l'avait peinée, au début, de vêtir le petit corps inachevé de Katherine en uniforme. Elle avait senti qu'elle voulait garder Katherine pour elle.

« Maman », dit Katherine.

Juliet ramena ses cheveux sur son épaule et brossa les pointes jusqu'à ce qu'elles soient bien raides.

« Quoi ?

– À l'école on nous a appris une chanson.

– Ah oui ?

– On nous a appris une chanson drôle. Tu veux que je te la chante ?

– D'accord. »

Katherine chanta d'une petite voix claire :

M. Legrosbide
Joue à un jeu stupide.
Et tous les enfants du quartier

Ne font que l'imiter.
Lave-toi la figure au jus d'orange !
Lave-toi la figure au jus d'orange !

« Maman – elle dit lave-toi la figure au jus d'orange ! » Elle se roula de joie dans la couverture.

Juliet avait voulu garder Katherine pour elle, mais elle avait dû la livrer, comme si elle avait été appelée à faire un sacrifice à des dieux implacables. Ç'avait été difficile, plus difficile qu'elle ne l'avait cru, de prendre le corps vigoureux et plein d'allégresse de Katherine pour le revêtir d'un uniforme. Jusqu'à cet instant les possibilités pour Katherine avaient semblé infinies. La féminité de Katherine avait semblé une chose joyeuse et belle. Elle avait semblé invincible, même dans sa fragilité à moitié formée. Elle n'avait pas compris ce qu'elle était. Elle n'avait fait que s'en enchanter, de son être féminin. Mais maintenant, elle était différente. Elle savait qu'elle était une fille. Elle revenait de l'école pleine d'une sorte d'agonie programmée. Son âme s'entraînait. On lui avait dit ce qu'elle était et maintenant elle le savait. Elle ne jouait pas avec les garçons dans la cour, avait-elle dit à Juliet. Juliet lui avait demandé pourquoi et Katherine avait haussé les épaules. Aucune des filles ne le fait, avait-elle répondu.

« Allons voir Barnaby, tu veux ? » dit Juliet en lui tendant la main.

Immédiatement, Katherine sauta du lit et vint à elle. Maintenant, quand Juliet parlait, Katherine répondait. Elle entendait dans la voix de sa mère l'appel de son sexe et elle répondait avec sa féminité.

Il fallait bien admettre que Juliet ne savait pas ce qu'elle aurait fait de Katherine, si elle avait pu la garder avec elle. Elle ne voulait que la protéger, c'était tout. De même qu'elle avait conçu Katherine avec son corps, elle ne pouvait penser à elle qu'en termes de dépense physique. Elle voulait la protéger. Elle voulait se jeter devant elle. Elle voulait lui faire un bouclier de son corps contre la balle d'une vie ordinaire.

À l'étage, Barnaby était debout sur sa montagne, nu, la ceinture de sa robe de chambre nouée autour de la tête.

« Il est temps de s'habiller, dit Juliet. Il est temps d'aller à l'école maintenant. »

Barnaby ne parut pas l'entendre. Il tenait un petit cheval brun, en plastique, figé à mi-galop avec sa crinière et sa queue ondulant derrière lui. Il le faisait galoper, monter et descendre dans sa main.

« Barnaby, tu m'as entendue ? »

Le cheval montait et descendait, oublieux de tout hors les dieux du galop insouciant, tellement préférables à ceux de l'affreux régime autocratique de Juliet. Elle commença à ramasser ce qui traînait par terre. Elle s'approchait de plus en plus de lui et, quand elle fut assez près, elle saisit son bras nu et le fit descendre de la montagne d'un coup sec.

« Habille-toi, dit-elle.

– Mais je jouais, protesta-t-il.

– Je me moque de ce que tu faisais. Habille-toi. »

Elle rassembla draps et couvertures et les lança sur le lit. Oh, comme ses sentiments étaient différents quand il s'agissait de Barnaby ! Comme elle brûlait de le punir en le mettant en uniforme, de lui passer la camisole de force ! Quand il jouait, comme il jouait en ce moment avec le petit cheval, elle avait l'impression qu'il lui volait quelque chose. Elle se mit à faire son lit.

« Dans cette maison, Barnaby, dit-elle, nous n'avons pas de domestiques.

– Si, dit-il. Tu es notre domestique. »

Elle borda les draps bien serré. Elle borda les couvertures bien serré.

« Tu es stupide, Barnaby ! » cria Katherine.

Juliet secoua l'oreiller jusqu'à ce qu'il forme une tache imprécise devant ses yeux. Puis elle le jeta à sa place.

« Tu rangeras le reste », lui dit-elle.

Il la regarda de ses yeux bleus ronds.

« Je ne peux pas, dit-il. Il faut que j'aille à l'école. »

C'était ce que disait Benedict, au moins douze fois par semaine.

« Je téléphonerai à l'école, dit-elle. Je leur téléphonerai pour leur dire pourquoi tu es en retard. »

Ses yeux devinrent un peu plus ronds. Le ferait-elle ? Le ferait-elle vraiment ? Elle le voyait qui s'interrogeait. Le problème était que la prochaine fois il s'interrogerait un peu moins.

« Je vais téléphoner à Mr Masters pour lui en parler. »

Mr Masters était le principal. Elle s'imagina en train de lui parler de l'état de la chambre de Barnaby. Elle posséderait une certaine irrévocabilité, cette conversation. Ce serait, en un sens, la conversation finale, l'ultime conversation. Où aller, après une conversation pareille ? Dans quel but vivre ?

« Non, tu ne le feras pas », dit Barnaby. Il semblait s'être décidé. « Tu n'oseras pas.

– Tu crois ? Ce n'est pas mon principal à moi, tu sais. C'est juste un adulte, comme moi.

– Il est plus important que toi, dit Barnaby.

– Peut-être, dit Juliet.

– Tu es stupide, Barnaby ! cria Katherine.

– Peut-être qu'il est effectivement plus important. Et c'est pour ça, poursuivit Juliet en se dirigeant vers la porte, qu'il va falloir que tu lui expliques que tu n'as pas pu venir à l'école parce que tu ne voulais pas mettre ton uniforme. »

Elle resta une minute à écouter avec Katherine derrière la porte. Il y eut le silence, puis le bruit de tiroirs qu'on ouvrait.

« Il le fait », dit Katherine à sa mère, moitié contente et moitié, sentait Juliet, effrayée. Elle avait l'air un peu mal à l'aise. Elle semblait digérer la politique de la situation. Elle semblait mâcher ses fibres dures et immangeables et en extraire son jus amer.

En arrivant au rez-de-chaussée, elles trouvèrent Benedict dans l'entrée. Il rangeait des objets dans un carton. Il mettait des livres, son lecteur de CD portable, et une poignée de disques dans leurs pochettes. La pluie tombait au-dehors. Une falaise d'ombre semblait se pencher sur Benedict au pied de l'escalier.

« Purcell aujourd'hui, je pense », dit-il en jetant un autre disque dans la caisse.

Chaque jour Benedict emportait toutes ces choses à l'école dans un carton. Il ne les laissait pas de peur qu'on les lui vole. Il aimait passer de la musique pendant ses cours. Il aimait immerger les terminales géants dans les mélodies des compositeurs élisabéthains. Il pensait que cela améliorait leur compréhension de cette période.

« Salut ! » dit-il à Katherine – comme s'il ne la connaissait pas plus que ça, songea Juliet. Dans sa blouse de savetier c'était un homme aux joues rouges qui aimait les enfants en général, content d'en voir un de plus descendre l'escalier.

« Papa, dit-elle. Barnaby est stupide.

– Vraiment ? » Benedict repêcha un disque qu'il mit de côté. « Eh bien, les garçons sont un peu stupides, tu ne crois pas ?

– Il a dit qu'il ne voulait pas s'habiller. Il a dit que maman était sa bonne. Maman a dit qu'elle allait le dire à Mr Masters.

– Vraiment ? » Benedict laissa échapper un aboiement de rire. « Elle a vraiment dit ça ?

– Oui, dit Katherine.

– Ça, ç'aurait été drôle, tu ne crois pas ? »

Katherine ne répondit pas. Elle ne paraissait pas trouver

ça drôle. Elle demeura debout à ses côtés, comme dans l'attente d'une réponse plus satisfaisante.

« J'espère qu'elle ne dira rien sur moi à Mr Masters, dit Benedict. Il pourrait me mettre en retenue. »

Cela fit rire Katherine. Benedict lui tendit le disque qu'il avait retiré du carton.

« On va mettre ça, d'accord ? dit-il.

– D'accord, répondit-elle. Qu'est-ce que c'est ?

– C'est une belle dame qui chante.

– Oh. »

Elle le suivit dans le salon et Juliet resta à la porte. La pluie tombait à la fenêtre. Il faisait si gris, si gris et vain ! C'était comme la douleur : cela semblait écarter toute possibilité, toute autre nuance de sentiment. Benedict inséra le disque dans la machine et la pièce s'emplit de musique. Elle reconnut un morceau de Ravel. C'était l'enregistrement de Melanie Barth que Benedict avait acheté l'année dernière. Il fit monter les larmes aux yeux de Juliet. C'était la voix, la voix de cette femme, si solitaire et puissante, si… transcendante. Elle donnait à Juliet l'impression qu'elle pouvait tout transcender, cette petite maison avec sa moquette tachée, ses courses, ses gens imparfaits, transcender les distances grises et trempées de pluie d'Arlington Park ; transcender, même, son propre corps, où l'amertume pesait comme du plomb dans ses veines. Elle pourrait s'ouvrir quelque part comme une fleur. Elle pourrait trouver un endroit moins étroit, moins étouffant, et ouvrir tous les pétales comprimés en elle.

« Son français est exquis, non ? » lui dit Benedict.

Il lisait le livret, où une photographie montrait Melanie Barth sur une plage vêtue d'une robe ballon verte, les yeux fixés sur l'horizon. Juliet avait envie de le lui arracher des mains, de le lui arracher et de le détruire, de déchirer Melanie et son français exquis en petits morceaux. Bien sûr que son français était exquis ! Elle n'avait pas été obligée de passer sa vie à s'occuper de Benedict, à acheter de la nourriture pour lui, à laver ses vêtements, à porter ses enfants et à les élever ! Elle avait pu penser à elle-même : elle avait perfectionné son français et puis elle était descendue à la plage dans sa robe ballon.

Juliet ne se sentait plus transcendante. Elle se sentait furieuse, dense et furieuse et sombre, compactée, comme du plomb.

« Papa, demanda Katherine, ça te plairait que cette dame chante pour toi ? »

Benedict sourit, d'un air un peu triste, et ébouriffa les cheveux brillants de sa fille.

« Ça me plairait beaucoup », dit-il.

Elle emmena les enfants à l'école sous la pluie. Tout le long de Guthrie Road et d'Arlington Rise, tout le long de Bedford Crescent et de Southfield Street, les voitures étaient immobilisées. Les phares luisaient comme des paires d'yeux démoniaques. La pluie tombait sur leurs toits en métal étanche. La chaleur sortait en grands voiles de vapeur de leurs capots blindés. Les balais de leurs essuie-glaces allaient et venaient, de droite à gauche, de gauche à droite. Dans chacune, il y avait un homme vêtu d'une cravate et d'une chemise bien repassée, au chaud et au sec, sa veste pendue à un crochet près de la portière. Ces hommes jetaient un regard au passage de Juliet, l'un après l'autre derrière leurs pare-brise perlés. Elle allait sur les trottoirs gris, sous son parapluie. Katherine lui tenait la main. Barnaby marchait derrière, avec son capuchon sur la tête et les mains dans les poches. Juliet portait leurs boîtes-repas et leurs cartables. Les enfants avaient des bottes en caoutchouc mais l'eau avait imprégné le pantalon de Juliet presque jusqu'aux genoux. Elle peinait, chargée, trempée, tandis que les hommes la regardaient dans leurs voitures.

C'était un endroit mystérieux, Arlington Park : c'était une banlieue, une sorte d'énorme village en réalité, et pourtant, même ici, la force de la vie se manifestait puissamment, distribuant ses dures réalités, ses dimensions irrépressibles, universelles. Tout cela était tellement vigoureux et résistant, la possession, la production, l'affirmation incessante et guerrière d'une chose sur l'autre. C'était la civilisation, et cependant, pour Juliet, c'était barbare jusqu'à la moelle. Qu'y avait-il ici qui faisait que la vie poussait si grossièrement ? Cela manquait d'art, pire, cela manquait de la moindre notion de justice. Ce n'était qu'acquisition et possession – regardez-les tous, coincés dans leurs voitures à la queue leu leu jusqu'au parc, luttant pour acquérir et posséder ! Quant aux femmes, elles étaient encore pires ! Elles étaient dures, impitoyables, suivaient cette force brutale qui les éloignait de tout ce qui sentait l'échec ou la difficulté, la suivaient tête baissée, et piétinaient le corps de la justice, de l'art !

Les filles à qui Juliet enseignait étaient de petites créatures vaniteuses qui sortaient du moule de leurs mères, en sortaient avec un plop et restaient là à trembloter, nues et roses, sans la moindre idée de leur vulnérabilité. Ne craignaient-elles pas que quelque chose ne puisse surgir, surgir pour abattre leurs formes gélifiées ? Matthew Milford ne craignait-il pas cela ? Ces hommes dans ces voitures n'attendaient-ils pas avec terreur d'être un jour interrogés, et abattus à l'endroit même où ils se tenaient ? On ne pouvait pas vivre dans le mépris flagrant de la justice, pensait Juliet. On ne pouvait pas vivre comme ça et s'en tirer toujours.

Elle traversa avec les enfants et remonta la grand-rue. Il y avait les boutiques, avec leurs vitrines encore éteintes et leurs rideaux de fer. Il y avait des boutiques qui vendaient des coussins et des bougies parfumées, des boutiques qui vendaient des vêtements de femmes, des boutiques qui vendaient des bijoux, de l'argenterie et des meubles anciens ; il y avait des bars à ongles et des coiffeurs, des salons de beauté et des boutiques branchées et une boutique avec juste un grand canapé en cuir crème dans la vitrine. Ils passèrent devant un café et tous trois tournèrent machinalement la tête sous la pluie en direction de sa merveilleuse odeur. Juliet donna une livre à un homme assis sur son sac de couchage dans une entrée d'immeuble. Il la salua avec élégance en levant son gobelet en plastique.

Barnaby trouva qu'elle n'aurait pas dû le faire.

« C'est notre argent, dit-il. Tu n'aurais pas dû lui donner.

– Il en a plus besoin que nous, expliqua Juliet.

– Alors pourquoi il n'en gagne pas lui-même ? demanda Barnaby.

– On pourrait lui donner encore des choses dont nous n'avons pas besoin, dit Katherine. On pourrait lui donner notre maison. »

Juliet rit. « Mais nous avons besoin de notre maison !

– On pourrait avoir une maison plus petite, dit Katherine.

– C'est vrai, répondit Juliet. Nous pourrions tous avoir moins de tout. »

Barnaby donna un coup de pied dans un réverbère et marmonna quelque chose.

« Qu'est-ce que tu as dit ? demanda Juliet.

– Rien.

– Non, vas-y, dis-moi ce que tu as dit.

– Ce n'était rien.

– Tu as dit que tu détestais maman, affirma Katherine à voix basse.

– Non !

– Si, maman ! Il l'a dit ! Je l'ai entendu ! »

Quand ils arrivèrent à l'école Juliet déposa les enfants dans leurs classes et retourna dehors. La pluie tombait avec abandon sur la cour de récréation grise. Des silhouettes courbées couraient partout, leur manteau sur la tête. Elle les regarda, debout sous son parapluie. Oh, comme cela l'émouvait, l'émouvait étrangement, de voir les gens courir, s'éparpiller, fuir de-ci de-là, et en plus la tête couverte ! La plupart étaient des femmes, bien que, sous leurs capuchons, on ne pût vraiment savoir. C'était cela qui l'émouvait, le voile, le déguisement : cela la mettait en grande empathie avec sa propre espèce.

D'autres femmes émergeaient derrière elle à travers les portes, débarrassées de leurs enfants. Elles passaient les portes, se retrouvaient dans la lumière du jour et elles regardaient autour d'elles, comme pour vérifier qu'elles étaient vraiment seules. Elles semblaient toujours, l'espace d'un instant, totalement dépouillées. Puis elles commençaient à bavarder, à faire des projets, à se rattacher à la vie. Elles élaboraient des plans de bataille pour leur premier café, pour le déjeuner, pour une virée dans le parc avec les enfants après l'école. Elles n'incluaient pas Juliet dans leurs plans, bien qu'elle ne fût pas à plus d'un mètre d'elles. Elles ne lui voulaient aucun mal, mais elles ne l'invitaient pas à prendre un café. À sa façon c'était une cérémonie religieuse, et elle n'était pas de leur religion. Avec son métier, son doctorat, son air amer, elle était une étrangère.

Lentement elle s'éloigna de l'école. Son premier cours n'était pas avant onze heures. Elle se perdit dans les rues grises, marchant vaguement en direction des boutiques. Elle pensa à Benedict dans sa blouse et au fait qu'elle ne pouvait pas le laisser la toucher. Elle pensa à ses doigts jouant avec les mèches de ses cheveux. Vraiment, elle devrait l'aimer. Elle ne savait pas pourquoi elle n'en était pas capable. Elle n'était pas sûre de pouvoir aimer qui que ce soit. Quand elle était loin de l'amour elle le voyait depuis une certaine distance et il paraissait facile, une escalade facile jusqu'au sommet ensoleillé. Mais quand elle était là, plus près, cela semblait impossible. Qu'adviendrait-il d'elle si elle était incapable d'aimer ?

En poursuivant son chemin dans la grand-rue, sous la pluie, elle vit qu'on relevait les rideaux de fer. Les boutiques s'ouvraient à un nouveau jour, allumant les lumières, se jetant dans le courant, dans le grand flot brutal. Si seulement elle avait su chanter, comme Melanie Barth ! Si seulement elle avait pu ouvrir la bouche, ouvrir la gorge et se laisser sortir ! Alors elle aurait pu elle aussi être portée, descendre le fleuve, plus légère, vivante ! Mais elle était lourde, lestée de plomb. Elle coulait comme une pierre dans le torrent du temps. Pourquoi Barnaby ne la détesterait-il pas ? Pourquoi pas, quand elle se détestait elle-même ? Non, elle ne se détestait pas ; pas tout à fait ça. C'était seulement qu'elle était si lourde. Elle était pleine du dépôt des jours gâchés. Si seulement elle avait pu ouvrir la bouche et émettre un son magnifique ; mais la vérité était qu'elle ne s'était jamais exprimée, d'aucune manière personnelle. Pas dans le sexe, pas dans l'amour, pas même dans l'enfantement, où elle s'était assurée d'être anesthésiée du cou à la plante des pieds. Elle s'était attendue à trouver la meilleure manière de s'exprimer par une voie différente. Elle s'était attendue à la trouver avec soin, et patience, à travers un système de récompense.

Et c'est comme ça qu'elle l'avait attrapée, cette vie qui n'était pas la sienne ; c'est comme ça qu'elle l'avait pêchée. Elle avait oublié qu'elle était une femme. Elle avait oublié qu'elle était une créature naturelle, une chose de chair. Un jour, elle avait rencontré Benedict et il s'était dressé devant ses yeux surpris, ce grand panorama de défis pareil à une chaîne montagneuse : des choses qu'elle n'avait pas, des choses auxquelles elle n'avait même jamais pensé ! En réalité, elles n'étaient que les contours lugubres de la vie de sa mère : un mari, une maison, un chien – mais, à Juliet, elles semblaient mystérieuses, pleines d'un éclat étranger et inéluctable. Elle n'avait jamais réfléchi à la manière dont elle acquerrait ces choses. Elle n'avait pensé qu'au temps qu'il lui faudrait attendre avant d'avoir l'occasion de s'exprimer : son poste à l'université, sa signature dans les journaux. Et Benedict était si intelligent qu'il paraissait en quelque façon allié avec tout cela. Quand il grimpa à ses cheveux, elle ne sentit pas la menace en lui, pas du tout. Elle le vit comme un trophée, son premier, dans le champ d'action nouveau et inconnu qu'on appelait relations humaines.

Cela la faisait presque rire, maintenant, d'y penser. Il y a cent ans de cela une femme savait que sa vie serait finie à l'instant où elle serait enceinte. Mais Juliet avait pensé que cela nécessitait un certain degré d'intelligence, qu'il y avait là-dedans quelque difficulté. Pendant un temps, elle avait attaché du prix à l'idée d'une maison, d'un mari et d'enfants, comme si ces choses étaient rares, comme si elles représentaient un nouveau raffinement de l'expérience humaine. Puis elle les avait eues, et elle commença à sentir le plomb s'installer dans ses veines, un peu plus chaque jour. Le jour où elle avait compris que si elle n'allait pas acheter à manger il n'y aurait rien dans la maison ; le jour où Benedict était revenu du travail, une semaine après la naissance de Barnaby, et qu'elle avait compris qu'il faudrait qu'elle s'occupe de lui seule ; les fois innombrables où une tâche domestique lui était échue, de sorte qu'elle avait acquis de l'expérience et préféré s'en charger parce que c'était plus facile que de le demander à Benedict – tout cela était surprenant pour elle, scandaleux presque. Avec son sens de la justice, elle s'était attendue à ce qu'à un certain moment le scandale soit découvert et qu'on en parle, mais tel ne fut évidemment pas le cas. Elle avait commis l'erreur de se plaindre à sa mère. Oh la joie, la victoire âpre et venimeuse sur le visage de sa mère ! Elle entendait presque sa mère penser : bien fait pour toi. Ça t'apprendra. Juliet se rappelait que, quand sa mère était plus jeune, c'était quelqu'un de plutôt exubérant, passionné, brouillon et libre. Maintenant c'était une femme venimeuse qui entretenait une maison pleine d'ornements impeccables, de presse-papiers en verre miroitant et de petites boîtes en ivoire qui lui procuraient un plaisir étrange et voluptueux, presque insensé.

Pourtant elle pouvait imaginer sa mère, alors qu'elle ne pouvait pas s'imaginer elle-même, disant à Matthew Milford : « Il faut faire attention », et l'effrayer un peu.

Elle s'arrêta devant une vitrine et, feignant d'observer à l'intérieur, se regarda dans la vitre striée de pluie. La vitrine ne la reflétait pas correctement. Elle n'était qu'une silhouette, une silhouette amorphe sur laquelle coulait de l'eau. Elle se rendit compte qu'elle regardait dans la vitrine non pas d'une boutique mais d'un salon de coiffure. Elle vit les rangées de fauteuils en cuir blanc vides, les miroirs, les accessoires nettement disposés, prêts pour la journée. Il y avait une fille. Elle allait et venait, alignant des séchoirs, faisant de petits ajustements aux choses. Juliet poussa la porte et entra. La fille leva les yeux. Elle portait un pantalon noir serré et un T-shirt blanc qui laissait paraître un bout de ventre gras et brun. Elle avait un anneau dans le nez et ses cheveux, teints et méchés avec extravagance, étaient rasés d'un côté et ébouriffés de l'autre comme les plumes de la queue d'un perroquet. Juliet la regarda. Que faisait ici pareille créature, seule dans cette pièce sous la pluie ? D'où venait-elle ?

« Je peux vous être utile ? » demanda-t-elle. Elle devait avoir environ dix-huit ans.

« Je me demandais si vous auriez un moment de libre », dit Juliet. Elle se sentait vieille. Sa voix était vieille. Elle semblait sortir d'une caverne, quelque part sur le flanc désolé d'une montagne.

« Qu'est-ce qui vous arrangerait ? demanda la fille en feuilletant un registre posé sur le comptoir.

– Je me demandais… eh bien, maintenant ? dit Juliet. Vous êtes prise maintenant ? »

Il était évident à voir le salon vide qu'elle ne l'était pas, mais elle n'en consulta pas moins le registre.

« Nous avons de la place à neuf heures quinze », dit-elle.

Juliet regarda sa montre. Il était neuf heures dix.

« Parfait, dit-elle.

– Vous voulez bien venir par ici ? » demanda la fille, en se dirigeant vers l'un des fauteuils en cuir blanc et en le tirant légèrement.

Juliet s'assit tandis que la fille nouait une cape en synthétique autour de ses épaules. Elle souleva les cheveux de Juliet par poignées, les inspectant, d'abord une poignée, puis l'autre.

« Vous voulez que je les rafraîchisse, c'est ça ? demanda-t-elle.

– Non, dit Juliet. Je veux que vous les coupiez. »

L'inquiétude se peignit instantanément sur le visage de la fille. On aurait dit qu'une telle chose ne lui était jamais arrivée auparavant. Pendant un instant, Juliet la détesta. Pourquoi les gens venaient-ils chez le coiffeur, sinon pour se faire couper les cheveux ?

« Quoi, tout ? demanda-t-elle.

– Tout, dit Juliet.

– Vous êtes sûre ? Vous êtes sûre que vous ne voulez pas y réfléchir ? Il y a un café plus haut, insista-t-elle de manière inattendue. Vous pourriez y passer une demi-heure pour réfléchir un peu.

– Je ne veux pas réfléchir, dit Juliet. J'ai suffisamment réfléchi. »

Cela la fit taire.

« Vous désirez un style particulier ? demanda-t-elle. Nous avons des tas de magazines que vous pouvez regarder. Vous pouvez trouver une photo de quelque chose qui vous plaise et je peux le copier. »

Juliet posa les mains sur les accoudoirs du fauteuil. Elle se redressa devant le miroir et se regarda droit dans les yeux.

« Faites comme vous voudrez, dit-elle. Je veux juste que vous les coupiez. »

Les femmes avaient dit qu'elles viendraient peut-être prendre le café chez Amanda.

Elle était dans sa voiture, voguant sous la pluie dans la grand-rue tandis que les mers turbides d'Arlington Park s'ouvraient devant elle. Il était neuf heures quinze. Son mari avait quitté la maison à huit heures tapantes, et sa fille Jessica rentrait en classe à neuf heures ; elle avait l'impression de s'élever rapidement dans les airs, comme si les membres de sa maisonnée étaient des sacs de sable qu'elle jetait un par un par-dessus le bord de la nacelle d'une montgolfière. Il n'y avait plus qu'Eddie : Amanda le voyait dans le rétroviseur, absorbé et légèrement agité. Il ne cessait de lever les yeux, apparemment par crainte d'événements indésirables, tel un virage à droite pouvant signifier qu'on l'emmenait à la garderie.

Eddie n'allait pas à la garderie les vendredis, mais il ne le savait pas vraiment. Amanda le gardait à la maison pour la forme. C'était une partie désordonnée de la semaine qu'elle s'obligeait à tolérer par esprit de discipline. Elle attendait avec impatience le moment – septembre – où il entrerait à l'école, et où leurs vendredis pourraient être emballés et remisés, comme ses vêtements trop petits, son tricycle et sa chaise de bébé avaient été rangés, en temps voulu. Ces choses n'étaient pas ses vraies compagnes. C'étaient des bosses à la surface de la vie qui l'agaçaient et la faisaient tressauter lorsqu'elle était obligée de passer dessus.

C'était sa voiture, sa vraie compagne : elle était propre, spacieuse, sa mécanique était discrète et elle lui obéissait avec puissance, efficacité, dans l'approbation silencieuse de son style de commandement. Quand elle était dans sa voiture elle avait la sensation de vivre une traversée sans fin. Elle avait l'impression qu'elle pourrait aller n'importe où ; plus que cela : elle avait l'impression qu'elle n'en avait pas besoin. En roulant dans Arlington Park, elle éprouvait un sentiment de perfection, la sensation que vivre et désirer se confondaient. Haut perchée sur le siège de sa Toyota argent elle se désirait elle-même ; son âme était en combustion et la vie, le mouvement, étaient produits.

Et il y avait quelque chose d'autre, aussi, quelque chose en rapport avec le temps, avec le fait que chaque heure – ses vendredis avec Freddy, par exemple – était pareille à une grosse pierre qu'elle devait soulever d'une main pour la dégager laborieusement du chemin, tandis que, dans sa voiture, le temps semblait passer au loin. Il passait de l'autre côté des vitres. Elle roulait et, derrière ses vitres, elle voyait les gens accablés par le temps, alors qu'elle demeurait libre.

Maintenant, par exemple, dans la grand-rue, sous la pluie grise et oblique, les devantures étaient emprisonnées en rang, l'eau dégoulinant sur leurs auvents, et il y avait des travaux de voirie où des hommes piochaient et frappaient la terre, sans espoir, encerclés par des rubans effilochés, une camionnette essayait de s'insérer en marche arrière dans la circulation récalcitrante, et les gens avançaient sur les trottoirs mouillés avec des sacs, des parapluies et des poussettes, voûtés, trempés, chargés ; et ce spectacle était entièrement l'œuvre du temps, qui passait irrésistiblement, impitoyablement, à travers tout et transformait tout en chaos, comme une charrue fouillant la terre et faisant bouillonner de grands sillons de roche, de racines et de boue.

Derrière sa vitre, Amanda vit un sac en plastique ballotté de-ci de-là sur le trottoir par de petites rafales humides et aléatoires. Pourquoi les gens s'exposaient-ils aux hasards cruels d'un vendredi matin pluvieux ? La femme qui se promenait alors, trempée jusqu'aux os, avec un bébé dans un landau et un enfant de l'âge d'Eddie qui se balançait à son poignet : que faisait-elle ? Amanda attendit au feu tandis que cette femme avançait en peinant comme un bœuf. Quand le feu devint vert, elle la dépassa, de sorte que sa forme misérable alla s'amenuisant dans son rétroviseur.

Devant la boucherie, elle ordonna à la bureaucratie de la rue de céder à sa volonté : immédiatement une voiture s'arracha de sa place de parking juste en face de la boutique et s'en alla capot bas en clignant honteusement des feux, congédiée. Parfois, Amanda était capable de susciter la soumission parfaite dans le monde qui l'entourait et parfois non. Son ordre traversait la journée en son centre comme un fil unique sur lequel elle maintenait un équilibre incertain. Le destin sortait d'elle en un flot constant sur ce fil. Il y avait des moments, comme maintenant, où il était canalisé en un courant régulé et décidé qui ne connaissait nulle obstruction ; et des moments où la confiance abandonnait Amanda, quand le flot des minutes et des heures faisait s'effondrer les berges du destin et débordait de tout côté, sans fin, jusqu'à ce qu'elle semble dégorger une force de pure catastrophe. Alors la voiture ne glissait plus, les mers d'Arlington Park ne s'ouvraient plus devant elle. Il y avait des matins où elle avait roulé en pleurant et transpirant, manifestement bouleversée, ses pieds tremblant sur les pédales de sorte que le monde déferlait sur elle de façon inquiétante à travers le pare-brise pour ensuite s'arrêter net, immobile et tremblotant ; il y avait des matins où elle progressait par bonds désordonnés pour atteindre feux rouges et places de parking tandis que les corps humains et les grandes formes métalliques des autres voitures tournaient follement autour d'elle dans un brouillard blanc plein de danger. Elle ne savait jamais comment ni quand ces intermèdes effrayants cesseraient, ni pourquoi ils se produisaient.

Mais ce jour-là, elle s'arrêta, irréprochable, devant la boucherie sous la pluie et se retourna sur son siège pour se garer en marche arrière. Eddie, qui était attaché derrière elle, se retourna lui aussi. Ensemble, ils regardèrent par la vitre la rue grise et mouillée. La voiture qui les suivait s'était arrêtée trop près pour qu'Amanda puisse faire marche arrière.

« Oh, merde », dit Eddie.

Amanda considéra la voiture avec la patience du prédateur. Ses mains demeurèrent sur le volant ; son corps était tordu au point qu'elle sentait sa forme, comme s'il avait surgi du siège derrière elle. Elle était tout acier aujourd'hui, toute détermination. La voiture recula de quelques mètres. Elle fit un signe de la main que n'aurait pas désavoué un général et, en deux manœuvres, amena la voiture à quinze centimètres du trottoir, où elle demeura dans l'aura assourdie du moteur qui refroidissait, en examinant la vitrine du boucher. La pluie y dégoulinait en épaisses rigoles visqueuses. Derrière la vitre, l'étalage rose et rouge procédait à son atroce déposition.

Amanda pensait que si elle n'avait pas été mariée, elle n'aurait pas été obligée d'aller chez le boucher. Ces visites semblaient émaner du cœur d'une implication physique, d'une base de chair qui cherchait d'autres chairs dont se nourrir. Le tout semblait grotesquement lié, l'union et la fabrication des corps, leur démembrement et leur ingestion. Elle imaginait que si elle avait été seule elle n'aurait mangé que de la nourriture blanche.

Une de ses amies végétarienne lui disait qu'elle ne mangeait jamais rien qui « avait un visage ». Eddie avait un visage. Amanda le regarda dans le rétroviseur.

« Il ne faut pas dire de gros mots, Eddie », le réprimanda-t-elle.

Puis elle descendit de la voiture.

Il faisait froid dans la boucherie et une odeur fétide de sang et de sciure s'en dégageait. Eddie, debout devant les vitrines réfrigérées, jetait un regard gêné sur les morceaux de viande avec leurs pellicules blanches de gras et les tas tortueux de saucisses couleur chair sur des plateaux en inox. Des carcasses pendaient, livides, à des crochets dans la vitrine. Une cliente quitta la boucherie et, quand la porte se ferma, les carcasses tournèrent un peu sur leurs crochets. Des rubans rouges de bacon étaient rangés dans une vitrine, près d'un assortiment de côtes, de membres et d'épaules qui semblaient posséder une vie autonome, étrange et furieuse. Des poulets se tenaient en rangs anonymes comme des voitures garées, leur chair boutonneuse et dénudée soigneusement emballée dans du plastique : ils étaient en rangs, identiques, figés dans une attente infinie. Il y avait une montagne fraîche de côtes de porc parsemées de brins de persil. Des morceaux d'agneau étaient disposés en éventail. Il y avait des oiseaux plus petits, jaunes, qui avaient l'air vieux, comme s'ils étaient des parents âgés des poulets. Devant eux, un groupe de petits œufs tachetés de noir était présenté dans un carton ouvert. Ils avaient une joliesse monochrome et embryonnaire. On aurait dit qu'ils provenaient d'une usine de mort particulièrement malveillante.

Derrière les vitrines, le boucher et ses deux aides, avec leurs tabliers verts, se tenaient dans leur enclos carrelé. Ils avaient un long établi avec des couteaux, des plateaux, des balances et une machine à lame circulaire. Ils riaient, tout au bout. Amanda les vit rire tandis que le bras blanc et musclé du boucher s'élevait et retombait pour désosser une pièce de viande à l'aide d'un fendoir. Il tenait la partie molle et rouge de la viande entre ses doigts. Les voix graves des hommes étaient indistinctes, et ils s'agitaient tout en parlant et riant. Leurs sourires blancs en croissant s'agitaient aussi, au point de se confondre avec la sombre lumière couleur de viande. L'un d'eux leva les yeux, la vit et dit quelque chose à l'un des autres.

« Désolé de vous avoir fait attendre, dit-il en s'avançant vers elle. Qu'est-ce que ce sera pour vous aujourd'hui ? »

Il souriait toujours. Amanda remarqua que ses bras s'arrêtaient aux coudes. Ses deux petites mains mal formées saillaient en angle droit, comme des pieds. Elle les regarda puis elle regarda son visage. Elle s'obligea à se concentrer sur son visage, ses yeux et sa bouche qui tombait légèrement aux coins. Il avait des taches de rousseur et des cheveux rêches, roux pâle qui jaillissaient de son cuir chevelu.

« Du bifteck haché, s'il vous plaît », dit-elle.

Elle détourna les yeux vers la fenêtre, comme si quelque chose dans la rue grouillante avait pour elle une signification particulière, quelque chose qu'elle avait oublié ou à quoi elle avait pensé échapper.

« Vous en voulez combien ? demanda l'homme.

– Oh, cinq cents grammes environ.

– Cinq cents grammes de haché », dit-il.

Le sourire avait disparu de son visage. Il semblait souhaiter retourner à un monde de simplicité et d'exactitude. Généralement elle était servie par le patron, et parmi le flot abondant de ses paroles galantes elle pouvait surnager dans cet endroit à l'odeur de sang : il lui demandait pour quoi elle voulait le bifteck haché, et combien de personnes elle pensait nourrir avec ; il affichait un air concerné et protecteur, une sorte de complicité avec sa position, dans ce travail de l'ombre, secret, qui consistait à nourrir sa famille. L'homme saisit une cuillère en inox et se pencha dans la vitrine ; elle ne put empêcher ses yeux de le suivre, d'observer de manière incontrôlée ses petites mains bizarres et déformées tandis qu'elles pelletaient rapidement la viande rose et mouchetée dans un sac en plastique. Il lui fallait se pencher loin pour l'atteindre ; il émergea avec le sac qui se balançait au crochet invisible de son coude, et le posa avec un mouvement de tout le torse sur la balance. Eddie était à côté d'elle. Il dit : « Pourquoi cet homme n'a pas de mains ? »

De tous les membres de sa maisonnée, Eddie était celui qui, le plus souvent, l'entraînait dans les recoins les plus dénués de sens et les plus délabrés de la vie. Deux ou trois fois par jour, il la mettait face au concept d'échec et d'insignifiance. Comme elle ne trouvait rien à répondre à cette question, elle décida de l'ignorer et d'attendre que la gêne passe. Elle demeura en équilibre instable sur son fil, tandis que la turbulence de la situation se déplaçait lentement autour d'elle. L'homme pesa la viande et, les yeux sur la balance, en fit tomber un peu plus de sa cuillère. Son impassibilité était comme un mur devant elle.

« Quatre livres vingt », dit-il en posant le sac sur le comptoir.

Elle lui donna l'argent, tandis qu'Eddie tripotait la vitrine : le spectacle du démembrement qui se trouvait derrière semblait s'étendre, l'incorporer. Elle vit ses parties étalées sur des plateaux en inox, éventails et pyramides de chair bordés de persil.

« Maman, dit-il d'une voix indignée, je t'ai demandé pourquoi…

– Tais-toi », dit-elle.

Dans la voiture, sur le chemin du retour, elle ne cessait de regarder la rue dans le rétroviseur. Chaque fois elle voyait l'expression triste et interrogatrice du boucher quand il avait levé la tête au moment où elle lui avait dit au revoir.

Eddie et elle quittèrent la grand-rue et longèrent le parc désert, puis s'engagèrent dans St John's Avenue où les arbres semblaient courbés sous la pluie, puis dans Bedford Road, et enfin dans Western Gardens, qui paraissait totalement vide et abandonné, comme s'ils s'étaient enfoncés de plus en plus profondément dans les strates d'une isolation épaisse à travers laquelle l'usure du monde extérieur n'était plus perceptible.

« Maman, dit Eddie, car elle lui avait expliqué tandis qu'ils roulaient les effets tragiques de la thalidomide sur une génération de bébés, tu as de la chance de ne pas être née sans mains. »

Amanda fut surprise par cette réaction : quand elle était avec Eddie elle oubliait qu'elle était née. Elle lui avait raconté l'histoire en pensant qu'il reporterait la menace qu'elle contenait, de manière punitive, sur sa propre personne.

« Je suppose qu'on peut dire ça, Eddie.

– Elles étaient bêtes de prendre ce médicament.

– Elles n'étaient pas bêtes. Les mères ne sont pas bêtes. C'est le médecin qui le leur donnait. On ne savait pas ce qui arriverait. On ne l'a su qu'à la naissance des bébés.

– Oh.

– C'est une chance que moi, je n'en aie pas pris, parce qu'alors, toi, tu serais né comme ça. »

Elle parlait au gravier de l'allée, à l'étendue dépourvue d'esprit critique sur laquelle était garée la voiture.

« Est-ce que le médecin voulait que tu en prennes ? »

Eddie semblait inquiet à l'idée que son sort avait reposé, même momentanément, sur les sommets précaires du jugement maternel voilé de brumes. Tout pouvait arriver là-haut : c'était un lieu de dangers imprévisibles et d'accès de sauvagerie.

« Non, Eddie. Il ne voulait pas que j'en prenne. »

Derrière la vitre de la voiture elle voyait sa voisine,

Jocasta Fearnley, vêtue d'un grand imperméable d'homme, s'agiter dans son jardin de l'autre côté du mur.

« Il ne t'en a pas donné parce qu'il sait que c'est mauvais », conclut Eddie, comme s'il essayait de rassembler les différents aspects de ce qui lui avait été dit.

Quelque chose se dressa promptement en elle comme un bâton, un désir de lui révéler la vérité sur elle-même. Elle avait envie de lui marteler la tête avec jusqu'à ce qu'il la comprenne complètement.

« Ce qui se passe, Eddie, c'est que j'aurais eu des mains. L'homme de la boucherie avait des mains. Elles ne ressemblaient pas à tes mains mais c'étaient quand même des mains. C'étaient ses bras qui n'allaient pas. Donc quand tu dis : Pourquoi cet homme n'a pas de *mains* ? Où sont passées ses *mains* ? C'est une chance, maman, que tu ne sois pas née sans *mains*, tu fais croire aux gens que tu ne fais pas vraiment attention.

– Oh.

– Quand tu as dit chez le boucher : Pourquoi cet homme n'a pas de *mains*, tu m'as mise dans une situation délicate, parce que je ne pouvais pas dire : Mais si il a des mains, regarde ! Je ne pouvais pas dire ça, hein ? Parce que ç'aurait été grossier. C'est grossier de parler des gens quand ils sont devant soi. Et c'est particulièrement délicat si ce que tu dis est faux, parce que les gens ne peuvent pas te corriger sans être grossiers eux aussi. »

Elle était consciente, tout en fixant l'allée gravillonnée, qu'elle continuerait de parler sans fin si elle ne sortait pas de la voiture. La pluie s'abattait patiemment sur la pelouse. Jocasta s'activait toujours de l'autre côté du mur. L'eau tombait lourdement des branches nues et indisciplinées du bouleau des Fearnley sur son dos. Sa tête montait et descendait – elle apparaissait au-dessus du mur puis disparaissait de nouveau. On aurait dit qu'elle tapait du pied à répétition sur quelque chose.

Amanda était intimidée par les Fearnley : c'était comme

s'ils menaient leur vie dans une langue qu'elle connaissait mal, de sorte qu'il lui fallait tout traduire dans son propre langage. Et pourtant on ne pouvait se méprendre sur le fait – elle s'était méprise au début – que cette langue était l'idiome souverain de la principauté bien aménagée dans laquelle vivaient aujourd'hui James et Amanda Clapp. Western Gardens, en forme de croissant, spacieux, planté d'arbres magnifiques, abritait une race dont, jusqu'à une date relativement récente, Amanda n'avait rien su. Ils faisaient du ski et possédaient des maisons en France ou en Italie. Leurs enfants allaient dans des écoles privées, avaient l'air farouche et négligé et leurs yeux paraissaient – contrairement à ceux d'Eddie et de Jessica – véritablement l'observer quand elle passait devant eux. Plus déroutant, leurs maisons et leurs jardins étaient carrément miteux, malgré leur prix élevé. Parfois elle pensait qu'ils voulaient cacher cette réalité, pour des raisons qui n'étaient pas claires. Ils donnaient l'impression de ne pas être arrivés dans le quartier suite à une banale transaction immobilière, mais d'avoir reçu la maison d'une manière ou d'une autre ou d'avoir toujours été là.

Amanda et James avaient jeté leur dévolu sur Western Gardens au tout début de leur mariage. Ils l'avaient suivi à la trace dans les fourrés du marché immobilier d'Arlington Park, avec diligence et une sorte de patience orgueilleuse – il leur avait fallu trois ans – et ils l'avaient abattu à eux deux d'une seule balle. Ils avaient étudié ce marché en détail, et avaient amassé un savoir étrange et concis. Ils connaissaient le rang occupé par chaque rue – chaque *côté* de chaque rue, la direction du soleil étant un des critères d'établissement des avantages d'une propriété – selon les canons des endroits d'Arlington Park propices à l'accueil d'une famille. Ils connaissaient la taille des jardins de Guthrie Road, la hauteur des plafonds de Southfield Street, ce qu'il était possible ou non de changer dans les maisons géorgiennes qui longeaient le parc. Ils en savaient tant qu'à partir d'une simple adresse, ils pouvaient automatiquement dépeindre la vie qu'on y menait, et ses limites. En un sens, eux-mêmes avaient vécu là de petites vies avortées.

Ils avaient conclu – tout bien considéré – que Western Gardens était la première – ou la moins imparfaite – des adresses d'Arlington Park ; Amanda avait donc été surprise de découvrir que la réalité de cette adresse ne pouvait être contenue dans la conception qu'elle en avait, quelque savante qu'elle fût. Depuis qu'elle avait emménagé, un sentiment de fadeur s'était furtivement et progressivement glissé en elle, comme si, de se rendre manifeste, l'objet de son désir lui avait échappé. Dans le somptueux emballage de leur nouveau foyer hautement prisé, ardemment recherché et entièrement remis à neuf, Amanda se sentait bizarrement nue. Elle se mit à soupçonner quelque inadéquation entre elle et James, un manque de consistance qui rendait redondante toute la connaissance de ce qu'elle possédait – ou du moins la renvoyait à son aride précision.

Elle pensait parfois que c'étaient les gens comme les Fearnley qui provoquaient en elle cette impression d'infériorité. Ils parlaient fort, avec un accent aristocratique et tournaient tout en dérision, hormis leur vie sociale, où ils faisaient preuve d'autant d'autorité et de connivence qu'un couple de politiciens au pouvoir. Pendant les week-ends, leur allée disparaissait sous les voitures, leur maison et leur jardin étaient pleins d'un brouhaha exubérant et mystérieux. À moins qu'ils ne fussent partis, bien sûr – alors l'endroit était silencieux, un silence presque aussi dérangeant que le bruit, car à côté tout semblait tomber dans le vide de l'absence. Ils avaient de violentes disputes auxquelles toute la famille était mêlée. Amanda les entendait, même à travers les protections généreuses de leurs maisons respectives. Quand elle était dans sa cuisine et que les claquements de portes et les hurlements parvenaient à ses oreilles, elle avait l'impression d'être à la frontière, à l'extrême limite, de tout ce qui était arrivé d'inquiétant et d'insatisfaisant dans sa vie. Elle se sentait au bord de la possibilité que les choses ne se passent pas pour le mieux.

« Je creuse une tombe », dit Jocasta, levant sa pelle en guise de salut.

Amanda sortait ses courses de la voiture. Une sensation d'insécurité l'avait progressivement assiégée, depuis qu'ils étaient sortis de la boucherie : cette impression se cristallisait maintenant dans la croyance que c'était une tombe humaine que Jocasta creusait, pour un membre de sa famille qu'elle avait tué, ou qu'elle avait l'intention de tuer. Max Fearnley n'avait-il pas été malade dernièrement ? En y repensant, elle ne l'avait pas vu depuis une semaine ou deux. Jocasta s'approcha du mur de séparation.

« Pauvre Samson, dit-elle. Lydie l'a trouvé dans sa cage ce matin. »

Lydie était le prénom de la jeune fille au pair des Fearnley, une Polonaise étiolée qui allait et venait avec mélancolie vêtue de son blouson de cuir noir sous un casque de cheveux blond oxygéné. Amanda laissa échapper un rire perçant et Jocasta lui lança un regard hargneux. À l'évidence cela faisait partie des choses qui n'étaient pas drôles.

« Faites attention que Sadie ne vous entende pas rire, dit-elle en jetant un coup d'œil vers la maison. Samson était vraiment son meilleur ami. Elle m'a dit : maman, je sais que ce n'est qu'un lapin, mais je l'aimais plus que je n'aime certaines personnes. Je lui ai dit : eh bien, enterrons-le dans les règles, veux-tu ? C'est la moindre des choses. En fait, elle lui a fabriqué un cercueil plutôt joli. Elle l'a peint en utilisant tous les pots que nous avions essayés pour le salon. C'est une symphonie de gris taupe. Je lui ai dit : ma chérie, comme c'est *élégant* ! » Jocasta émit alors un grognement de joie et leva ses yeux injectés de sang vers les cieux gris. « Pour être tout à fait franche, dit-elle à voix basse, je ne suis pas vraiment peinée qu'il soit mort. Je ne suis pas sûre que ça aide d'avoir pour meilleur ami un lapin quand on a quatorze ans. Et elle était terriblement sévère avec lui. Je crois que ce qu'elle préférait c'était l'enfermer. »

Elle fit cette remarque avec les mains posées sur le manche de sa pelle comme un fermier. Ses doigts, aux ongles rouges et fendus, étaient sales. Elle portait une bague avec un gros diamant dans sa griffe d'or terni.

« Ma sœur a tué son lapin en le serrant trop fort », dit Amanda.

Cette révélation sembla inquiéter Jocasta. Apparemment, elle n'entrait pas pour elle dans la même catégorie grivoise que les expériences tendrement punitives de sa fille.

« Vraiment ? demanda-t-elle. Et est-ce que c'était... de l'amour ? ou... »

La pluie tombait avec régularité sur leurs cheveux et leurs visages. Eddie était toujours attaché sur la banquette arrière de la voiture. Amanda voyait son visage pâle et accusateur derrière la vitre.

« Oh, elle l'aimait, dit Amanda. Elle a seulement oublié qu'il était fragile. C'est la même chose avec les hommes. Elle les aime tant qu'ils prennent la fuite. »

Sous son imperméable Jocasta portait un vêtement aux allures de blouse, bleu et taché, et un pantalon de survêtement dont l'ourlet avait traîné dans la boue. Ses cheveux semblaient collés en paquets par la saleté. Elle n'avait pas de maquillage hormis une vieille couche de mascara qui dressait ses cils en piques grumeleuses. Elle regardait la maison d'Amanda. Elle semblait l'accuser de quelque chose, ou accuser Amanda elle-même, comme si leur association était suspecte.

« Comment vous vous débrouillez ici ? demanda-t-elle. Vous vous débrouillez bien ?

– Tout va pour le mieux, répondit Amanda.

– Vous savez, je dis souvent à Max, ces Clapp sont très silencieux, qu'est-ce qu'ils peuvent fabriquer là-dedans ? On a décidé que vous deviez avoir une vie secrète. Max a pensé que votre mari était un espion, mais j'ai dit non, ce n'est pas assez drôle, et de toute façon les espions disent toujours aux gens qu'ils le sont. Non, j'ai pensé que ça devait être quelque chose de bien plus vilain que ça. »

Elle fit à Amanda un sourire canaille de ses dents jaunies. Ses petits yeux bleus dans leurs poches de peau striée brillèrent d'une lueur suggestive. Parfois Amanda l'avait vue sortir le soir avec Max, et Jocasta était belle. Amanda avait alors l'impression qu'il y avait des gens qu'elle ne parvenait pas à cerner, tout comme elle échouait souvent à voir dans les tableaux célèbres ce pourquoi ils étaient célèbres. Cela lui donnait une sensation d'instabilité, comme un vertige.

« Nous sommes simplement ennuyeux », dit Amanda.

Jocasta parut abasourdie et légèrement gênée par cette réponse.

« Oh ma chérie ! s'écria-t-elle. Vous n'êtes pas *ennuyeux* – personne n'est ennuyeux ! Je ne voulais pas du tout suggérer cela, mon pauvre petit ! »

On entendait de faibles pleurs en provenance de la voiture garée dans l'allée. Amanda tourna la tête. Eddie avait quitté son siège de voiture ; son visage et ses mains étaient pressés contre la vitre. Sa bouche était ouverte et sa langue rose était écrasée contre le verre.

« Écoutez, il faut qu'on trouve un moment pour que vous et votre mari veniez prendre un verre à la maison, dit Jocasta. C'est ridicule que vous habitiez ici depuis si longtemps et – oh mon Dieu, il y a quelqu'un qui n'a pas l'air très content. »

Amanda alla à la voiture et ouvrit la portière. Eddie tomba en avant sur le gravier. Lorsqu'elle revint avec Eddie qui braillait, les mains sur la figure, Jocasta était retournée au pied du bouleau avec sa pelle.

« On prend rendez-vous ! » cria-t-elle, agitant le bras.

Dans la chambre forte de sa maison, Amanda se sentait en sécurité, bien qu'être assiégé à l'avenir demeurât une perspective possible. Eddie s'éloigna, pleurant silencieusement, en direction du salon, où le gros œil pacifique de la télévision l'enveloppa, sans ciller, dans les profondeurs bordées de ciel bleu du programme pour enfants qu'il avait diffusé comme un rêve dans la pièce vide pendant leur absence. Amanda partit en sens inverse, vers la cuisine. Là, elle se demanda si, dans vingt minutes, aucune des cinq femmes qu'elle avait vues devant l'école de Jessica et avait invitées à boire un café ne viendrait, ou si elles viendraient toutes. Elle quitta la cuisine et fit une muette incursion dans le salon afin de débarrasser les pieds insensibles d'Eddie de ses chaussures mouillées et les ranger dans le placard de l'entrée. Elle vit alors les sacs des courses. Elle les transporta dans la cuisine et en tira le petit sachet de viande blanc. Il était menu et d'une lourdeur obscène, comme une vessie. Elle le tint du bout des doigts et le plaça dans le réfrigérateur.

Elle avait déjà invité des gens à prendre le café, mais il semblait toujours que son invitation à Western Gardens avait pour effet de leur rappeler tout ce qu'ils avaient à faire par ailleurs ; sa proposition les ramenait avec réprobation à tous les autres cafés et réveillait dans leur conscience la honte du temps passé à boire du café au lieu d'accomplir quelque chose de productif. Amanda ne pensait pas qu'ils l'évitaient : c'était presque comme si elle leur inspirait de se remettre à ce travail que représentait être soi. Elle était capable de provoquer, chez les autres, un genre de conscience de soi, une reconnexion à eux-mêmes. Durant ses derniers mois à Pembroke Recruitement avant son mariage, elle avait gagné le titre de manager de l'année 1998 (pour la région du Sud-Ouest). James disait qu'Amanda était évangélique dans le travail. Il continuait, bien que maintenant il secouât la tête pour dire : « Elle était *évangélique.* » Alors les gens comprenaient que c'était une bonne chose qu'elle eût arrêté et ne représentât plus pour eux un danger immédiat.

Elle avait l'impression que les femmes autour d'elle ne faisaient que boire du café chez les unes et les autres toute la journée, et pourtant elle n'avait jamais réussi – on ne pouvait empêcher les faits de parler d'eux-mêmes – à les attirer dans son propre domaine. Amanda et James tenaient leur domaine en une considération telle que cela la laissait perplexe et l'agaçait. Sa cuisine, par exemple : comme les pyramides de la ligne d'horizon de New York, beaucoup en parlaient mais peu l'avaient vue par eux-mêmes. Récemment, en buvant un café chez Christine Lanham, Amanda avait évoqué le plaisir que prenait Jessica à y faire du patin à roulettes et l'une des femmes présentes avait dit : « Ça ne doit pas être bon pour vos beaux parquets en chêne. » Amanda ne connaissait pas bien cette femme ; elle n'était certainement jamais entrée chez elle, et n'avait jamais vu les parquets en question.

Tandis qu'elle regardait par les fenêtres le spectacle trempé et immobile du jardin, Amanda ressentit la mélancolie d'un conservateur d'œuvres d'art négligées. Les fenêtres étaient ce que la cuisine avait de plus frappant. Elles allaient du sol au plafond, à l'arrière de la maison. James et Amanda avaient installé ces fenêtres après avoir abattu les cloisons pour créer une unique grande pièce. Ils avaient décidé cela bien avant d'avoir acheté la maison : dans la science de la propriété, créer de l'espace était le principe auquel ils croyaient avec le plus de passion. Leurs conversations à ce sujet étaient si fréquentes et si énergiques que, lorsqu'ils avaient pris possession de Western Gardens, le gain de temps avait été tel que les murs avaient semblé presque tomber d'eux-mêmes.

Parfois Amanda se rappelait les pièces tremblotantes qui avaient précédé sa cuisine actuelle : le sinistre petit cabinet avec sa minuscule fenêtre de verre dépoli, la buanderie froide et abjecte, l'austérité de la cuisine d'origine avec son air de déni, de punition presque – ces lieux dégageaient une faiblesse qui, à l'époque, avait accru l'envie des Clapp de les détruire, mais qui, aujourd'hui, la poussait quelquefois à se demander ce qu'ils auraient pu être et quelle avait été leur vraie nature. Pendant des jours entiers, les hommes avaient fait la navette jusqu'à la benne avec des brouettes pleines de gravats, dans lesquelles d'épais lambeaux du papier en vinyle tapissant tous les murs prenaient d'étranges formes, comme des attitudes tourmentées. Parfois elle ressentait le désir inexplicable de redonner vie à ces pièces : de réunir ces lambeaux déchirés et torturés, de redonner aux gravats leur forme de mur. À cette ambition il manquait la puissance du désir qui avait fait tomber les murs au début ; il était possible qu'elle ne l'entretînt que comme une conséquence de ces efforts, une sorte de surplus d'énergie, comme une roue qui continue à tourner après l'arrêt du moteur.

Mais à un moment, la vie vacillante était apparue, telle une âme nouvelle, quand la cuisine d'Amanda avait été créée. Cet instant revenait certains jours d'hiver quand la chaleur montait dans les radiateurs comme le sang dans des veines saines et vigoureuses et quand l'air chaud resplendissait de lumière électrique, et que les appareils cognaient régulièrement comme la salle des machines d'un navire majestueux autour duquel le monde gris et désordonné bouillonnait telle une mer agitée ; et en été, quand les portes-fenêtres étaient ouvertes et que des pans de lumière dorée et paisible se posaient sur les planchers en chêne. Ces moments revenaient, intermèdes de beauté et de fragilité, pareils à des bulles, au cours desquels Amanda éprouvait le sentiment qu'ils étaient porteurs d'un message, d'un symbole. C'étaient des représentations : des publicités pour quelque chose qui se trouvait à mi-chemin entre la vie menée ici et la manière dont elle la percevait. Cela l'irritait que les gens ne soient pas là pour en être témoins.

Récemment Amanda et James avaient invité deux couples à dîner, et quand leurs invités étaient partis à onze heures trente après les lasagnes, la mousse au chocolat, le café et une quantité de vin qui se situait quelque part entre la modération et la bienséance, Amanda avait ressenti une sensation inconfortable d'achèvement, comme si elle avait accompli une tâche réputée difficile plus rapidement et facilement que prévu. Un jour ou deux après, elle avait rencontré une des femmes dans la rue : celle-ci avait chaleureusement remercié Amanda puis elle avait avoué en riant qu'après avoir quitté Western Gardens tous quatre étaient allés chez elle boire une bouteille entière de whisky – sa main se porta à son front en un geste de contrition – et avaient dansé dans son salon jusqu'à trois heures du matin.

Tel un colon dans un nouveau pays inexploré Amanda avait connaissance des mouvements sur son territoire, des habitudes profondément ancrées des troupeaux qui migraient et se rassemblaient sur les étendues d'Arlington Park, engagés dans le travail inconscient de leur survie. Elle savait qu'ils se déplaçaient, se nourrissaient et se regroupaient pour brouter ou se reposer, mais quelque effort qu'elle fasse, elle n'arrivait pas à combler la distance qui la séparait d'eux. Quand elle travaillait à Pembroke Recruitement ces choses ne la concernaient pas. Elle passait la plupart de son temps en voiture, impeccable et puissante dans son tailleur, allant d'une succursale à l'autre. Mais la vie sédentaire de Western

Gardens exigeait un savoir différent. Il ne suffisait pas d'avoir subjugué les pièces de sa maison, d'avoir maîtrisé les disciplines hebdomadaires des courses et de la cuisine, d'avoir imprégné si fortement d'hygiène son mari, ses enfants et tout ce qu'elle possédait que leurs natures mêmes semblaient suivre, comme la lessive, un cycle de propreté qui les transfigurait ; ce n'était pas assez – parfois elle se demandait si c'était quelque chose – d'avoir le contrôle.

Aujourd'hui les femmes qui attendaient devant l'école sous la pluie avaient semblé perdues, déboussolées, telle une troupe de soldats démoralisés au milieu d'une longue et obscure campagne. Elle avait discerné en elles une vulnérabilité inhabituelle, une exposition de flanc, et elle avait eu raison : pour la première fois, son invitation à prendre le café avait éveillé leur intérêt, ou du moins généré silencieusement la possibilité de l'obéissance. Peut-être avaient-elles simplement oublié de s'opposer à elle, ainsi que le faisait parfois Jessica quand, sans raison particulière, elle obtempérait. Elle avait dit qu'elle serait de retour à Western Gardens à dix heures, et elle avait vu l'information pénétrer leur vision du jour à venir. Elle avait acheté des pâtisseries dans la grand-rue : leurs formes feuilletées, désastreuses, étaient scellées dans un sac en plastique qu'elle plaça sur le comptoir. Il y avait des miettes là, et une tache de beurre, que James avait laissée en petit signe modeste de sa virilité indélébile. Elle mit ses gants en caoutchouc jaunes et à l'aide d'un pistolet aérosol de Flash elle l'annihila. Puis elle alla vérifier tous les plans de travail, les portes, ainsi que la plaque, le four et le réfrigérateur.

Il n'y avait rien à neutraliser dans l'entrée, ni dans le salon, sauf Eddie, qui demeurait immobile sur le canapé crème avec la détermination de celui qui joue une partie et que le moindre mouvement risque d'éliminer. Amanda monta silencieusement les marches recouvertes de moquette beige jusqu'à la chambre de Jessica, où le lit était déjà fait et tous les jouets et vêtements rangés, comme si son retour était incertain. Sur le mur de Jessica, il y avait une grande affiche encadrée représentant une tête de lion. Ses yeux ambre rencontrèrent le regard d'Amanda avec un air de questionnement divin. Elle retourna à la cuisine et démonta la machine à café afin d'en laver toutes les parties. Ses mains gantées de jaune étaient immergées dans la mousse quand le téléphone sonna, comme la première, surprenante, sonnerie de clairon de l'invasion à venir. Elle enleva ses gants pour y répondre.

« Mandy ? C'est toi ? »

C'était sa sœur Susannah : personne ne l'appelait plus Mandy. Mandy Clapp – c'était le nom sur le badge d'une caissière de supermarché – n'existait pas ; quant à Mandy Baker, elle avait été abandonnée le jour où Amanda avait épousé James, abandonnée comme quelqu'un sur une jetée qui agite la main vers un bateau en partance, laissée là avec toutes ses habitudes douteuses, son goût pour les plats tout prêts et les œillets rouges des stations-service, ses ongles carmin et sa chaîne de cheville – on l'avait laissée poursuivre son chemin d'ignorance dans le passé irréversible.

« Oh mon Dieu, Mandy ! »

Susannah pleurait. Amanda l'entendait qui hoquetait et sanglotait dans les lointains du téléphone.

« Qu'est-ce qui se passe ? demanda-t-elle. Qu'est-ce qu'il y a ?

– C'est mamie – elle est morte, elle vient de mourir. Oh mon Dieu, elle est morte à côté de moi – je lui tenais la main ! »

Amanda vit sa grand-mère, un petit bout de femme silencieuse dans le fauteuil d'une maison de retraite.

« Tu es à l'hospice ?

– Oui – je – maman m'avait demandé de passer pendant

qu'elle et papa étaient en vacances, et je suis arrivée hier soir et ils ont dit qu'elle avait eu une a-a-ttaque… » Susannah s'éloigna du combiné dans un paroxysme de sanglots. « Alors j'ai passé la nuit ici, dit-elle, plus distinctement.

– Tu as passé la nuit là-bas ?

– J'ai pensé : je ne peux pas la laisser seule, je ne peux pas la laisser mourir toute seule ! Alors on m'a fait un lit et je suis restée, et le matin j'étais avec elle et elle a ouvert les yeux et elle m'a regardée, juste regardée et regardée encore, et puis elle a commencé à faire ces grands soupirs. C'était comme si tout l'air sortait d'un ballon. Oh Mandy, c'était affreux ! Puis elle a pris une de ces respirations et elle n'en a pas pris d'autre, elle n'en a plus pris, et elle me tenait la main et je l'ai sentie mourir… »

Amanda regarda frénétiquement tout autour d'elle tandis que sa sœur pleurait. Il était dix heures moins dix. La machine à café démantelée était dans l'eau qui refroidissait.

« Ça a dû être horrible, dit-elle.

– Non, dit Susannah d'une voix faible, en toussant, ce n'était pas horrible, c'était… triste. C'était tellement, tellement triste. Une minute avant j'étais avec elle dans cette pièce et la minute suivante elle était vide, elle était toujours là mais la pièce était vide, et j'étais si seule. Et j'ai su. Soudain j'ai su, alors, avec certitude.

– Su quoi ?

– Qu'il n'y a rien d'autre. Qu'on meurt et c'est tout. Je l'ai senti… je regardais le parking derrière la fenêtre, et j'ai pensé : c'est tout ce qu'il y a. »

Amanda savait bien que Susannah compliquait tout, même la mort d'une femme de quatre-vingt-treize ans, mais elle n'en dit pas moins :

« Elle avait quatre-vingt-treize ans. Je présume qu'elle voulait partir.

– Non ! s'écria sa sœur. Elle ne voulait pas – elle était

triste, et effrayée, et elle avait l'air d'une petite fille allongée là, une petite fille sans personne pour la protéger… »

Amanda se demanda pourquoi sa mère ne lui avait pas demandé d'aller voir mamie pendant qu'ils étaient en vacances – elle était l'aînée, après tout. Et elle avait toujours été la responsable, avec mamie et tout le monde. C'était elle qui envoyait les cartes et les cadeaux, qui venait avec des petites courses quand Susannah était à Londres, injoignable pendant des semaines, menant une vie dont elle s'attendait à ce que tout le monde prenne en compte les hauts et les bas affectifs, comme autant de défis exceptionnels pour ceux qui avaient le courage de les surmonter.

Susannah n'avait jamais acheté d'œillets rouges dans une station-service. Depuis l'enfance elle s'était distinguée, de manière joyeuse mais intraitable, du dogme suburbain du foyer familial. C'était une actrice : elle était passée quelques fois à la télévision mais elle jouait surtout dans des pièces à Londres. Amanda n'aimait pas que sa sœur passe à la télévision : cela polluait le flot d'anonymat qu'elle aimait voir l'écran déverser dans sa maison. Cela lui faisait penser qu'elle devrait éteindre la télévision, et alors que lui resterait il ?

Pendant un moment Amanda avait vécu dans la crainte que Susannah ne devienne célèbre, mais maintenant elle avait trente-cinq ans et Amanda sentait qu'elle pouvait quitter sa sœur des yeux, bien que, chaque fois qu'elle la voyait, il semblât que Susannah avait trouvé une nouvelle façon d'être belle. Elle résonnait dans l'austérité de la maisonnée Clapp bien après son départ ; elle suggérait que la vie devrait tendre moins vers un ordre meurtrier et plus dans la direction fructueuse du risque et de la fantaisie. Elle criait : « Oh, arrête ! », quand elle voyait Amanda laver le sol ou nettoyer les placards de la cuisine ; tandis qu'elle exerçait ce qui n'était rien de moins que son droit d'accomplir la tâche quotidienne d'être elle-même. En présence de Susannah, Amanda découvrait que son perfectionnisme était une compulsion. Elle passait l'aspirateur devant le canapé de sorte que Susannah était obligée de lever les pieds, même si elle savait que cela ferait rire sa sœur.

James regardait toujours Susannah avec une expression d'indécision sur le visage, comme si Susannah et Amanda étaient deux objets dans un magasin entre lesquels il lui fallait choisir. Quand elle était là il était irrité et légèrement rebelle : il appuyait ses critiques effrontées (« Oh, *arrête* ! »), les assaisonnant d'un léger zeste venimeux. « C'est tellement *rangé* ici ! » disait toujours Susannah en entrant chez eux ; une fois, à portée d'oreille d'Amanda, James avait répondu : « Eh bien, tu sais ce qu'on dit – à maison propre, femme ennuyeuse », puis il les avait regardées comme s'il s'attendait à ce qu'elles rient de son trait d'esprit.

C'est Susannah qui avait fait remarquer la première à Amanda que Jocasta Fearnley était belle, ou l'avait été. Elle aimait – non, adorait – les tableaux célèbres pour des raisons qui semblaient lui être particulières. Elle prenait un gros bouquin sur la table de chevet d'Amanda, lisait la quatrième de couverture puis jetait le livre avec un gémissement sur le couvre-lit immaculé.

« Ma vie ne sera plus jamais pareille, dit-elle maintenant d'une voix basse, sonore, brisée. Rien ne pourra jamais plus être pareil.

– Bien sûr que si, dit Amanda. Tu te sentiras mieux quand tu seras rentrée chez toi.

– Je ne peux pas rentrer. Je ne peux pas. Je ne pourrais pas le supporter.

– Est-ce que Marcus est avec toi ? »

Marcus était le petit ami de Susannah.

« Je ne veux pas de Marcus. Je ne veux plus jamais le voir. Je veux être seule. Je veux tout changer. »

Il était dix heures moins une.

« Ça ne peut pas être pareil, pas avec ce… ce que je *sais*. Si je rentre à la maison, je l'oublierai, j'oublierai ce que je ressens en ce moment et j'aurai laissé passer ma chance, tu sais, la chance de découvrir ce qu'est réellement la vie, de voir la mort dans la vie, vraiment dedans… »

Amanda se rappela ce qu'elle avait dit à Jocasta Fearnley à propos de Susannah et du lapin. C'était un mensonge : Susannah n'avait pas tué son lapin. C'était Amanda qui l'avait tué. Elle sentit qu'elle en prenait conscience seulement maintenant. Sur le coup, ce qu'elle avait dit à Jocasta Fearnley semblait vrai. Mais les pleurs de Susannah le lui rappelaient : elle l'avait fait, même si elle le regrettait. Elle regarda le jardin, comme si elle s'attendait à y voir sa grand-mère, le visage contre la vitre.

C'est alors qu'on sonna à la porte.

Derrière les fenêtres à meneaux elle les voyait debout sous la pluie. Elles étaient quatre.

« C'est vraiment joli ! » s'exclama Christine Lanham quand Amanda ouvrit la porte.

La pluie tombait sur l'allée. Une des femmes avait une poussette et l'eau coulait sur sa capote en plastique. À travers, Amanda voyait les plis flous et charnus d'un enfant. Le rectangle d'un vert spongieux de la pelouse s'étendait derrière elles, absorbant silencieusement l'eau.

Amanda regarda sa voiture, fidèle et argentée, sur le gravier. Il lui vint à l'esprit d'y monter et de s'en aller ; ou peut-être même pas de s'en aller. Elle avait le sentiment qu'elle aurait simplement aimé vivre à l'intérieur, dans les confins de la preuve de sa réussite.

Dans l'entrée elle prit leurs manteaux, leurs sacs et leurs parapluies mouillés. Elles extirpèrent leurs pieds de leurs chaussures tachées d'eau, boueuses, dangereusement ornées de feuilles trempées. C'était un travail salissant, la lutte incessante pour maintenir la séparation entre l'extérieur et l'intérieur.

« C'est joli, dit Sally Gibson à Christine.

– N'est-ce pas ? Ils ont fait un sacré boulot. Je suis en train de parler du travail que vous avez fait dans la maison, Amanda. Ça leur a pris presque une année. »

Sally Gibson haussa les sourcils.

« Ça a dû être difficile.

– Oh, tout était fait quand ils ont emménagé. Ils ont gardé leur appartement à Fenton Road pendant les travaux.

– C'est charmant Fenton Road, dit Sally, moins enthousiaste.

– Je dis seulement que c'était intelligent d'avoir gardé Fenton Road », dit Christine. Elle enleva son manteau et secoua ses cheveux bruns. « Quand je pense que Joe et moi avons eu les ouvriers pendant six mois quand Danny avait trois ans et qu'Ella portait encore des couches ! Quelle histoire ! Je faisais le tour des lits chaque soir pour secouer les couvertures avant qu'ils se couchent, et on entendait tous les clous qui tombaient par terre. Ting, ting, ting ! »

Les femmes rirent.

« Je ne plaisante pas, dit Christine. Nous allions si souvent aux urgences qu'ils connaissaient les prénoms des enfants. C'était une sorte de course pour tout peindre en blanc cassé avant de divorcer. »

Les femmes rirent de nouveau, toutes sauf Liz Connelly, qui faisait gravir la marche de l'entrée à la forme trempée de pluie de la poussette. Elle souleva la capote en plastique.

« Voilà, dit-elle avec aigreur à l'enfant dont le visage fut enfin révélé.

– C'est joli, n'est-ce pas ? fit Dinky Smith, haussant les épaules de plaisir. Ravissante maison ! » ajouta-t-elle, entrant dans la cuisine.

C'était Dinky qui, la semaine précédente, s'était inquiétée des dégâts que risquait de causer Jessica en faisant du patin dans la cuisine. En fait, les sols étaient étanchéifiés et vitrifiés et totalement à l'épreuve des rayures ; quoi qu'il en soit, Amanda n'aimait pas que Jessica mette ses patins. Le choc des roulettes contre le sol était autant de coups de marteau sur ses extrémités nerveuses. Elle se demanda si c'était à ce genre de dégâts que Dinky avait fait allusion.

« Tu veux descendre ? demandait Liz Connelly à son fils, qui gigotait et émettait des bruits de protestation dans sa poussette. Tu veux descendre ou pas ?

– Quelle cuisine énorme ! » s'exclama Sally Gibson, entrant à la suite de Christine et Dinky.

À cet instant, Amanda sut que sa cuisine était trop grande. Elle n'aurait pas cru la chose possible, mais en y entrant alors elle sut que c'était vrai. Ils avaient cassé jusqu'à ce qu'ils aient créé non de l'espace mais du vide. Ils étaient allés trop loin : personne ne leur avait dit d'arrêter.

Les trois femmes regardaient autour d'elles, apparemment perplexes. Toutes trois levaient les yeux au plafond, comme les gens le font dans les églises, pour prendre la mesure de la folie humaine.

« Il devait y avoir quatre ou cinq pièces ici ! » s'exclama Sally. Elle semblait trouver inquiétante la disparition de ces pièces.

« Doux Jésus ! dit avec insistance Liz, en entrant derrière Amanda. On pourrait mettre un jumbo-jet là-dedans. Même si je ne vois pas pourquoi on voudrait faire une chose pareille, ajouta-t-elle, apparemment par politesse.

– Est-ce que vous êtes deux *fantastiques* cuisiniers ? » demanda Dinky, souriant à cette exquise explication de l'énigme.

Amanda comprit que Dinky parlait d'elle-même et

de James. Elle essaya d'imaginer la vie qu'évoquait cette suggestion. Ils auraient pu consacrer leur temps à concocter des repas extravagants, au lieu de se laisser entraîner par leur besoin d'abattre des cloisons.

« C'est une jolie couleur, concéda Sally.

– On ne peut pas se tromper avec les tons neutres, non ? » dit Christine.

Amanda s'attendait à ce que les femmes rient de nouveau mais Christine paraissait sincère. Des quatre, Christine était la seule qu'elle pouvait à raison considérer comme une amie. Elle avait déjà été témoin de la surprenante révélation de sa bienveillance d'une blancheur de lait, d'autant plus inattendue et incroyable que Christine était souvent ce que Susannah aurait qualifié d'ironique.

Les autres déambulaient dans la pièce comme si c'était une boutique. Elles avaient l'air absorbé des gens engagés dans des ruminations intimes d'ordre pratique. Sally examinait le grain de la table de cuisine – « C'est du placage ? » demanda-t-elle – et Dinky regardait le jardin par les fenêtres, un sourire rêveur sur le visage. Liz Connelly était à côté de la cheminée et une par une saisissait les photos encadrées des enfants. Elle tenait chacune en main pour la scruter, comme si elle comparait ces enfants à ceux qu'elle avait chez elle. « C'est ton mari ? » demanda-t-elle, brandissant une photographie de James.

Amanda alla dans le salon voir ce que faisait Eddie. Owen, le fils de Liz Connelly, l'avait rejoint sur le canapé devant la télévision.

« Ça va, vous deux ? » demanda-t-elle.

Leur somnolence confirmée par le silence, elle retourna à la cuisine et fut étrangement surprise de voir les quatre femmes assises autour de l'immensité de la table. Elles étaient là avec leurs vestes, leurs écharpes et leurs bijoux, leurs soies parfumées (Dinky) et leurs noirs sévères (Liz). Elles étaient venues ou elle les avait capturées, elle ne savait pas. Elles habitaient sa cuisine telles des créatures exotiques s'acclimatant à un nouveau zoo.

« Je n'arrive pas à m'y faire, disait Sally, la tête dans les mains. Je n'arrive pas à le croire. Je ne peux vraiment pas.

– Nous parlions de Betsy Miller, l'informa Christine discrètement.

– Toute la nuit j'ai écouté la pluie en pensant : où est-elle ? Qu'est-ce qui peut bien lui arriver en ce moment ? Quand je *pense* à Rosie quand elle avait quatre ans – elle était sans défense ! Elle était totalement sans défense. »

Elle les regarda d'un air suppliant. Christine hochait la tête avec compassion.

« Et maintenant on dit qu'elle ne s'est pas perdue. On dit que quelqu'un l'a *prise* – l'a enlevée, je ne sais pas comment vous appelez ça. »

Sally secoua la tête, comme si la personne qui lui avait rapporté tout cela était déterminée à détruire sa vision optimiste des choses.

« Elle est probablement morte, glissa Liz Connelly d'un ton lugubre.

– Tais-toi ! » hurla Sally.

Liz Connelly haussa les épaules.

« C'est pas comme si tu la connaissais », dit-elle.

Sally la regarda, mutine.

« Tu sais, Liz, déclara-t-elle, je trouve que c'est vraiment dur de dire ça.

– Aucune de nous ne la *connaît*, Liz, ajouta Christine. Ça ne nous empêche pas de nous inquiéter pour elle. Ça ne nous empêche pas de penser : mon Dieu, si c'était Rosie, ou Danny, ou, ou… » Elle jeta un regard à Amanda, et ajouta, comme si elle ne voulait pas qu'elle se sente exclue : « … ou Eddie.

– Cette petite fille, dit Sally d'une voix distraite. Cette pauvre petite fille. »

Amanda sortit le plateau de pâtisseries du four avec une paire de gants molletonnés et le posa au milieu de la table.

« Et les deux millions de gens qui meurent chaque année de malnutrition ? » demanda Liz.

Christine acquiesça d'un air pénétré. Sally semblait affligée : pas même deux millions de gens ne pouvaient la détourner du sort de Betsy Miller – il est même possible qu'ils l'aient aggravé.

« Je te comprends, Liz, déclara Christine. Ce que tu dis c'est que les gens souffrent partout dans le monde. Nous sommes toutes obsédées par cette petite fille alors qu'il se peut que quelque chose de pire arrive ailleurs en ce moment même. C'est juste que nous l'ignorons. »

Liz paraissait perplexe.

Christine poursuivit : « Mais tu ne peux pas vivre avec un sentiment de culpabilité constant. Regarde-nous ! Nous avons toutes tellement de chance – ça ne serait pas du gâchis si nous passions notre temps à nous inquiéter pour ceux qui ont moins de chance que nous ? Il faut bien reconnaître que ce n'est pas notre faute si les gens meurent de faim.

– En parlant de mourir de faim… » Avec un sourire espiègle, Dinky s'empara d'une pâtisserie.

« Je veux dire, quelle explication tu as, toi ? insista Christine. Je demande à Liz pourquoi elle pense qu'il y a des gens qui mènent des vies si riches et satisfaisantes alors que tant d'autres n'ont apparemment rien. Vous ne pensez pas que l'idée qu'ils le méritent n'est peut-être pas complètement fausse ? Je ne plaisante pas. » Christine croisa les bras et jeta autour de la table un regard de défi. « Nous avons toutes travaillé dur pour ce que nous avons, non ? Aucune de nous ne l'a reçu sur un plateau, n'est-ce pas ? Je veux dire, regardez Liz – elle n'a pas la vie facile, elle est seule avec deux garçons en pleine croissance, bourrés d'énergie.

– Nous savons toutes comment sont les garçons, articula Dinky, sa petite bouche pleine.

– Elle se débrouille toute seule sans l'aide de personne. Et qu'est-ce qu'elle fait ? Elle se soucie des gens qui meurent de faim à l'autre bout du monde ! »

Christine posa la main sur la table en guise de conclusion et secoua la tête, désespérée.

« J'en ai assez qu'on me culpabilise tout le temps, approuva Sally. Comme si nous ne nous sentions pas assez coupables comme ça. Je veux dire, je sais que si je mange un de ces trucs, je vais me sentir coupable toute la journée. »

Les femmes rirent. Sally leva tristement les yeux au ciel.

« C'est vrai, insista-t-elle. Je ne sais pas comment tu fais, Dinky. Tu es maigre comme un clou. »

Dinky haussa les épaules, l'œil pétillant, comme si elle ne savait pas non plus comment elle faisait.

« Je veux entendre ce que Liz a à dire, déclara Christine, rappelant tout le monde à l'ordre. Liz, pourquoi est-ce que tu t'inquiètes des gens qui vivent dans les villages en Afrique ? Pourquoi est-ce qu'ils n'arrivent pas à se démerder tout seuls ? »

Il y eut un silence. Tout le monde regarda Liz, qui étudiait le plateau de la table d'un doigt blanc boudiné. Amanda fit le tour pour remplir leurs tasses de café. Chacune portait l'empreinte rose d'une lèvre sur le bord : il lui semblait qu'elles lui souriaient. Les dernières minutes de sa conversation avec Susannah faisaient pression sur sa conscience. Elles appuyaient sur sa concentration comme si c'était une porte qu'elles essayaient de forcer. Susannah lui avait appris quelque chose de terrible durant ces minutes. C'était une chose que mamie avait dite la nuit dernière, apparemment. Elle s'était réveillée et lui avait demandé où était Amanda, et comme Susannah lui avait répondu qu'elle était chez elle, mamie avait dit :

Amanda est froide. Elle a toujours été froide. Elle n'a pas d'amour dans le cœur.

Je n'aurais pas dû te dire ça, non ? avait demandé Susannah.

« Ce que je pense, dit Liz, c'est que Dieu a un plan pour nous tous. » Ses petits yeux bruns les fixèrent.

« Et ce que tu es en train de me dire, l'interrompit Christine, c'est que son plan pour toi c'est que tu sois une éternelle inquiète, c'est ça ? »

Liz affichait une expression de méfiance hésitante.

« Il m'a dit de m'accepter telle que je suis, oui.

– Il t'a *dit* ? »

Christine but précipitamment une gorgée de café.

« Quand est-ce que tout ça est arrivé ? demanda Sally, regardant autour d'elle d'un air inquisiteur.

– Et les deux millions de gens qui meurent de faim ? dit Christine. Où sont-ils passés ? Je me demande comment ils s'accordent avec le concept d'acceptation de soi-même. Je commence à m'inquiéter un peu pour eux.

– Dieu a un plan pour eux aussi.

– Eh bien, je suis contente de ne pas faire partie de ce plan-là. Ce plan m'a tout l'air d'être... » Elle prit de nouveau une grande rasade de café. « ... une connerie.

– Je ne savais pas que tu étais *croyante* », dit Dinky, ravie.

Liz rougit. « C'est une toute nouvelle relation.

– Quand est-ce qu'elle a – euh – commencé ? » demanda Sally.

Liz rougit de plus belle. « Il y a six semaines.

– Et ça a – quoi – commencé comme ça ? »

Liz examina les boutons de sa veste. Puis elle se pencha sur la table, comme si elle se jetait d'un sommet.

« Je me demandais, dit-elle. Mais c'était la mauvaise question. Je me demandais pourquoi j'avais tant de problèmes. Tout le temps j'étais genre pourquoi, pourquoi, pourquoi ? Pourquoi moi ? Pourquoi est-ce que Ian nous a quittés moi et les enfants ? Pourquoi est-ce qu'Alfie a dû redoubler ? Pourquoi maman a-t-elle la maladie de Parkinson ?

– Je ne crois pas qu'on pourrait t'en vouloir pour ça, observa Christine. Nous nous sommes toutes posé ce genre de questions.

– Pourquoi Betsy Miller ? proposa Sally.

– Puis j'ai tout envoyé promener. C'est là qu'a débuté la relation. J'ai tout laissé tomber. J'ai pensé : je m'en fous. J'ai tourné le dos à Dieu. Et c'est alors qu'Il a finalement pris contact avec moi.

– C'est exactement ce qu'on dit qu'il faut faire avec les hommes, déclara Dinky d'un ton professoral. Apparemment, ça marche à tous les coups.

– Qu'est-ce que tu veux dire ? Il a pris contact avec toi ? demanda Christine, sceptique. Qu'est-ce que tu veux dire exactement par là ?

– Je me suis réveillée au milieu de la nuit, et Il était là.

– Dans ta chambre ? demanda Sally.

– Dans mon cœur. » Liz joignit les mains sur sa volumineuse poitrine. « Et il a dit : J'ai un plan pour toi. C'est un merveilleux plan, et il est à toi. Pas à une autre – à toi. »

Liz retransmettait les paroles divines d'une voix bourrue. Ses joues étaient en feu.

« Et Il a dit ça dans ton cœur ? examina Christine. Ça devait être excitant, observa-t-elle d'un ton neutre. Je suis vraiment contente pour toi, Liz. J'aimerais croire en Dieu, mais je ne peux pas. Je n'y crois pas, c'est tout. »

Liz se cala dans sa chaise. « C'est Son plan pour toi, dit-elle en hochant la tête. Pour le moment.

– Je n'essaie pas de te provoquer, dit Christine, mais de quoi s'agit-il ? Tu fais un travail fantastique et tout, Liz, mais voyons les choses en face, ta vie n'est pas facile, non ? Tu as deux gosses, pas de mari, pas d'argent, une mère invalide – pourquoi tu ne dis pas à Dieu de se carrer Son plan où je pense ? Tu devrais te maquiller, t'acheter des fringues et t'amuser pour changer ! »

Liz la regarda avec servilité.

« Si je dépasse les bornes, tu me le dis, déclara Christine.

– C'est dur, non ? dit Sally, compatissante.

– Je m'occuperai des garçons, insista Christine. Tu n'as pas besoin de prendre une baby-sitter, je m'en chargerai. Ça ne me gêne pas du tout. Va t'amuser.

– Le célibat a ses avantages, observa Dinky.

– Nous le savons toutes », ajouta Sally.

Liz secoua la tête et dit : « Je ne suis pas comme ça, c'est tout.

– Dieu ! protesta Christine. Pourquoi est-ce que nous nous *inquiétons* toutes à ce point ? Nous sommes là, à boire du café, libres de parler chiffons, ou vacances, ou de ce que nous voulons, et qu'est-ce que nous faisons ? » Elle porta la main à son front. « Nous passons notre temps à débattre de l'existence de Dieu ! Ce n'est pas ce à quoi vous vous attendiez, non ? Je le dis à Joe : écoute, les cafés du matin, ça n'est pas toujours de la rigolade, tu ne me crois pas, mais c'est vrai.

– Sam croit qu'on passe notre temps à nous plaindre de nos maris, dit Sally, comme si elle voulait mettre le sujet sur le tapis.

– Ton mari, à quoi il ressemble, Amanda ? demanda Dinky.

– James est…, commença Christine avant de s'arrêter avec un sourire. Non. Désolée, Amanda – vas-y. »

Amanda se demanda ce que Christine s'apprêtait à dire. James est l'homme le plus ennuyeux du monde ? Susannah avait lâché ça un jour, au téléphone, quand elle croyait qu'Amanda ne l'entendait pas.

« Eh bien – il est très gentil, dit-elle.

– James, reprit Christine, maintenant que la contribution de sa femme ne faisait plus obstacle, est comme ces personnages qu'on voit toujours au cinéma : la dernière personne qu'on soupçonnerait d'avoir commis le crime. Même si on essaie de penser à celui qu'on suspecte le moins, c'est celui à qui on ne pense jamais. »

Ça ressemblait peu ou prou à ce que Susannah avait dit.

« Il a l'air vraiment fascinant ! » dit Dinky.

Amanda posa les tasses à café tachées sur un plateau et les porta à l'évier. Elle ouvrit les robinets et mit ses gants en caoutchouc jaunes, et leur vue lui rappela comment la mort était arrivée dans sa cuisine, comment elle était entrée, venue du jour pluvieux, par les portes-fenêtres.

Soudain Eddie se glissa à ses côtés.

« Maman ! »

Il tira deux fois sur sa jupe.

« *Maman !*

– Qu'*est-ce* qu'il y a, Eddie ?

– Maman, ce garçon dessine sur le canapé. Il a sorti mes feutres et il dessine sur le canapé avec. Je lui ai dit de ne pas le faire », dit-il dans son dos, tandis qu'elle sortait de la pièce à rapides enjambées.

Une grande marque rouge pareille à une tache de sang s'étalait, indélébile, sur le flanc couleur crème du canapé. Amanda souleva l'enfant des coussins et lui arracha les feutres de la main.

« Comment oses-tu ? » dit-elle en un murmure sauvage à son oreille.

Les feutres étaient éparpillés sur le tapis. Il y avait là d'autres taches, de couleurs différentes : leurs extrémités encrées et suppurantes étaient en contact avec les fibres beiges et les imprégnaient de leur sang.

« Je te tuerai ! murmura-t-elle. Je te tuerai ! »

Elle le rejeta parmi les coussins. Son corps lui donnait une impression d'étrangeté – son être tout entier se rétractait devant elle pour se réfugier dans sa confiance à moitié formée. Il était pareil à un jeune plant qu'elle aurait pu arracher, ses exigences reconnues traînant après lui telles des racines, pour le balancer à terre. Il ne pleurait pas, comme aurait pu le faire Eddie : il la regardait, assis au milieu des coussins, de ses yeux bleus et ronds. Elle ramassa les feutres et remit leurs capuchons un à un de ses doigts tremblants.

« Amanda, appela quelqu'un depuis l'entrée. Amanda nous – oh Dieu, c'est Eddie qui a fait ça ? »

Christine Lanham était debout au-dessus d'Amanda accroupie sur le tapis. Amanda voyait ses chaussures, qu'elle n'avait pas ôtées à la porte. Une croûte de boue entourait une des semelles. Quelle importance maintenant ?

« C'est Owen ? » demanda Christine à voix basse, Amanda n'ayant pas répondu.

Amanda hocha la tête.

« Eh bien, s'écria Liz, apparaissant dans l'encadrement de la porte. Il va falloir plus qu'un peu de Vanish pour enlever ça.

– Tu ferais mieux de commencer à prier », lui dit Christine.

Cette remarque sembla décontenancer Liz.

« Je suis vraiment désolée mais il faut que j'y aille, dit Christine. Je dois aller chercher Ella à la garderie. Merci pour ce matin. C'était *génial* ! Formidable de se connaître mieux. Sacré Owen, ajouta-t-elle à mi-voix, une fois qu'elles furent dans l'entrée. Ça a pénétré, non ? »

Sally et Dinky attendaient, souriantes, vêtues de leurs manteaux.

« Salut ! » crièrent-elles.

La porte s'ouvrit et se referma et toutes trois disparurent sous la pluie. Amanda se retourna et vit Liz Connelly, sa grosse forme vêtue de noir, encore assise dans le salon.

« Ça t'ennuie si je reste encore un peu ? » dit-elle, honteuse.

En un instant elle vit l'existence de Liz Connelly, la vit tout entière : son petit appartement, la monotonie de ses journées, la perspective du temps s'écoulant indéfiniment, ce fardeau à porter indéfiniment, sans espoir que ses épaules en soient jamais déchargées ne fût-ce qu'une seconde. Elle voulait en être déchargée : elle le demandait, comme une mendiante.

Durant l'heure à venir, Liz Connelly n'avait pas de meilleur endroit où être que le salon d'Amanda Clapp.

« Pas vraiment, dit Amanda. Si ça ne t'embête pas que je continue à m'activer.

– Je vais juste regarder la télé avec Owen », dit Liz. Elle se rangea sur le canapé, aussi loin de la tache que possible sans sacrifier au confort. « Quel dommage pour ton canapé, dit-elle en tâtant le tissu. Les enfants et les canapés blancs – ça ne va pas vraiment ensemble, non ? »

Amanda la dévisagea.

« Il va être puni pour ça ? » demanda Liz.

Elle voulait parler d'Eddie.

« Non », dit Amanda posément.

Liz haussa les sourcils. « Je suppose que c'est toi qui as mis le canapé ici, dit-elle d'un air méditatif. Et les feutres. Ils ne peuvent pas savoir, non ? »

Amanda n'aurait pas vu les choses de cette manière si Eddie avait été le responsable du désastre. Elle ne savait pas ce qu'elle lui aurait fait. Les possibilités semblaient sans fond. Cependant elle se sentait, sous la bienveillance que lui prêtait Liz Connelly, étrangement transfigurée : une sorte de fantôme la traversa qui était à la fois elle-même et pas elle-même. C'était comme une projection momentanée dans le vide de son cœur, d'une image détaillée dont elle chercha à conserver la précieuse information alors même qu'elle s'évanouissait de nouveau dans le néant.

Amanda comprit qu'elle n'était pas obligée de dire à Liz que c'était Owen qui avait abîmé son canapé blanc.

« Parfois on ne peut pas s'en empêcher, pourtant », dit Liz. Elle se tourna pour fixer l'écran de sorte qu'Amanda faisait face au brun vague de l'arrière de son crâne. « Parfois on ne peut pas s'en empêcher. »

Dans la cuisine, Eddie regardait par la fenêtre, se tenant simplement là, à l'endroit où se trouvait l'ancienne cuisine. Il regardait le jardin sous la pluie. Il voulait toujours sortir : Amanda ne l'y autorisait pas, sinon les jours d'été parfaits, quand l'herbe, sèche et élastique, ne pouvait pas coller à ses semelles. Et même alors, il ne lui suffisait pas d'y rester assis – il lui fallait déterrer des choses, transporter des cloportes sur ses doigts, et construire des maisons pour les escargots à l'aide de pierres, de brindilles et de feuilles. Amanda avait vu un reportage à la télévision sur des enfants qui mangeaient ce genre de bêtes, dans des conditions de survie : des cafards, des escargots, même des rats et des souris. Là, dans la chambre forte aux couleurs neutres de sa cuisine, comme paralysée par son vide, elle s'imagina le laissant sortir dans le jardin pour qu'il se débrouille par lui-même, qu'il prenne des cafards qui se tortilleraient entre ses doigts boudinés pour les fourrer dans sa bouche, qu'il se fasse un abri pour dormir avec des pierres, des brindilles et des feuilles. Cela semblait être la seule alternative à la stérilité qui lui collait à la peau, à son cœur qui ne contenait pas d'amour. Et s'il était vrai qu'elle n'avait pas d'amour dans le cœur, alors quelle en était la raison ? Sa vie avait été une vie ordinaire : ses parents et grands-parents étaient ordinaires, ils avaient dit et fait ensemble des choses ordinaires. Ils avaient tous vécu ordinairement ensemble, dans leur maison ordinaire. Ils s'étaient couchés, s'étaient levés, avaient pris leurs repas et fait leur travail de manière ordinaire. S'il y avait un mal, alors c'était un mal d'un genre ordinaire.

Pourtant mamie avait dit qu'elle était froide : mamie, une petite créature faible aux cheveux de lin, à la peau pareille à de la poussière et aux yeux larmoyants et enfoncés. Elle avait été une petite femme inoffensive mais maintenant Amanda voyait en elle un oppresseur, un bourreau. Que savait-elle ? Quelle vision avait-elle eue sur la rive de la mort ? Et comment, si c'était seulement une vision ordinaire, mamie en avait-elle tiré une désapprobation si radicale et seigneuriale, un tel pouvoir de condamnation ? L'amour ! L'amour était-il le travestissement que revêtait la nécessité au moment où l'on s'y pliait ? Christine Lanham aimait-elle son mari, l'aimait-elle vraiment ? Sally Gibson aimait-elle sa fille, ou la craignait-elle, craignait-elle la capacité de sa fille à la détruire, ainsi que Betsy Miller – pauvre enfant – était à l'instant même en train de détruire ses parents ? L'amour n'était-il pas, au fond, la première concession à la mort ?

Amanda aimait sa Toyota argent : elle n'était pas folle. Et elle avait aimé le lapin de Susannah, dont le corps blanc et doux avait frénétiquement lutté dans ses bras. La sensation d'amour l'avait assiégée : elle avait à la fois brûlé et vécu en elle. Elle se le rappelait clairement. Elle avait voulu à la fois avoir le lapin et être le lapin. Elle avait voulu être Susannah. Elle n'était pas Susannah – peut-être était-ce la raison pour laquelle l'amour ne pourrait jamais s'enraciner en elle. Quand Jessica était née – cheveux noirs, hurlant à tue-tête –, elle s'était à nouveau présentée, cette possibilité de transfert. Mais il y avait trop de travail à faire, trop de désordre et de changement incessant, trop de réalité récalcitrante, pour que cet amour obscur, brûlant et jaloux s'y creuse un passage. Elle avait donc fait en sorte que Jessica lui ressemble, ait son indifférence nerveuse, ses préjugés contre le chaos, son âme imperturbable.

Et Eddie était le midi abrutissant de sa vie, le grain de sable : il était absolument brut de décoffrage. Il n'était pas son reflet, il en était incapable : il se contentait de traverser les heures au-devant d'elle en déplaçant les choses afin qu'elle puisse les remettre en place. Il avait une relation pure avec ce qu'elle avait de pire. Il tendit la main comme pour toucher le jardin et ses doigts rencontrèrent la fenêtre.

« Non, Eddie, ordonna-t-elle. Tu vas faire des marques sur le verre.

– J'ai vu mamie dans le jardin, dit-il.

– Mamie ? Tu veux dire Marlene ? » Marlene était la mère d'Amanda et habitait le Kent. « Qu'est-ce que Marlene faisait dans notre jardin ?

– Pas elle. Grand-mamie. Celle qui me donne des bonbons. Elle était dans le jardin. Je l'ai vue. »

Une ombre passa sur Amanda.

« Grand-mamie ne peut pas avoir été dans le jardin », dit-elle.

Eddie haussa les épaules. « Elle y était.

– Grand-mamie est morte. Elle est morte ce matin. Elle est morte là où elle habite.

– Oh, dit Eddie.

– Tante Susannah était avec elle. Elle lui a tenu la main. »

Eddie digéra la nouvelle.

« Oh. Pauvre mamie. Tu lui diras que je l'aime bien ?

– Je ne peux pas lui dire parce qu'elle est morte. C'est ça qu'être mort veut dire. Ça veut dire que tu ne peux plus dire des choses aux gens. »

Eddie se détourna de la fenêtre et la regarda. Ses vêtements étaient chiffonnés. Ses yeux étaient écarquillés et apeurés. Ses cheveux se dressaient en touffes, comme de l'herbe. Il vint vers elle. Sur son visage elle vit la prise de conscience de sa mortalité à elle. Il semblait vouloir qu'elle le réconforte du fait qu'un jour elle aussi mourrait. C'était un nouveau désordre auquel elle était censée remédier, une nouvelle charge qu'elle devait porter ; lui, il glisserait hors de ce savoir, il y échapperait après le lui avoir remis, et il s'en irait plus léger. Et qui portait ses révélations mortelles à elle, sa terreur ordinaire ? Sa mère, en pantoufles dans le Kent, ou dans sa caravane, où elle était en ce moment, au pays de Galles, sous la pluie ?

Il posa la tête contre ses cuisses puis il prit ses jambes dans ses bras et les serra. Une chaleur faible, irrégulière, émanait de son petit corps vigoureux. Elle contempla le jardin, l'arrière des maisons de Bedford Road qui avaient toujours l'air si peu dignes, avec leurs gouttières, leurs fils électriques et leurs rafistolages au mortier. En façade, la maçonnerie était belle et les allées bien taillées. Les façades étaient vues par des inconnus, des badauds, tandis qu'Amanda était obligée de supporter l'arrière tous les jours. Qu'est-ce qui, dans l'intimité, encourageait une telle vulnérabilité, une telle dilapidation ? Pourquoi l'engagement solennel qu'elle avait pris de passer sa vie avec James, Jessica et Eddie était-il récompensé par les dessous sales de son mari dans le bac à linge, les poils de sa barbe dans le lavabo, par les émotions refoulées de ses enfants ? Elle posa les mains sur les petites épaules d'Eddie.

« Je t'aime, maman, dit-il dans sa jupe.

– Idiot. » Elle pressa ses épaules.

« Maintenant je te dirai toujours des choses. Pour quand tu seras morte.

– Ce n'est pas très gentil de parler de la mort des gens, Eddie. »

Elle essaya de dégager ses jambes, mais il tint bon.

« Je m'en fiche », dit-il.

Après tout, elle ressentait une petite vague de reconnaissance de son identité, une petite sensation d'être dominée par sa petite nature décidée. Il la submergeait, la dépassait, petite vague chevauchant une crête dans le sable.

Liz Connelly et Owen étaient toujours dans le salon devant la télévision. Elle les avait presque oubliés. De là où elle était, elle voyait le bord kaléidoscopique de l'écran et l'une des jambes robustes de Liz Connelly, revêtue d'un pantalon noir. Elle se rappela la tache rouge, telle une fleur inconnue, sur le canapé et un éclair la traversa ; une sensation de violence, de confusion et de honte. Elle avait jeté le petit garçon sur les coussins. Elle se rappela ses yeux doux, secs, évaluateurs.

Bientôt ils allaient partir ; elle allait les faire partir. D'abord, elle allait faire lâcher ses jambes à Eddie. Puis elle allait empaqueter les Connelly et les mettre dehors sous la pluie, avec la tache rouge qui demeurerait comme un souvenir de cette journée, cette journée de sa vie dans laquelle tous les autres jours semblaient se rassembler pour finir par se dévoiler.

Puis elle ferait le hachis.

Les femmes se rendirent au centre commercial dans deux voitures.

Maisie Carrington monta avec Stephanie Sykes dans l'impeccable Alhambra bleu ardoise de Stephanie. Christine Lanham prit sa voiture en cas d'urgence, et parce qu'à l'idée d'elles toutes entassées dans une seule voiture pour aller au centre commercial de Merrywood elle craignait d'avoir l'impression de faire partie d'une troupe de secrétaires en virée shopping.

Il était presque midi, et la pluie tombait sur Arlington Park.

Sur son chemin, Christine passa chercher Ella à la garderie. Elle gara la voiture sur un emplacement interdit et courut sous la pluie avec son manteau sur la tête. C'était la garderie où allait Owen, le fils de Liz Connelly, le lundi, le mercredi et le jeudi. En son absence, Christine évoqua avec les puéricultrices le problème de l'attitude agressive d'Owen envers les autres enfants, avant de retourner sous la pluie, avec Ella sous le bras, où Stephanie et Maisie l'attendaient, garées dans l'Alhambra derrière sa voiture, moteur tournant.

D'Arlington Park au centre commercial de Merrywood il y avait cinq kilomètres. La route traversait les banlieues moins prestigieuses de Redbourne et de Firley. C'était ici que le flanc résidentiel de la ville succombait progressivement à l'échangeur autoroutier et que les premières étendues misérables de la campagne dénudée étaient entourées par un océan bétonné de parkings géants et d'entrepôts. Christine conduisait en musique, Ella gigotant à l'arrière, la bouche obturée par une tétine, sa main agrippant un biberon de lait prophylactique. Vu d'une voiture venant d'Arlington Park, l'anonymat organisé de Redbourne et Firley était peu reluisant ; ces banlieues étaient des endroits pratiques dont la seule fonction tangible était d'offrir un refuge à des êtres humains, comme au service d'une stratégie trop universelle pour tenir compte des vies individuelles. Sur trois kilomètres, la route menant au centre commercial traversait ces régions et offrait une vue bilatérale de la symétrie uniforme de leurs longues rues résidentielles rectilignes, qui défilaient en mesure comme le temps, chacune offrant brièvement sa perspective de maisons identiques, de jardins et d'allées saillant comme de petites langues pavées. Ces dernières années la route avait été élargie à quatre voies, ce qui accélérait le tempo du défilé des maisons et leur donnait l'apparence d'être plus engoncées que jamais dans leur ignominieuse version de la vie.

Redbourne et Firley avaient une autre utilité pour Christine Lanham : faire prendre à nouveau conscience aux habitants d'Arlington Park de leur propre condition, plus satisfaisante ; de l'intérêt, de la variété et du raffinement supérieurs de leur habitat. Il n'y avait rien de mieux que d'aller à Redbourne pour vous rappeler pourquoi vous habitiez Arlington Park, où un trop long séjour sans l'intrusion de contrastes pouvait susciter une étrange et inquiète sensation d'avoir trop demandé à la vie, d'avoir fait des efforts excessifs pour se séparer de ce qui était au fond inoffensif et aurait même pu être fructueux.

Un coup d'œil à Firley pouvait vous guérir de cela. Firley était un désert traversé par de vieilles dames choucroutées en fauteuil roulant motorisé et des hommes qui lavaient avec lenteur les caravanes garées devant leurs maisons ; par des adolescents coiffés de casquettes de base-ball, d'écouteurs et de capuches, dont la tête emmaillotée était un déni à la conversation, à la vie même ; par des jeunes filles en survêtement qui n'avaient jamais fait de sport, poussant des landaus aussi larges que leurs corps et considérant la route avec expectative, comme si elles pensaient que le salut arriverait par cette voie. Il n'y avait rien de notable à Firley, sinon une maison près de la route qui, à partir de la mi-octobre, affichait une collection des plus extravagantes décorations de Noël en plastique éclairées au néon, dont un père Noël géant, avec son traîneau et son renne sur le toit qui s'allumaient et s'éteignaient de telle sorte que le renne semblait galoper sur ses jambes rouge vif. Les enfants tiraient sur leurs ceintures de sécurité pour l'apercevoir au passage, pour voir le renne qui galopait convulsivement dans la débauche de pulsations lumineuses d'une fontaine lançant des éclairs, une fontaine de ce qui leur semblait être l'amour, décrivant ses éternelles arabesques clinquantes dans la minable obscurité de brique rouge de ces sempiternelles rues droites.

Au feu, Maisie Carrington et Stephanie Sykes scrutèrent l'arrière du crâne de Christine Lanham dans la voiture qui les précédait et la partie densément sculptée de son visage capturée par le rectangle du rétroviseur latéral, dans lequel elle voyait leurs visages côte à côte derrière elle.

Christine Lanham avait, secrètement, une peur bleue de Redbourne et de Firley ; de Redbourne plus que de Firley, car c'était plus proche d'Arlington Park et donc plus menaçant. Firley se trouvait à l'entrée de l'autoroute, là où la route s'élargissait et devenait un grand arc bétonné d'aspiration humaine, et la circulation quittait rapidement, libérée, les dernières maisons sinistres en direction du centre commercial de Merrywood. Mais Redbourne était plus dense et plus étroit, et, chaque fois qu'elle y passait, Christine éprouvait une peur dont l'évidente improbabilité de sa réalisation ne la protégeait pas. C'était le même genre de peur qu'elle avait ressentie dans l'enfance, quand elle songeait qu'elle pourrait ne pas être la fille de ses parents : une crainte rétrospective d'inauthenticité qui semblait lui révéler la vulnérabilité de sa compréhension de la vie réelle, authentique. Redbourne rappelait à Christine son manque de contrôle sur le destin, la fatale fragilité de chaque marche, où le plus petit écart à gauche ou à droite pouvait produire un monde totalement différent. Distants de huit cents mètres, moins par endroits, Arlington Park et cette banlieue sans texture étaient l'illustration même de ce principe. Géographiquement, huit cents mètres étaient le plus mince des fils : elle avait échappé à Redbourne de si peu. Sa présence était un danger constant, car il représentait une distinction devant laquelle elle ne se sentirait jamais complètement en sécurité. Généralement elle n'allait là que lorsqu'elle se rendait à Merrywood, observant ses habitants à l'abri dans sa voiture et les méprisant d'autant plus qu'elle avait le sentiment qu'elle aurait pu être l'un d'eux.

Les deux voitures quittèrent Firley, traversèrent la passerelle au-dessus de l'autoroute avec sa circulation qui se précipitait en un furieux désordre vers l'horizon gris, et s'engagèrent sur la nouvelle route à quatre voies qui coulait telle une rivière rapide et large le long des champs et des fermes semblant avoir rapetissé telles des reliques, de vieux os. Il y avait quelques moutons dans l'un des champs, à côté d'un magnifique parc d'exposition de voitures rutilantes, et plus loin une fermette sous le vent d'une station-service avec trois chevaux dans un enclos. Ils s'étaient regroupés près de la barrière. Il y avait quelque chose de vaguement humain dans leur comportement, une inquiétude, qui semblait avoir remplacé leur nature animale. Des réverbères hauts de dix mètres longeaient la route qui montait la colline, où d'énormes supermarchés aux allures de pavillons et des entrepôts avaient poussé les uns sur les autres : un magasin de carrelage, un commerce de salles de bains, deux hypermarchés de bricolage, un entrepôt de matériel électrique et un supermarché tout neuf en plus de ceux qui se trouvaient déjà là, dans un tourbillon de goudron à peine sec. Un gigantesque rond-point pyramidal, haut de quelque douze mètres en son centre de béton, prenait trois voies et les redistribuait en différentes directions. Sur la crête de la colline se dressait Merrywood, monolithique tel un temple, des éclairs de lumière rebondissant sur ses parois en verre.

Récemment Christine avait lu une lettre dans la page courrier de l'*Arlington Gazette* qui qualifiait Merrywood de « tumeur sur l'intestin constipé de l'autoroute ». Elle écrivait souvent au journal. Un jour – c'était sa réponse scandalisée à une diatribe contre les mères qui, en conduisant leurs enfants à l'école, provoquaient des encombrements –, ils avaient mis ses sentiments en caractères gras et avaient qualifié sa missive de « lettre de la semaine ». Tentant de se hisser à d'égales hauteurs, elle avait donné libre cours à une colère délirante et débridée. Leur correspondant voulait-il qu'ils retournent tous à l'âge de pierre ? Voulait-il vivre dans une époque où la liberté de choix et de mouvements serait réservée à quelques privilégiés ? Peut-être préférerait-il que les clients de Merrywood se sentent honteux et coupables de leur prospérité matérielle – ou mieux encore qu'ils ne soient pas prospères du tout, de peur qu'en l'absence de Merrywood ils ne soient obligés de venir en hordes dans le petit établissement élégant où lui faisait ses courses !

Il manquait à ces remarques le coup fatal, dont Christine avait maintenant compris qu'il lui serait impossible de l'administrer, ce qui d'ailleurs serait inutile car Merrywood était effectivement lancé dans une effrayante croissance végétale, impossible à enrayer, et si l'auteur de la lettre voulait y voir une mauvaise chose, eh bien ce n'était rien de plus que son choix.

La pluie avait cessé et comme elles pénétraient en groupe sur le parking, le soleil jaillit d'une trouée dans le lourd ciel gris sombre. Les toits des voitures, file après file, formaient un champ métallique ondulant et brillant qui s'étendait presque à perte de vue.

«Pourquoi est-ce qu'on ne fait pas ça plus souvent? dit Christine, par la vitre baissée de Stephanie.

– Je ne sais pas, répondit Stephanie d'un ton suggestif, attendant une explication.

– Je veux dire, on est là, chez nous, à donner de la purée de carottes à nos enfants – pourquoi on ne fait pas *ça* plus souvent?»

Les trois femmes considérèrent Merrywood, dont les grandes portes en verre épais s'ouvraient et se fermaient mécaniquement tout le long de sa large façade, ingérant et régurgitant les gens.

«Peut-être qu'on a trop la trouille de nos maris, dit Stephanie, avec un vaillant sourire rehaussé de rouge qui laissait croire que cette idée était quelque chose dont elle avait entendu parler sans l'avoir elle-même expérimenté.

– Oh, qu'ils aillent se faire foutre, dit Christine. Même si je dois admettre que Joe ne voit pas d'inconvénient à ce que je vienne ici. En fait, je pense qu'il aimerait que je vienne plus souvent. Il est du genre, vous savez, "Pour l'amour de Dieu, achète-toi des vêtements convenables. N'achète pas que pour les enfants. Achète-toi de jolies choses."

– Tu es toujours parfaite! protesta Stephanie.

– Tu sais comment c'est, dit Christine, par la vitre. Après la naissance d'Ella j'ai porté le même pantalon pendant deux ans. C'était comme ce qu'on dit des gens qui sortent de prison. À la fin, je ne savais pas comment l'enlever. J'avais besoin d'une réadaptation.

– Deux ans, dit Stephanie. Ça doit être un record.

– Stephanie n'a même jamais eu besoin de changer de vêtements, dit Christine à Maisie Carrington, qui était sur le siège du passager. On essayait toutes de convaincre nos maris qu'il était parfaitement normal de sembler enceinte de sept mois un an après l'accouchement, et ensuite ils voyaient Stephanie.

– J'étais énorme après Jasper, dit Stephanie.

– Pas du tout.

– Si ! Je me suis juste débrouillée pour que ça ne se voie pas.

– J'adore tout simplement *venir* ici », lança Christine, parcourant du regard la brutale immensité du parking, où le soleil continuait à tirer ses traits de lumière indécis et où la pluie du matin perlait le métal rutilant des voitures, leur donnant l'air d'être à peine nées. Il y avait de grandes flaques sur le goudron neuf où des nuages laineux et des morceaux de ciel brillant se réfléchissaient. « Je ne sais pas, ça me fait du bien. C'est comme si la vie était pleine de possibilités. »

Elle ouvrit la portière arrière de sa voiture, où Ella regardait dans le vide, le pouce dans sa bouche charnue. Elle tenait son lapin, Robbie, serré dans son poing. Ses petites cuisses chaudes étaient parsemées de miettes, et de taches là où le lait s'était renversé. La banquette arrière était jonchée de jouets, de vêtements sales, de cartons de jus et de biscuits à moitié mangés. De temps à autre, Christine balayait le tout négligemment d'un bras ; il lui semblait que nettoyer sa voiture était une chose digne des habitants de Redbourne. Elle plaça Ella dans sa poussette et claqua la portière, sur quoi Ella se mit à vagir et à se débattre furieusement dans ses sangles, tendant les bras de manière suppliante. Christine ouvrit la portière, sauva Robbie de sa déchéance sur le plancher, le fourra sur les genoux d'Ella et claqua de nouveau la portière. Robbie était gris et fatigué du besoin qu'Ella avait de lui. On aurait dit que la corvée de l'amour l'avait déformé et rendu insensible.

« Prêtes ? » demanda Christine à la cantonade.

Stephanie était là ; vêtue de sa petite veste boutonnée jusqu'au cou, chaussée de ses bottines avec Jasper bien installé dans sa poussette, comme si elle posait pour sa propre vie.

« Prête », dit-elle avec un petit rire.

Maisie Carrington portait un jean usé avec une jupe par-dessus, un pull épais, grossièrement tricoté, d'une couleur marécageuse et indistincte, et une vieille veste de tweed. On aurait dit qu'elle portait plus d'une tenue, comme en cas de misère soudaine. Sous ses cheveux noirs décoiffés son visage était solennel.

Christine pointa le doigt dans sa direction.

« Tu n'as pas d'enfant ! » protesta-t-elle.

Maisie jeta un regard sidéré autour d'elle.

« Ils sont tous les deux à l'école, dit-elle.

– Je viens juste de m'en apercevoir, dit Christine, pensant que la dernière chose qu'elle ferait si elle n'avait pas à s'occuper d'enfants serait de passer du temps avec des femmes qui y étaient obligées. C'est drôle, non ? »

Maisie Carrington s'était récemment installée à Arlington Park avec son mari et ses deux enfants. Ils venaient de Londres. Chaque fois qu'elle la voyait, Christine ressentait un désir brûlant de l'accaparer, presque de la neutraliser : il y avait quelque chose en elle qui évoquait sans cesse dans l'esprit de Christine le spectre inconfortable des marches du destin, qui l'amenait à se demander si Arlington Park était à Londres ce que Redbourne était à Arlington Park. C'était étrange : elle avait voulu l'accaparer et pourtant elle était un peu déçue par la facilité avec laquelle elle avait réussi. Elle avait découvert que la manière la plus facile de capturer les gens était de les arrimer, quand ils étaient exaspérés par les enfants et que leur temps était une sorte de bien public, un espace ouvert dans lequel les autres étaient libres de pénétrer. Elle était surprise que Maisie Carrington ait choisi de passer son temps avec elle et Stephanie Sykes : cela la décevait un peu.

Christine n'avait pas à penser à ce qu'elle ferait si elle était seule parce qu'elle ne l'était jamais.

« Je ne me suis pas rendu compte de la distance », dit Maisie, en s'excusant un peu.

C'était Christine qui avait invité Maisie à déjeuner avec Stephanie et elle ; et Christine qui avait dit – elle avait senti quelque résistance – que Merrywood était « à deux pas ». C'était Christine, qui refusait d'admettre qu'elle regrettait maintenant de ne pas avoir pris en compte le fait que Maisie n'avait pas de voiture, qui l'avait pressée de venir dans celle de Stephanie. Du coup, Maisie était coincée à Merrywood pour les deux heures à venir sans possibilité de s'échapper, entièrement à la merci de Christine. Elle avait le sentiment de sa force, qui lui avait permis de réussir tout cela sans opposition : peut-être Maisie, avec son aura londonienne, était-elle toute fragilité, toute sensibilité aisément blessée. Peut-être était-ce cela l'aura londonienne : la fragilité.

En plus, les Carrington venaient dîner ce soir chez elle, ce qui pourrait bien causer leur perte, être la goutte qui ferait déborder le vase. Ils retourneraient à Londres avec d'horribles histoires hilarantes sur Arlington Park, et par la seule faute de Christine, Arlington Park aurait perdu deux des personnes dont le genre inhabituel en faisait précisément un endroit intéressant et vibrant.

« Je voulais seulement dire, tu sais, comme c'est *étonnant*. Comme c'est étonnant d'avoir du temps à *soi*. Aucune de nous n'a de temps à soi, n'est-ce pas ? Certes, on ne le passerait peut-être pas toujours ici… Mais parfois c'est amusant, non ?

– Assez bavassé, les filles», dit Stephanie Sykes, levant impatiemment au ciel ses sourcils dessinés au crayon.

Il y avait tant de gens comme Stephanie Sykes à Arlington Park qu'on aurait pu les disposer côte à côte tout autour du parking de Merrywood sans en avoir épuisé le nombre.

«Ils me manquent quand ils sont à l'école, dit Maisie, ce qui aggrava encore la confusion de Christine. Je crois que c'est parce que je n'arrive jamais à comprendre ma relation avec eux quand ils sont à la maison. Ils partent et je ressens cette incomplétude. Regardez ça», ajouta-t-elle soudain, s'arrêtant et pointant l'index alors qu'elles traversaient le parking.

Christine regarda. Maisie semblait indiquer quelque chose à l'extrémité du parking, au-delà des barrières automatiques. Il y avait un terrain accidenté à côté de l'entrepôt réservé aux livraisons et aux retraits, où on récupérait les achats encombrants. Les voitures allaient et venaient sur la bretelle d'accès. Au-delà, Christine vit les pauvres formes blanches de ce qui ressemblait à trois ou quatre caravanes. Entre elles étaient tendues des cordes à linge, sur lesquelles séchaient des vêtements d'enfants.

«Des gitans», dit Maisie. Elle secoua la tête. «Tu parles d'un endroit pour vivre. Juste là où les gens viennent récupérer leurs canapés.»

Christine examina les caravanes et tâcha de comprendre ce que signifiaient les remarques de Maisie. Ce n'était pas très agréable d'avoir une troupe de gitans qui vous observaient quand vous veniez récupérer votre canapé, elle était d'accord, mais ce n'était pas non plus la fin du monde.

Elle sentait de nouveau la présence de l'aura de Londres, comme un brouillard au travers duquel elle n'arrivait pas à voir clairement.

« Je crois qu'ils ne font rien de mal, dit-elle, trottant pour rattraper Maisie et Stephanie. Je veux dire, quand on y pense, ce n'est pas un si mauvais endroit où les mettre. Au moins, ils ne gênent pas ici. Je suis sûre que la police les déplacerait s'ils causaient le moindre ennui.

– Ce sont des *gens* », dit Maisie tout bas, de sorte que Christine se sentit énervée, belliqueuse, et déterminée à défendre les plaisirs de Merrywood contre la menace de spoliation, d'où qu'elle vienne.

Elles quittèrent le parking et franchirent les grandes portes en verre avec leur portique en chrome pour pénétrer dans l'atrium où des escalators en verre exécutaient une rotation constante sur trois étages jusqu'au dôme transparent du toit, de sorte que toutes les couches du bâtiment étaient visibles d'en bas. C'était comme une illustration des cavités du cœur : les gens étaient transportés vers le haut par les escalators pour finir par émerger de nouveau, oxygénés par le shopping. Au centre du hall principal une fontaine colossale crachait régulièrement son jet d'eau parmi des réseaux feuillus de plantes, et des grappes de ballons de couleur dérivaient silencieusement au bout de leurs longes, comme suspendues dans un liquide. Un son hydraulique, régulier et mystérieux emplissait les espaces résonnants colorés par la lumière du jour, bien que de la musique se fît entendre juste sous sa surface et celle des bruits humains, étrangement étouffés et indistincts, comme un vacarme perçu sous l'eau : les voix qui montaient et descendaient, arrivant en boucles et en brusques rumeurs, les cris perçants des bébés, les hululements et hurlements syncopés des semelles en caoutchouc sur les sols carrelés et le chant d'oiseaux mécanique et spontané des téléphones mobiles. L'endroit était plein de monde, sur les escalators, tout le long des galeries aux façades de verre, grouillant dans les larges avenues qui essaimaient du hall principal, pourtant l'acoustique étrange et la lumière saturante et vitreuse atténuaient à ce point la sensation de rassemblement humain qu'il leur semblait presque qu'elles nageaient ou flottaient plutôt qu'elles ne marchaient. L'air conditionné annulait l'odeur des corps. L'atmosphère était ainsi découpée en d'invisibles territoires parfumés, et autour des cafés en plein air planaient continuellement des effluves de moka et de pâtisserie comme pour remplacer les murs et le langage.

Maisie, Stephanie et Christine s'arrêtèrent à la fontaine, dont le fond carrelé peu profond était tapissé de la menue monnaie jetée par les gens, et les enfants tirèrent sur les sangles de leurs poussettes pour mettre les mains dans l'eau froide et chlorée, et pour explorer le feuillage des plantes en plastique dans leurs pots remplis de galets. Sur un banc, à côté de la fontaine, une grosse fille était assise, tenant un petit sac en plastique rose sur lequel était écrit *Moi*, fermé par un ruban rose, comme un présent à elle-même, solitaire aux yeux perdus dans le vague. Les gens qui se déplaçaient dans le hall et montaient et descendaient sur les escalators dégageaient une impression de blancheur aveuglante : filles à la peau d'un blanc terne, aux cheveux pâles bien tirés en arrière, grosses femmes blanches au corps tremblotant et crémeux de blanc-manger, hommes vêtus de pantalons de survêtement blancs et de T-shirts blancs repassés dont le parfum chimique de lessive en poudre émanait brièvement avant d'être aspiré par les ventilateurs, adolescents en survêtement immaculé coiffés de casquettes de baseball, dont certains étaient maigres comme des spectres, avec une peau blanche tel un suaire, des dents protubérantes et des yeux d'enfants affamés. Il y avait des filles minuscules habillées en anges, des caniches et des poneys de concours, des petits garçons déguisés en champions miniatures et en bûcherons, des filles avec des nouveaux-nés en landaus, emmitouflés dans des couvertures blanches, qui ratissaient le plafond de verre de leurs regards inconsistants, des filles avec des bijoux et de la fausse fourrure qui hurlaient de rire. Ici et là des bambins harnachés beuglaient et titubaient follement dans de petites chambres sonores saturées de bruit.

« Par où commence-t-on ? » demanda Christine, les yeux écarquillés.

Les trois femmes descendirent la large avenue centrale. Une délégation de gens en fauteuil roulant – certains se propulsant seuls, d'autres jetant en cachette des coups d'œil de côté, menton sur la poitrine – les obligea à se séparer un peu. Elles passèrent devant des boutiques de téléphonie mobile et des boutiques de survêtements, des boutiques de sport et des boutiques de bijoux et des boutiques avec des mannequins moulés blancs acéphales qui faisaient la conversation dans les vitrines éclairées au néon. Des panneaux d'affichage rotatifs étaient suspendus au plafond par de longs câbles. Un gros plan de deux bouches rieuses prêtes à s'embrasser apparut, puis la photo d'un couple allongé sur un plancher en bois vitrifié comme des insectes accouplés, la femme sur le dos, un verre de vin posé à côté. Il y avait une image d'un petit tas de vêtements abandonnés sur une plage, tels les restes d'un suicide, avec la mer bleue s'étendant au-delà jusqu'à l'horizon et les mots « Libérez-vous » au-dessus.

Elles entrèrent dans le grand magasin à l'extrémité du centre commercial et furent instantanément happées par le rayon cosmétiques. Des femmes au visage maquillé vêtues de blouses blanches, pareilles à des actrices interprétant des rôles de chirurgiennes, immobiles dans leurs laboratoires de beauté, clouaient les passantes d'un regard inquisiteur sous leurs étroits sourcils arqués. Il y avait un bourdonnement d'animation dans le hall chaud et parfumé. Stephanie et Christine s'appliquèrent du rouge à lèvres sur le dos de la main puis l'effacèrent, et Stephanie accepta bravement les compliments ambigus d'une vendeuse sur la jeunesse de sa peau – « vu votre âge» – tandis que Maisie esquivait l'offre d'un cours gratuit de maquillage personnalisé, comme si la femme l'avait menacée de lui arracher les dents à l'aide de tenailles.

Au rayon mode féminine une petite foule s'était rassemblée autour d'un podium, où une femme avec un microphone dispensait ce qu'un panneau décrivait comme un «atelier mode». Les foules blanches ne semblaient pas avoir vraiment pénétré les paisibles places fortes du grand magasin, et particulièrement la mode féminine. Ici les têtes étaient grises et les couleurs automnales, comme si leurs vêtements étaient le signe d'une ancienneté épiscopale, au service de laquelle elles s'étaient réunies pour entendre réinterpréter l'évangile de l'élégance discrète.

«Voyons cela, dit Christine, dans un chuchotement adapté aux urgences religieuses.

– Ce look est très actuel, très tendance, dit la femme dans son microphone, maintenu devant ses lèvres par un casque pour lui permettre de mettre et d'enlever les articles concernés, et il est particulièrement facile à porter pour celles d'entre vous qui comme moi sont un peu plus larges de hanches qu'elles l'aimeraient.»

Elle ôta une veste, s'empêtrant momentanément dans le fil de son casque, et en mit une autre. Son caraco en dentelle crème était sorti de son pantalon. La chair de ses bras et de sa poitrine semblait rougir de confusion.

«Elle n'a pas les hanches larges, dit l'une des têtes grises à une autre. Elle est mince comme un fil.

– Certaines d'entre vous se demandent peut-être, si vous avez la carrosserie trop imposante comme moi, ce qu'il faut faire de leur pneu supplémentaire – je vois que vous savez *toutes* de quoi je parle, ajouta-t-elle dans l'hilarité générale. Ce qu'il faut faire, si vous portez ce genre de veste courte, avec cette bande de graisse tremblotante autour de la ceinture – allez, mesdames, avouez-le!

– Oh, pour l'amour de Dieu, murmura Christine, les doigts posés sur le menton en une attitude de reproche.

– Admettons-le, mesdames, personne ne veut plus voir nos ventres flasques et nos nénés flasques ! Et autre chose – la plupart d'entre nous ne veulent pas non plus qu'on les voie ! Nous en avons toutes assez, n'est-ce pas ? »

Acclamations d'approbation assourdies.

« Je la trouve très séduisante », dit une femme devant Christine.

La femme ôta sa veste et se révéla au public dans sa dentelle froissée et mal seyante. Son visage était rouge et sa chevelure blonde ébouriffée. Elle leva les bras vers elles en un geste de supplication.

« Maman ! cria Ella.

– Ce à quoi je veux vous faire réfléchir – ce sur quoi je veux attirer votre attention, mesdames –, ce sont les trois C magiques. » Elle baissa la voix. « La coupe, la coupe et la coupe !

– Maman ! Man ! Maman ! Toilettes ! »

Maisie, Stephanie et Christine furent obligées de descendre au sous-sol à la recherche de toilettes pour Ella. Au rayon meubles, Christine s'assit au bord d'un lit et dit :

« Sans plaisanter, j'ai trouvé ça franchement déprimant.

– C'était un peu trop, dit Stephanie.

– Je veux dire, c'est tout ce à quoi on peut aspirer ? C'est tout ce qu'il y a au bout de cette foutue pagaille ? Cette putain de coupe ? Je préférerais être une vieille pute obèse adossée au bar en talons aiguilles blancs – vraiment ! » insista-t-elle, quand Maisie et Stephanie se mirent à rire.

Elles étaient assises dans une réplique de chambre d'enfant. Le lit blanc en bois cérusé était surmonté d'un voile blanc suspendu à un cerceau. Le lit était soigneusement fait avec un oreiller et une couette, sur laquelle le mot « princesse » était écrit plusieurs fois en caractères différents. Un des supports sortait de la tête de lit et il s'affaissa là où Christine s'assit. Il y avait une commode blanche en bois cérusé et une armoire avec un miroir ovale encadré de plastique rose fixé à la porte. « Miroir, mon beau miroir… », était écrit sur la glace en décalcomanies rayées.

« Cette femme m'a donné envie de m'ouvrir les veines », ajouta Christine avec tiédeur, le regard perdu dans les labyrinthes du sous-sol meublé.

Des canapés en cuir blanc exagérément rembourrés étaient disposés autour d'une table basse en chrome et verre de la taille d'un bassin, et de nombreux décors stériles de salle à manger recevaient d'invisibles convives au nombre de quatre, six et huit. Tout au bout il y avait des rangées de lits à deux places, raides et nus, telles des tombes en attente.

« Pourquoi ? sourit Stephanie en secouant sa tête brillante. Pourquoi est-ce qu'elle t'a énervée à ce point ? »

Christine ne répondit pas. Ella, libérée de sa poussette, découvrait les dangers de son nouveau foyer. Elle ouvrit un tiroir de la petite commode et il produisit un craquement comme s'il allait tomber par terre. Silencieusement, Christine se leva du lit et repoussa le tiroir sur ses rails.

« Je ne voudrais pas vous choquer, dit-elle.

– Moi tu ne peux pas me choquer, assura Stephanie en souriant.

– Comme je disais, réitéra Christine, après une pause, je ne veux pas vous choquer mais ce sont des choses comme ça qui me font penser qu'un jour je vais commettre un geste de désespoir. Cette femme, qui parlait de seins flasques – je ne peux pas l'expliquer. »

Elles se levèrent, firent entrer la poussette dans l'ascenseur et retournèrent au rez-de-chaussée.

« Ce qu'il y a, Stephanie, dit Christine, c'est que tu n'as probablement jamais voulu être coiffeuse. »

Le joli visage mutin de Stephanie afficha une expression d'indécision, comme si elle s'apercevait que cette éventualité était exclue pour toujours.

« Je veux dire, tu as probablement toujours voulu être institutrice, avoir un mari qui gagne beaucoup d'argent, une magnifique maison et quatre merveilleux enfants. »

Elles entrèrent de nouveau dans le hall principal bruissant d'échos, où une grosse femme informe aux cheveux courts maladroitement sculptés autour de son visage large et pâteux criait : « Savannah ! Savannah ! », et où une toute petite fille pâle aux membres grêles dérivait d'un pas incertain en direction des escalators.

« Ce que je dis c'est qu'en fait tu as beaucoup de chance, poursuivit Christine. Nous avons toutes beaucoup de chance. Avant de rencontrer Joe, j'étais du genre à manger de la salade de fruits en conserve et à acheter de la piquette allemande pour les invités. Nous étions le style de famille qui prend tous ses repas devant la télé. Maman jouait au Loto tous les jeudis soir. Ça ne veut pas dire que ce n'était pas quelqu'un de formidable, ajouta-t-elle, en entrant avec la poussette à l'intérieur d'une boutique dans le sillage de Stephanie. C'était quelqu'un de formidable. C'est toujours quelqu'un de formidable, bien qu'elle lève souvent le coude et qu'elle ne veuille pas entendre parler de ses petits-enfants. »

La boutique était une boutique de vêtements. En vitrine, les mannequins acéphales portaient des hauts de bikini pailletés, des minijupes moulantes et des pantalons à la taille si basse qu'il semblait qu'on voulait abolir le pouvoir de suggestion.

« Qu'est-ce que vous en pensez, les filles ? demanda Stephanie par-dessus son épaule, avec un petit sourire crâne qui faisait tomber les coins de sa bouche. On tente le coup ?

– Pourquoi pas ? dit Christine.

– J'adore cet endroit, dit Stephanie. Je l'*adore*. Tous ces fabuleux vêtements trashy – c'est très bien à condition de ne pas les porter tous en même temps, tempéra-t-elle. Et tout est si *incroyablement* bon marché !

– Stephanie ! dit Christine en haussant les sourcils. Tu me surprends. En te voyant à la porte de l'école avec tes écharpes en mohair d'adolescente et tes bottines – nous ne connaissions absolument pas cette face cachée de ta personnalité !

– Vous ne trouvez pas que parfois on a juste envie de porter quelque chose qui fait vraiment *pute* ? demanda Stephanie, rougissant joliment tandis qu'elle fouillait dans un bac et engageait du talon le frein de la poussette de Jasper.

– Je ne dirais pas ça, répondit Christine, adressant à Maisie un regard singeant l'effarement. Comme je disais : tout ça est un peu trop près de mes origines, Stephanie. J'ai peur de revenir à la case départ. Je pourrais très bien rentrer chez moi et me surprendre à déboucher une bouteille de jaja allemand.

– Où est-ce que tu achètes tes vêtements, Maisie ? » demanda Stephanie.

Maisie Carrington avait les mains jointes devant elle et une expression vide sur le visage, comme une enfant grandie trop vite en train d'attendre le bus.

« Je ne sais pas », dit-elle. Elle haussa les épaules en signe d'impuissance. « Dans plein d'endroits différents.

– Tu as un look très particulier, dit Christine. Un look très – quel est le mot – électrique. Comme ce que tu portes en ce moment. La jupe sur le pantalon. C'est très personnel, très électrique.

– Merci, dit Maisie.

– Bon Dieu, dit Christine en levant les sourcils au passage d'une vendeuse. Elle a l'âge d'être à l'école.

– Il faut que tu essaies de ne pas y penser, dit Stephanie avec ferveur. Il faut juste que tu penses : j'ai le droit d'être ici. J'ai de l'argent, je suis une femme et j'ai le droit d'être ici si je le veux.

– Je me dis simplement, vous savez : et les poussettes ? Elles nous trahissent en quelque sorte, vous ne trouvez pas ?

– La moitié des filles de seize ans qui viennent ici ont des poussettes, répliqua Stephanie, impatiente.

– Voilà une pensée rassurante, dit Christine. Exprimée avec sincérité, Stephanie. Je me disais, vous savez, peut-être que la bonne coupe n'est pas une si mauvaise chose après tout. Je ne plaisante pas. Qu'est-ce qu'il y a de mal à faire son âge ? Qu'est-ce qu'il y a de mal à avoir l'air de ce qu'on est ? »

La boutique était étroite mais profonde, et s'élargissait à l'extrémité en une sorte de caverne, où chaussures, bottes et sandales reposaient sur d'innombrables tiges en plexiglas et où de grosses grappes de bijoux pendaient sur des arbres de métal. Au centre de la boutique et jusqu'en haut, de toutes parts, des vêtements étaient compressés sur des tringles de sorte que depuis la porte, ils ressemblaient à une foule immobile et silencieuse, à ses résidus classés par catégories. Les hordes de hauts rayés et de petites vestes, de robes vides, de pantalons aplatis et de T-shirts spectraux customisés étaient pareilles aux contours d'une existence vécue, pareilles au contenu d'un musée commémorant une époque révolue de rapports humains rudimentaires, de péripéties sociales si passagères et spontanées que personne n'avait pris la peine de venir les étoffer. Ils étaient pendus là avec leur design pointilleux et suggestif, à l'abri de l'ombre, tandis qu'une bruyante musique les tenait dans son instant perpétuel de consommation synthétique, et qu'au-dehors, dans le centre commercial bruissant d'échos et inondé de lumière, des gens allaient et venaient sans but comme s'ils traversaient les champs du purgatoire.

Maisie dit : « Je ne comprends pas pourquoi il y a toujours cette musique.

– Qu'est-ce que tu veux dire ? demanda Christine. C'est quoi le problème avec cette musique ?

– Oh, rien, murmura Maisie. Sauf qu'elle est pleine de haine. Ça ne parle que de gens qui se haïssent.

– Je ne l'entends pas vraiment, dit Christine.

– Oh, allez, les filles, les exhorta Stephanie. Jouez le jeu.

– Qu'est-ce que tu veux dire : ça parle de gens qui se haïssent ?

– Les paroles, dit Maisie en mettant les mains sur ses oreilles.

– Tout ça me plaît beaucoup, dit Christine, se dandinant. C'est très entraînant. Stephanie, je sens qu'un achat dangereux se profile. Je me dis, vous savez, montrons un peu la naissance de nos seins. Je me dis, montrons nos – comment est-ce qu'elle les a appelés ?

– Nos nénés flasques », dit tout haut Stephanie, puis elle mit la main sur sa bouche. « Pardon. »

Dans les cabines d'essayage, une fille avec un long ventre blanc pareil à une racine et des yeux tristes bordés de khôl leur donna une étiquette en plastique et dit :

« Il y a de la place pour les poussettes dans celle du fond.

– Vous voyez ? dit Stephanie, tandis qu'elles se hâtaient près de la rangée des cabines vides fermées par des rideaux. Je vous l'avais dit.

– Nous avons droit, dit Christine, à la suite réservée aux adolescentes enceintes.

– Maisie, tu n'as rien ? » demanda Stephanie, se penchant pour libérer Jasper de sa poussette, tenant l'étiquette entre ses dents blanches et régulières.

Maisie sourit, fit non de la tête et s'assit sur le banc capitonné de leur cabine. Stephanie rangea son sac et sa poussette dans un autre coin. Christine tira le lourd rideau en velours rouge et pendit soigneusement ses vêtements à un crochet. On aurait dit les femmes d'une tribu itinérante arrivant dans une nouvelle pièce exiguë.

« Tu nous donnes l'impression d'être futiles, Maisie, dit Christine. Quand elle rentrera elle racontera à son mari quelle bande de femmes tristes et futiles nous sommes. Elle va téléphoner à toutes ses amies londoniennes pour leur parler de nous.

– Ton mari est très beau, Maisie, dit Stephanie, avec son sourire qui s'abaissait aux coins.

– Je m'amuse comme une folle, dit Christine. Je veux dire, nous sommes toutes tellement responsables, non ? La plupart du temps nous sommes tellement bien, non ? Nous sommes de si bonnes *épouses* et de si bonnes *mères*, et nous nourrissons sainement nos familles, nous emmenons nos enfants à leurs leçons de piano, nous arrangeons nos maisons à la perfection, et parfois… » – elle souleva son chemisier au-dessus de sa tête et révéla ses gros seins veinés de bleu dans son soutien-gorge en résille blanche – « … parfois on a juste envie de s'amuser, non ? Parfois je me dis : mon Dieu, je pourrais juste laisser tomber tout ça. Je pourrais laisser tomber tout ça autour de moi. Qu'est-ce que vous en pensez ? »

Elle se tourna d'un côté et de l'autre dans une robe chemisier d'un violet grinçant fermée dans le dos par de petits cordons.

« En fait, dit Stephanie, c'est très joli. »

Christine consulta un instant le miroir.

« Joli pour servir des bières dans un pub, dit-elle en l'enlevant. Mon Dieu, Stephanie, elle est fantastique. »

Stephanie avait enfilé une robe moulante verte à col mao fendue sur le côté. Elle se retourna et se regarda en penchant la tête.

« Tu es fabuleuse, dit Christine. Est-ce qu'elle n'est pas fabuleuse ? »

Stephanie se retourna. Elle avait l'air excité.

« C'est un peu trop, dit-elle.

– Si j'avais ta silhouette, je m'en foutrais », dit Christine.

Jasper trébucha sur le sac de sa mère et se cogna la tête contre le miroir.

« Oh, mon poussin ! » s'écria Stephanie, pataugeant dans les vêtements pour le prendre dans ses bras, vêtue de sa robe verte.

Il brailla, sa petite main sur le front, tandis que Stephanie opérait sa résurrection.

« Oh mon cœur ! Tu as mal ? »

Il rugit et enfouit son visage au creux de son épaule, promenant ses mains sur le tissu soyeux de la robe au toucher inconnu. Stephanie s'assit avec lui à côté de Maisie sur le banc rembourré. Elle le prit dans ses bras et le berça, soins auxquels sa tenue donnait une sorte de théâtralité exotique. Un instant plus tard, Ella se mit elle aussi à pleurer, en voyant son reflet dans le miroir.

« Ne commence pas, dit Christine. J'aime bien celui-là, ajouta-t-elle, se tournant vers elles dans un nouveau haut.

– Il te va ? demanda Stephanie par-dessus les lamentations de Jasper. On ne dirait pas.

– Je l'aime vraiment beaucoup. » Christine se regarda de profil, d'un côté, puis de l'autre. « Oh Ella, qu'est-ce qu'il y a encore ?

– Tu es sûre ? » demanda Stephanie.

Christine avait le visage rouge. Elle fouilla dans son sac et en sortit un biberon de lait qu'elle fourra dans les mains d'Ella.

« Voilà, dit-elle. Non, il me plaît vraiment. La couleur me plaît vraiment.

– Tu as pas mal de choses dans cette couleur, lui fit remarquer Stephanie.

– Ah oui ? Quoi, en violet ?

– Tu portes souvent du violet.

– Vraiment ? Quoi, comme un évêque ? C'est ce qu'on dit ? Oh regardez, voilà Christine qui arrive dans sa tenue d'évêque. »

Stephanie rit d'une manière peu assurée.

« Non, pas du tout, dit-elle.

– Voilà le curé travelo, persista Christine. Voilà cette putain de dame en violet.

– Christ*ine* ! dit Stephanie d'un ton strident. Je ne parlais que de la couleur.

– J'aime cette couleur. » Christine étudia son reflet les yeux mi-clos. « Ella, si tu ne la fermes pas, je vais t'arracher la langue.

– Il faudrait qu'on leur donne bientôt à manger, dit Stephanie. Tu as faim, mon trésor ? Jasper, poussin, tu as faim ? Tu veux que maman te donne ton déjeuner ? »

Jasper acquiesça et tripota sa robe.

« Maman va juste essayer encore une chose. Encore une chose, d'accord ? »

Il y eut un moment de silence tandis que les femmes ôtaient leurs tenues. Dans leurs sous-vêtements, elles semblaient étrangement sans ressources, abandonnées, comme des femmes dont les maris sont partis à la guerre. Elles bougeaient leurs membres expérimentés et violacés, leurs poitrines et leurs ventres compliqués, comme si elles étaient un peu exaltées par leur liberté mais tout près de la prise de conscience fatale de ce que cela impliquait.

« Je ne *crois* pas, dit Stephanie, dans une robe de cocktail noire retenue par de fines bretelles pailletées.

– Pourquoi pas ? dit Christine avec un haussement d'épaules. Je trouve qu'elle est très bien. Tu devrais l'acheter.

– Tu es si gentille ! s'écria Stephanie. Tu veux que tout le monde ait tout.

– C'est comme ça que sont les évêques, Stephanie. C'est ça le putain de truc des membres du clergé. Voilà la dame en vioooolet ! » chanta Christine, prenant Ella dans ses bras et dansant avec elle tout autour de l'étroite cabine.

Dans la boutique, une foule s'était soudainement massée devant la caisse : des filles portant des lunettes de soleil relevées sur le crâne, des filles en veste courte, des filles aux cheveux chimiquement colorés, bouclés ou raidis, de grosses filles aux jambes éléphantesques et blanches en jupe courte, des filles moroses ou hurlant de rire ou parlant dans leurs portables.

« C'est ennuyeux, dit Christine. Il n'y avait personne quand nous sommes entrées. »

Elles se glissèrent dans la queue. Christine avait son haut violet sur le bras. Les enfants étaient sanglés dans leurs poussettes malgré leurs protestations. Ella se penchait au-dehors pour se jeter contre les jambes de sa mère. Christine regardait les autres.

« Tu n'achètes rien ? demanda-t-elle à Stephanie. Tu n'achètes pas cette robe ? »

Stephanie fronça le nez et secoua la tête. Christine observa la forêt charnue et bavarde des filles devant elle.

« C'est ennuyeux », dit-elle.

Le restaurant était au dernier étage et disposait de vastes fenêtres circulaires sur trois côtés qui offraient trois vues grises : une du parking, une de la bretelle d'accès et de l'autoroute au loin, et une des grillages, tuyaux et conduits qui caractérisaient le dôme de Merrywood vu de dessus. Il y avait un cadavre de mouette dans une gouttière, son bec jaune livide plaqué contre le toit, ses plumes huilées bougeant dans le vent avec raideur.

Un champ de tables et de chaises en Formica couvrait l'étendue moquettée d'un espace aux allures de hangar qui semblait perpétuellement au bord du chaos. Les gens se faufilaient à travers des chaises et des tables déplacées, chargés de plateaux en plastique. Partout des sacs éboulés avaient déversé leur contenu dans les allées, et des jouets et des manteaux d'enfants étaient abandonnés sur le sol sans que personne s'en souciât. Des employés en uniforme se déplaçaient autour des tables avec de grands sacs, balayant les vestiges abandonnés de défunts déjeuners, les plastiques, cartons et cellophanes, les pailles, les bouteilles d'eau et les serviettes en papier, les formes empaquetées des boîtes-repas pour enfants pareilles à un ensemble intact de restes géologiques, dans leurs profondeurs bruissantes. Il y avait des tables où de nombreux groupes étaient installés, leurs chaises repoussées, présidant à voix rauques et bruyantes au naufrage de nourriture, de plateaux et de détritus qui les entourait. Des hommes étaient assis, bras croisés sur leur gros ventre, tête droite, leurs yeux scrutateurs ratissant la pièce tels des projecteurs. Des couples âgés se faisaient face, leurs regards s'évitant, comme fixés sur un écran de télévision qui eût été placé à côté de chacun d'eux. Des femmes en duo, la cinquantaine, la soixantaine, vêtues comme en préparation d'un événement fortuit à l'issue duquel leurs formes impuissantes pourraient tomber entre des mains inconnues, parlaient sans cesse, têtes rapprochées, avec à leurs pieds de grands sacs en papier glacé, tels des animaux de compagnie bien élevés. Çà et là une personne solitaire était assise avec un livre, ingérant des bouchées gênées de sandwich.

Maisie, Stephanie et Christine avançaient dans la queue avec leurs plateaux, approchant le chahut embué de l'aire de service où des hommes âgés et des femmes perplexes et exigeantes étaient empêtrés dans de longs, vains et interrogatifs échanges avec le personnel derrière les comptoirs.

« Il y a de la viande dans la soupe aux légumes ? » demandait une dame.

La grosse Philippine qui se tenait à côté de la soupe secouait la tête, bras croisés.

« La dernière fois que je suis venu, lui confiait en bégayant un homme aux cheveux blancs, vous aviez du poisson au beurre. De la morue. Vous voyez ? Un poisson dans une sauce au beurre. »

Il était tellement insistant qu'elle alla se renseigner à la cuisine. Elle revint, croisa les bras et secoua la tête.

« Rien que ce qu'il y a ici.

– Pardon ?

– Rien que ce qu'il y a ici », répéta-t-elle, finissant par se pencher pour le lui dire dans l'oreille.

Stephanie prit une salade de crevettes sous un dôme en plastique, Maisie un sandwich transpercé d'un cure-dent et surmonté d'un majestueux radis, Christine commanda un hamburger avec des frites.

« Dix minutes, déclara la fille.

– C'est pas mon jour de chance, hein ? dit Christine. Très bien, je vais prendre autre chose. Non, je vais prendre le hamburger-frites. Ça ne me gêne pas d'attendre. »

Sur les murs du restaurant, il y avait une série de grandes photographies d'herbe et de fleurs des champs sur fond de ciel bleu éclatant, montées sur d'immenses panneaux. L'herbe avait la couleur d'un tapis de billard. Chaque brin faisait trente centimètres de haut.

« C'est joli, dit Christine machinalement, levant les yeux vers l'une des photos alors qu'elles s'asseyaient à leur table. C'est la première fois que je viens ici, ajouta-t-elle.

– C'est comme un ferry, dit Maisie.

– Qu'est-ce que tu veux dire par là ? demanda Stephanie, jetant autour d'elle un regard plein de désarroi, comme si elle pensait peut-être découvrir qu'elle était sur un ferry, et risquait d'être en retard pour la sortie de l'école.

– C'est comme un ferry qui traverse la Manche.

– Jamais je n'ai entendu ça, dit Stephanie, plaçant délicatement une crevette dans sa bouche à l'aide de sa fourchette.

– Tout le monde a l'air d'aller quelque part sans bouger.

– C'est la vue ? demanda Christine, perplexe. Ce sont ces grandes fenêtres avec tout ce ciel autour ?

– Pourquoi est-ce que toi et ton mari vous avez quitté Londres, Maisie ? » demanda Stephanie, comme si cela pouvait expliquer l'étrangeté de la remarque qu'elle venait de faire.

Maisie retira le cure-dent du centre de son sandwich, qui se délita, laissant échapper des tessons marbrés de salade. Elle le rassembla et en prit une bouchée.

« Nous avons pensé que ce serait plus agréable ailleurs, dit-elle la bouche pleine.

– La question n'est pas pourquoi est-ce que tu es partie, Maisie, la reprit Christine. La question est : pourquoi est-ce que tu y serais restée ?

– Donc ce n'était pas à cause du travail de ton mari ou quelque chose dans ce genre ? insista Stephanie. C'était parce que vous vouliez vraiment partir ?

– Il ne voulait pas qu'on parte. Il pensait que c'était une mauvaise idée.

– Il ne voulait pas ? répéta Christine. Pourquoi ?

– Ton hamburger, dit Maisie. Voilà ton hamburger. »

La fille de cuisine errait parmi les tables, une expression de résignation sur le visage.

« Que je comprenne, dit Stephanie une fois que le hamburger eut été déposé, telle une planète pâle et plissée, devant elle. Ton mari pensait que c'était une mauvaise idée, avec deux jeunes enfants, de quitter une ville de huit millions d'habitants pour Arlington Park. Pourquoi exactement pensait-il cela ?

– Pas seulement ici, dit Maisie, n'importe où.

– Quoi, absolument n'importe où ?

– N'importe quel endroit où on aurait pu aller parce qu'il pensait que c'était moins…

– Moins quoi ? demanda Christine, déconcertée.

– Moins tout. Moins difficile. Il pensait que dès qu'on arriverait là on oublierait pourquoi on était partis et qu'alors on ne saurait pas pourquoi on y habitait.

– Tout le monde quitte Londres maintenant, dit Christine

en saisissant son hamburger à deux mains. Ce ne sont pas seulement les gens. C'est tous les problèmes qu'ils trimballent. C'est la pollution, le crime et la drogue. Et le terrorisme ! Personne n'a pensé à ça, n'est-ce pas ? » Elle se pencha en avant, tenant délicatement les doigts éloignés du hamburger, et mordit. « Voilà une chose qu'on n'a pas à craindre ici. Je veux dire, qui prendrait la peine de lâcher une bombe sur Arlington Park ? Pour quelle raison ?

– J'ai plus peur ici qu'à Londres », dit Maisie.

De surprise, Christine s'arrêta de mâcher. « De quoi ? »

Maisie ne répondit pas.

« Tu as peur de te laisser aller ? demanda Stephanie, comme si c'était un risque dont elle avait déjà entendu parler.

– Croyez-moi, il n'y a aucune excuse pour se laisser aller à Arlington Park ! s'exclama Christine. Pour les gens, ce n'est pas un second choix ici. Ils n'ont peut-être pas de diplômes, ni de doctorats, ni des métiers fascinants – ce ne sont peut-être pas les gens les plus riches que vous connaissiez, ni les plus célèbres ou les plus importants, mais faites-moi confiance, les gens que je vois ici chaque jour sont les plus différents, les plus intéressants, les plus courageux qu'on puisse trouver ! Prenez les femmes que je rencontre à la sortie de l'école, poursuivit-elle, la bouche pleine. On pourrait dire qu'elles n'ont pas d'importance, et même que ce ne sont pas de grandes intellectuelles. Le fait est qu'elles font un sacré bon boulot, et que ce sont toutes des personnes intéressantes et compatissantes. Elles veulent toutes s'entraider, et se rendre la vie plus facile – elles iront chercher votre enfant à l'école si vous êtes en retard, elles feront vos courses si vous êtes malade, et toutes ont des enfants à aller chercher et des maisons à faire tourner. Je veux dire, combien de gens connaissez-vous à Londres qui se sentiraient concernés si vous tombiez raides mortes dans la rue ? »

Stephanie s'excusa alors pour emmener Jasper aux toilettes.

« C'est bon pour ce soir ? demanda Christine à Maisie à voix basse, une fois qu'elle fut partie. Le dîner chez nous, ce soir ? »

Maisie semblait soit avoir oublié qu'elle dînait ce soir-là chez Christine, soit regretter de ne pas l'avoir oublié.

« Nous sommes, euh, ravis, dit-elle.

– C'est juste que je ne voulais pas en parler devant Stephanie. Non que j'aie quoi que ce soit contre Stephanie. C'est vraiment, vraiment quelqu'un de bien. Ce n'est pas la plus grande intellectuelle au monde – je veux dire tu n'entendras jamais de la bouche de Stephanie quelque chose que tu n'as pas déjà entendu un millier de fois. Mais question bonté, gentillesse, et pour s'occuper d'elle et de ses enfants, il n'y a pas mieux.

– Non », dit Maisie.

Christine prit une grande frite jaune entre ses doigts, la plongea dans le ketchup et la tendit à Ella.

« Je veux dire, tu ne crois pas qu'on veut toutes tout avoir ? Nous voulons avoir notre foyer, notre mari et nos belles vacances, et la plupart du temps nous les avons bien mérités, et pourtant parfois… »

Stephanie revint avec Jasper.

Christine déclara : « Je disais à Maisie qu'un de ces jours je vais m'enfuir à Lanzarote avec un élève de terminale. »

Elle plongea une autre frite dans le ketchup et la mit tout entière dans sa bouche.

« Eh bien, je suis soulagée, dit Stephanie, les joues empourprées.

– De quoi ?

– Juste… tu sais, une petite *alarme*, murmura Stephanie.

– Quoi, tu croyais que tu étais enceinte ?

– Ce n'est pas que ça n'aurait pas été, tu sais, *formidable* et tout, dit Stephanie.

– Je ne crois pas que ce serait formidable, dit Christine. Tu as vraiment cru que tu étais enceinte ? Pas étonnant que tu n'aies pas acheté cette robe.

– Oh, j'aime beaucoup être enceinte en fait, dit Stephanie avec mélancolie.

– Quoi *être* enceinte ? » demanda Christine.

Stephanie rougit encore plus. « On se sent, je ne sais pas – féconde. Quand tu marches dans la rue, c'est comme si tu avais un grand écriteau au-dessus de la tête avec écrit *Je baise !*

– La moitié des adolescentes de Firley ont cet écriteau, Stephanie.

– Bref. » Stephanie se redressa sur sa chaise et croisa les jambes. « Fausse alerte.

– Nous n'avons jamais douté que Mark et toi baisiez, dit Christine. Nous n'avons jamais douté que Mark était l'étalon le mieux monté d'Arlington Park. Tu as déjà quatre enfants, pour l'amour de Dieu. » Stephanie a quatre garçons, apprit-elle à Maisie. « Espérons seulement qu'il n'y aura pas de guerre », ajouta-t-elle d'un ton morbide.

Derrière les vitres, un vaste amoncellement de nuages tuméfiés fondit sur la prairie grise du parking, éteignant les lances de lumière qui partout gisaient en diagonales désordonnées tels des éclairs défectueux mis au rebut. Le restaurant s'obscurcit. Un violent déluge s'abattit brutalement sur le paysage sans défense.

« Quand on pense à toutes les choses terribles qui arrivent dans le monde, dit Christine. Quand on pense à toutes ces victimes des tremblements de terre en Indonésie. On ne peut pas vraiment se plaindre, non ?

– Non, dit Stephanie.

– Les gens qui perdent leur maison et leurs moyens d'existence. Tout ça détruit en quelques secondes sous leurs yeux. On ne peut pas imaginer ce que c'est, non ?

– Ou ces gens dans le camion, dit Stephanie. J'ai entendu ça à la radio ce matin. C'est mon *pire* cauchemar – d'être emprisonnée dans un espace confiné.

– Quel camion ?

– Tu sais, dit Stephanie. Ce camion. On a ouvert les portes d'un camion et on a trouvé environ cinquante personnes dedans, toutes mortes.

– Vraiment ? » Christine afficha une expression de dégoût. Elle ajouta : « En fait, ça ne me dérange pas tant que ça quand c'est la faute des gens. Je veux dire, il faut se demander : qu'est-ce qu'ils foutaient dans un camion pour commencer ?

– C'étaient des demandeurs d'asile, répondit Stephanie.

– Exactement. Je ne peux pas les plaindre. Je veux dire, je sais que c'est horrible, mais ils violaient la loi, non ? C'est leur faute, si vous voulez mon opinion. Je ne peux pas les plaindre.

– Il y avait des *enfants*, dit Stephanie. Je sais que c'est du sentimentalisme, mais c'est ça qui m'a touchée.

– Pour être franche, ça ne me regarde pas. Ils n'auraient pas dû se trouver dans ce camion.

– Tu es si *dure* parfois, Christine, dit Stephanie, avec son sourire tombant. Tu es si intransigeante.

– Je pense seulement, vous savez, qu'il y a une limite. Comme je dis, je serais la première à apporter mon soutien si c'était quelque chose qu'ils ne pouvaient pas contrôler. Si un tremblement de terre rasait ta maison, tu aurais toute ma sympathie. Non, ce que je ne supporte pas c'est la culpabilité qu'on nous fait ressentir à tous à propos de gens qui contrôlent leur vie tout autant que nous. Ce que je ne supporte pas c'est qu'on se plaigne. Prends cette dame à l'école, cette dame noire, comment s'appelle-t-elle ?... Cordelia.

– Cornelia, corrigea Stephanie.

– Cornelia. Comment s'appelle sa petite fille ?

– Safari, dit Stephanie.

– Safari. Je veux dire, c'est quoi ce nom pour une enfant ? Je ne fais pas d'esprit mais ce serait comme si toi ou moi on appelait notre fille Blackpool Sands[1], non ? Bref, voilà que cette Cornelia se plaint auprès du proviseur qu'un professeur est raciste ! Et maintenant ils sont obligés de faire une enquête et de mettre en place toutes sortes de procédures, et en définitive de perdre, à cause d'un seul enfant, un temps fou qu'ils devraient employer à des priorités qui les concernent tous. Je veux dire, pour l'amour de Dieu, elle envoie son enfant dans une école où elle est plus ou moins la seule Noire et après elle vient se plaindre du racisme ! »

Stephanie fit la moue, et se pencha pour repêcher le pantin de Jasper qui était tombé par terre.

Christine poursuivit : « Je crois que tout le monde est d'accord avec moi. C'est juste que personne n'ose le dire. Ne vous méprenez pas. Je n'ai rien contre Cornelia personnellement. Je pense que c'est quelqu'un de bien. Dieu, nous sommes tous tellement politiquement corrects ! protesta-t-elle d'un ton lugubre, regardant la pluie qui tombait à seaux sur le toit, négligemment.

– Qu'est-ce que tu en penses, Maisie ? » demanda Stephanie.

On aurait dit que Stephanie venait de poser un serpent dans le giron de Maisie.

« De quoi ? demanda-t-elle.

– À propos de, tu sais, qui on devrait plaindre.

– Je plains tous ceux qui sont obligés de sortir là-dessous, lança Christine. Voilà qui je plains. On se croirait dans la Bible. Si on n'y va pas maintenant, les informa-t-elle en regardant sa montre, il va falloir se garer à cinq cents mètres de l'école, et je n'ai pas de capote

1. Plage située dans le comté de Devon.

pour la poussette. J'aurais mieux fait de régler ça, dit-elle comme elles se levaient de table. Ça n'aurait pas été si difficile, non ? Tout ce temps que j'ai passé à régler les problèmes du monde et à m'énerver après les demandeurs d'asile j'aurais pu chercher la capote et m'assurer qu'Ella a le manteau qu'il faut, faire la chambre des enfants pour que Danny ne soit pas obligé de dormir dans les draps qu'il a mouillés la nuit dernière, et acheter à manger pour que nous dînions tous ce soir. Je ferais mieux de régler mes problèmes, non ?

– Oh, allez, dit Stephanie. Tu as adoré essayer tous ces vêtements.

– Mon problème est que j'ai oublié comment m'amuser, dit Christine. Je crois que nous avons toutes oublié comment nous amuser. Je m'en fais tellement pour les demandeurs d'asile, les victimes de tremblements de terre, les enfants enlevés et les foutus millions de crève-la-faim, que j'oublie de m'amuser. C'est ça la tragédie. Je veux dire, quel gâchis ! Quel gâchis, de ne pas profiter d'une belle vie. »

Elle survola du regard le restaurant, le spectacle chaotique d'après déjeuner. Le ciel était si bas qu'on avait allumé les lumières. Des hommes et des femmes à la peau sombre traînaient lentement leurs sacs en plastique sur les tables, y balayant les détritus.

Maisie, Stephanie et Christine rassemblèrent leurs affaires et se dirigèrent vers les escalators.

La pluie tombait silencieusement derrière les portes en verre automatiques, au son de la fontaine éternellement éclaboussante.

« On attend de voir si ça s'arrête ? demanda Stephanie, s'asseyant au bord de la fontaine avec la condescendance décorative d'une nymphe en marbre.

– Je crois qu'on en a pour quarante jours et quarante nuits, répondit Christine, examinant le parking, les yeux plissés. Il va falloir rassembler les couples.

– Jasper, ne quitte pas ta poussette. Non, chéri. »

Jasper défit ses sangles et quitta sa poussette.

« C'est idiot, Jasper », dit Stephanie, irritée, dégageant ses cheveux de son front d'un coup de tête. Elle se battit avec lui comme une petite fille et il la repoussa.

« Très bien, cria-t-elle. Tu seras mouillé. Les garçons idiots sont mouillés, Jasper. »

Elle lui tourna le dos et se pencha pour ramasser ses sacs. Derrière elle, il leva le bras, fit quelques pas de course et lui donna une puissante claque sur les fesses.

« *Jasper !* »

Elle se redressa, le visage écarlate, et fit rouler la poussette vide en direction des portes automatiques avec mauvaise humeur. Maisie et Christine suivirent. Les portes les expulsèrent dans le froid et le vent saisissants du parking, où de longues aiguilles de pluie grise s'abattaient sur l'asphalte ; une sorte de voile de vapeurs d'essence et de condensation était suspendue autour des rangées de voitures. Les femmes se mirent à courir, Stephanie se retournant de temps à autre pour exhorter Jasper à ne pas se laisser distancer. Christine fut la première à atteindre sa voiture et, une fois arrivée, elle ouvrit le coffre avec placidité, et rangea ses sacs tandis qu'Ella restait sous la pluie, avant de la détacher et de la porter à l'intérieur.

Christine n'aimait pas paniquer. C'était suggérer qu'on prenait la vie avec un sérieux totalement inapproprié.

Elle vit Maisie Carrington qui marchait sous la pluie, impassible comme une vache, le regard fixé sur l'horizon, Jasper trottant juste devant elle, fermant bien les yeux pour empêcher l'eau de rentrer. Un grand 4 × 4 noir, somptueusement brillant, resplendissant de lumières, avec des nuages qui lui sortaient du pot d'échappement comme de la fumée des naseaux d'un dragon, quitta sa place en marche arrière, et Christine vit une expression d'horreur traverser le visage de Maisie tandis qu'elle se précipitait sans rien dire – elle admira son silence, car c'était paniquer que de crier pour avertir un enfant d'un danger – afin de saisir Jasper sous les bras et le mettre à l'abri tandis que la voiture poursuivait son noir progrès de chaland.

Elle regarda Maisie faire le tour du 4×4, l'eau lui coulant sur le visage, tenant toujours Jasper. Elle le souleva à la hauteur de la vitre du conducteur. Elle le tenait comme Christine avait vu faire aux informations : des gens brandissaient des cadavres d'enfants au passage des tanks. Maisie approcha le visage de la vitre teintée. Elle criait. Christine voyait la femme de l'autre côté de la vitre. Elle voyait ses cheveux blond-blanc, sa bouche maquillée, ses grosses boucles d'oreilles en or, les lunettes de soleil relevées sur le crâne, le sac en plastique sur le siège du passager. Elle voyait même son bronzage.

« C'est un enfant ! criait Maisie. C'est un enfant ! »

Elle tenait le garçon sous la pluie tout en criant. Elle criait des choses que Christine n'entendait pas. La femme la dévisageait avec une expression de dégoût, avec une haine dont la pureté avait été laborieusement distillée dans une raffinerie d'égoïsme compliqué et imperturbable.

« Espèce de salope ! » hurla Maisie Carrington, ses cheveux trempés plaqués sur le visage, tandis que la femme accélérait et, faisant un doigt d'honneur, s'éloignait dans le rugissement du moteur.

Christine était surprise. Elle ne savait absolument pas quoi en penser. Ce n'était pas comme si la femme avait fait du mal à Jasper. Elle ne l'avait même probablement pas *vu*, dans cette grosse voiture. On ne pouvait pas engueuler les gens pour ce dont ils n'étaient pas responsables. En fait, pensait-elle tout en conduisant sous la pluie en direction d'Arlington Park, chacun avait ses

peurs, non ? C’était ça qui rendaient les gens si intéressants. Tout le monde avait des choses particulières qui les touchaient, qui les faisaient voir rouge.
C’était juste une de ces choses de la vie.

C'est Solly Kerr-Leigh qui avait pensé la première à louer la chambre d'amis à une étudiante étrangère. Elle avait vu une publicité dans l'*Arlington Gazette* : Vous avez une chambre en trop ? Vous voulez gagner de l'argent ?

Elle avait une chambre en trop, et elle voulait vraiment gagner de l'argent : simplement elle n'avait jamais fait le lien entre les deux. Parfois elle s'asseyait dans la chambre d'amis, qui avait une fenêtre à guillotine donnant sur le jardin et un lit à deux places soigneusement fait, aux oreillers toujours bien rebondis. Solly considérait effectivement cette pièce comme une sorte de fonds, un investissement, dans la mesure où elle y déployait les mêmes efforts que partout ailleurs dans la maison et pourtant ce n'était qu'ici que ces efforts fructifiaient. Personne ne les dilapidait. Les parents de Martin venaient deux fois par an et, délicatement, laissaient la chambre telle qu'ils l'avaient trouvée. Sinon, elle demeurait la plupart du temps intacte, tirant profit du travail domestique hebdomadaire.

Elle possédait des rideaux blancs, un dessus-de-lit blanc, et une moquette beige qui était aussi luxueuse et prometteuse que le jour où elle avait été posée. Elle possédait des penderies dans lesquelles des cintres étaient accrochés, délicieusement vides. Il y avait une petite table de nuit ancienne avec juste un vase de fleurs séchées dessus, et une commode en acajou aux tiroirs vides. Quand Solly s'asseyait là, le poids de sa famille semblait la quitter, comme un grand paquebot bondé paré de lumières s'éloigne sur la mer sombre. Elle imaginait qu'elle était une petite fille, assise dans sa simple chambre de petite fille. D'autres fois, elle avait l'impression d'être une invitée dans sa propre maison, une personne dont il fallait s'occuper, bien qu'elle ignorât qui devait s'en charger. Mais, plus que tout, dans la chambre d'amis, Solly avait l'impression qu'elle pouvait voir ce qu'avaient été ses intentions : c'était comme un petit pli dans le tissu bigarré de la vie, qui par hasard était demeuré caché au regard furieux et implacable de la maisonnée, et avait conservé, grâce à cela, ses véritables couleurs tandis que le reste s'était affadi.

Quant à l'argent – eh bien, si on avait une maison sur les bras, un mari, trois enfants et qu'on en attendît un quatrième, la question n'était pas d'en avoir plus, mais de faire avec ce qu'on avait. Il semblait à Solly que sa vie avait beaucoup de graisse : la difficulté était de trouver un endroit où tailler dans le gras, alors que tout était connecté à tout. C'est la raison pour laquelle il lui avait fallu la publicité pour la réveiller. Ce n'est pas qu'elle et Martin eussent *besoin* d'argent, au sens d'une nécessité urgente. C'était surtout ce qu'elle faisait elle, Solly, qui avait un prix ; et une fois qu'on commençait à envisager les choses de cette manière, on devenait sensible. On se voyait dans une sorte de chute libre, incontrôlée, à l'issue de laquelle menaçait une immense précarité. Jadis sa grossesse avait donné à Solly un sentiment de puissance, mais maintenant, enceinte pour la quatrième fois, elle se sentait pleine d'air, trop gonflée, tandis que Martin semblait parallèlement se durcir en une masculinité mince et verticale. Il allait au travail et en revenait dans un genre de mouvement mécanique rotatif, aller et retour, aller et retour, et tournant, tournant, tournant comme le bras en acier du mixer de Solly, la faisant mousser de plus en plus haut. Elle ressentait un besoin impérieux de contact avec une surface qui l'arrêterait. Elle voulait sentir une frontière avec le monde, avant de s'évaporer dans l'univers charnel de la maternité. La chambre d'amis lui paraissait être l'endroit idéal où établir cette frontière. Autant que la porte par laquelle elle accédait à la simplicité perdue de la vie, elle devait aussi être le moyen d'échapper à toute cette expansion marécageuse pour revenir vers une nouvelle indépendance. Une fois qu'elle y aurait installé une télévision, apparemment, elle pourrait en attendre quatre-vingts livres par semaine.

Martin trouva que c'était une merveilleuse idée.

« Et les enfants ? demanda-t-il, dubitatif.

– Ils feront meilleure impression sur une étrangère, dit Solly. Et je serai contente d'avoir de la compagnie les nuits où tu seras à Reading. »

Le mardi et le mercredi soir, Martin restait travailler à Reading.

« Il n'y a pas de raison de la laisser inoccupée, n'est-ce pas ? dit-il.

– Non.

– Quatre-vingts livres par semaine. » Il gonfla les joues et se carra dans son fauteuil.

« S'il y a une télévision. Apparemment, il faut qu'il y ait une télévision.

– Ça pourrait faire du bien aux enfants, d'avoir une inconnue dans la maison. Ça pourrait les inciter à se tenir mieux.

– Peut-être, dit Solly.

– Ils pourraient même apprendre une langue étrangère », dit Martin.

D'abord il y eut Betty. C'était une Taiwanaise avec un joli visage lisse et un large sourire éclatant de blancheur, qui portait de magnifiques vêtements en soie imprimée.

Un jour elle descendit vêtue d'un pantalon en soie noire brodé de fleurs roses, de petites chaussures plates brodées et d'une petite veste rose aux boutons recouverts de soie ; et Solly ne sut pas pourquoi, mais cette vision lui fit monter les larmes aux yeux. Elles lui rappelaient l'enfance, de petites choses parfaites, mystérieuses et belles.

Betty donna à Dora, la fille de Solly, un sac chinois en soie avec une bandoulière tressée. Elle écrivait de petits mots aux garçons, William et Joseph, qu'elle déposait sur leurs oreillers, enroulés autour de chocolats en forme de dragon enveloppés dans du papier d'aluminium aux couleurs vives.

« Ta famille te manque, Betty ? demanda Solly.

– Oh oui, elle me manque beaucoup, dit Betty. À Taiwan, nous sommes une famille très unie. »

Elle joignit les paumes, les doigts écartés à l'excès.

Betty avait un petit ami français qui venait la chercher deux ou trois fois par semaine. Solly ouvrait la porte et Gustave était là, debout sur le seuil dans l'obscurité, le col de son manteau relevé, exhalant théâtralement des panaches brumeux d'air nocturne. Il ressemblait à un acteur de cinéma démodé, avec son col relevé et son long nez délicat.

« Betty est là ? » s'enquérait-il, et Solly sentait non pas exactement que sa vie avait changé, mais que son cours avait changé, qu'elle avait un peu dévié de ce qui était rapide, facile et irrésistible pour épouser une trajectoire oblique où l'eau était plus agitée et les vents légèrement contraires. Garder ce cap était plus difficile mais apportait plus d'émotions, plus de mouvement, plus d'impressions de vie. D'abord Solly n'avait pas été sûre de ce qui en adviendrait. Puis elle avait décidé que c'était comme de prendre un autre chemin pour aller où on va quotidiennement. Au final, on arrive au même endroit mais on a vu d'autres choses en cours de route.

Les soirs où elle sortait avec Gustave, Betty ne revenait que le lendemain. Si Martin était à Reading, Solly restait seule sur le canapé, se sentant légèrement impliquée dans toute la vie qui était vécue ailleurs, comme si elle était soudain devenue la directrice d'une organisation qui envoyait des agents dans le champ de l'expérience humaine. Lorsqu'il rentra un jeudi, Martin trouva Betty assise à la table de la cuisine avec les enfants, en train de leur apprendre à utiliser un ordinateur portable et, par-dessus leurs têtes, il signifia son admiration à Solly d'un haussement de sourcils.

« Les soirs où je suis là, avait dit Betty dans un anglais excellent, aigu et accentué, qui était comme un fil très fin qui se déroulait continuellement de sa bouche, vous pouvez me laisser les enfants et sortir. Et, s'il vous plaît, je n'accepterai aucun paiement. C'est un plaisir pour moi de passer du temps avec ces merveilleux enfants. Vous êtes d'accord ? »

Martin et Solly se retrouvèrent face à face dans un restaurant, légèrement décontenancés, comme s'ils étaient tombés à leur table depuis une hauteur considérable.

« Extraordinaire, dit Martin.

– N'est-ce pas ? répondit Solly.

– Je suis monté pour éteindre leur lumière, dit Martin. Betty était assise sur le lit et leur lisait une histoire.

– Étonnant, dit Solly.

– Et j'ai dit : allez, ça suffit, laissez Betty descendre, il est temps de dormir. Et voilà Betty qui dit… Martin était tout excité. Betty dit : oh, *s'il vous plaît*, on peut encore lire quelques pages ? »

Solly raconta cette histoire à plusieurs de ses amies, croyant chaque fois oublier certains détails importants. C'était un peu comme si elle et Martin auditionnaient Betty pour le rôle de la nouvelle mère de leurs enfants.

Elle n'allait jamais plus dans la chambre d'amis maintenant que Betty l'occupait, mais un après-midi, passant devant la porte, elle y entendit les enfants. Elle entra immédiatement et les trouva vautrés sur le lit devant la télévision pendant que Betty, assise par terre en tailleur, faisait ses devoirs d'anglais. De petits papiers argentés étaient éparpillés partout – quarante au moins – et la télévision déversait ses immondices démentes comme une boîte de folie. William avait du chocolat autour de la bouche. Il était allongé sur le dos, la tête pendant hors du lit, de sorte qu'il regardait l'écran à l'envers. Dora avait les pieds posés contre le mur et on voyait sa culotte. Joseph sautait sur le lit. À chacun de ses bonds, les corps des deux autres sursautaient avec indifférence.

Solly avait été scandalisée. Soudain tout cela était – eh bien, scandaleux. Quelques minutes plus tôt elle était assise sur une chaise dans la cuisine, son gros ventre désagréablement tendu, tel un ballon flasque rempli d'eau à craquer. Elle avait entendu le silence dans la maison et deviné que les enfants avaient été magnétisés par Betty, par la manière dense et nette qu'elle avait d'émettre de vigoureuses ondes attractives. Elle avait donc choisi de croire en quelque miracle : de trouver le repos, pendant un moment, dans le concept de l'intervention, avec Martin absent jusqu'à jeudi et son corps languissant prêt à exploser. Tel était le problème, le scandale. Elle avait cédé à la tentation de croire que quelque chose pourrait changer.

« Dans la culture de Betty, expliqua-t-elle ensuite à ses amies, les enfants sont soumis à une cure ininterrompue de bonbons et de télévision. Ce qui est parfait tant que quelqu'un d'autre n'a pas à ramasser les morceaux. »

Au bout de six semaines, Betty annonça qu'elle retournait à Taiwan. Solly fut dévastée, d'une certaine façon. Elle était encore attachée à sa foi en Betty – elle ne s'imaginait pas croire en quelqu'un d'autre.

« Et Gustave ? » lui demanda-t-elle.

Betty hocha la tête. « Il est très triste », dit-elle.

Pendant sa dernière semaine, elle reprogramma l'ordinateur des Kerr-Leigh et leur apprit à se servir du magnétoscope. Elle entra les anniversaires des enfants dans le téléphone portable de Martin pour qu'une sonnerie retentisse le jour J.

Peu après son départ, Gustave téléphona. Qi Shu avait oublié deux cahiers dans sa chambre qu'il avait promis de rapporter à l'école de langues.

« Qui ? » demanda Solly.

Il y eut un silence.

« Oh, désolé, j'oublie, dit Gustave. Vous l'appelez Betty.

– Ce n'était pas son nom ? demanda Solly.

– Bien sûr que non », déclara Gustave d'un ton lugubre.

Atterrée, Solly demanda : « Pourquoi est-ce qu'elle nous a demandé de l'appeler Betty ?

– Elle disait que les gens d'ici ne se rappelaient pas son nom chinois, expliqua Gustave. C'était plus facile pour elle d'utiliser un prénom anglais. »

Après Betty vint Katzmi, une morne Japonaise dont le visage avait la couleur du petit-lait, qui parlait un anglais si primitif que Solly se trouvait constamment au bord, à l'extrême limite de son propre moi civilisé, vacillant là comme sur le périmètre d'une vaste obscurité. Maintenant qu'elle ne pouvait plus communiquer, elle prenait conscience de toute cette partie d'elle-même ensevelie dans cette obscurité inarticulée. Pourtant elle ne pouvait pas y naviguer non plus. C'était comme une grande prairie noire qu'elle voyait de son porche éclairé. Elle devint une sorte d'animal, mimant questions et demandes, singeant sa propre conscience à l'aide de mouvements de tout le corps et de grimaces. Son corps, après sept mois de grossesse, parlait pour lui-même. Elle était sous tension, et Katzmi aussi. Aveuglément, faiblement, leurs natures se touchaient. Le contact était pareil à un fin bec de plume follement guidé par des doigts coulés dans du béton. La nuit elle entendait parfois Katzmi qui pleurait dans sa chambre.

« Toi ? disait Solly le lendemain matin, désignant Katzmi. Pleurer ? » Elle faisait glisser ses doigts sur ses joues marbrées de rouge.

Katzmi hochait la tête et la regardait avec sympathie.

Pour les enfants la présence de Katzmi était une blessure ouverte dans laquelle les pires facettes de leurs personnalités se multipliaient. C'était comme si elle leur rappelait qu'être normal était une chose dont ils n'avaient entendu parler que récemment et qu'ils pouvaient facilement oublier. Les enfants avaient besoin d'être entourés de gens sûrs d'eux-mêmes, décida Solly. Ils étaient pareils à de petites flammes qui s'emparaient de tout ce qui n'était pas fixé, tout ce qui avait été négligemment disposé, et le brûlaient.

« Quatre-vingts livres par semaine, n'oublie pas », disait Martin.

Plus question de dîners au restaurant ; la chambre d'amis des Kerr-Leigh n'avait plus la cote. Solly ne voulait pas aller au restaurant de toute façon. Elle parcourait les pièces de sa maison comme un gros ours dans un petit enclos. Au dîner, les enfants se battaient et crachaient leur nourriture et Dora avait l'air de loucher plus que d'habitude. Un jour, Joseph fit avec sa fourchette une petite entaille en forme de faucille sur la joue de Dora qui saigna. Une autre fois, elle renversa sa bouillie qui lui fit sur la poitrine comme une grande tache de sang, et Solly était trop fatiguée et démoralisée pour réagir. Katzmi demeurait figée comme une image et quand Martin était à Reading, Solly découvrit qu'elle partageait l'impassibilité de Katzmi, de sorte qu'elles restaient assises telles deux abbesses délaissées dans un réfectoire survolté. William avait de la morve brillante sur la lèvre inférieure qui demeura là pendant deux semaines en témoignage repoussant de sa robustesse.

« Je suis désolée », dit Solly à Katzmi. Elles étaient en train de faire la vaisselle. Katzmi essuyait une poêle avec une lenteur et un soin désespérants. Solly posa les mains, doigts écartés, sur sa poitrine en un geste de pénitence. « Je suis DÉSOLÉE. »

Parfois, l'impénétrabilité de Katzmi évoquait à Solly un pays qu'elle n'avait jamais visité et ne visiterait jamais. D'autres fois, elle semblait lui lancer une sombre invitation, comme un puits dans lequel elle brûlait de précipiter sa forme boursouflée. Une ou deux fois, quand Katzmi était à son cours d'anglais, Solly avait jeté un coup d'œil à la chambre d'amis et avait été frappée par sa neutralité. Il n'y avait rien qui indiquait que Katzmi y vivait, sinon un nounours placé sur les oreillers soigneusement retapés, où une mère, ou quelqu'un imitant une mère, aurait pu le placer.

Un soir, Katzmi émergea de sa chambre et essaya d'engager la conversation avec Martin et Solly. Elle faisait des bruits inutiles, gesticulait et riait pitoyablement d'elle-même.

Le lendemain quelqu'un de l'école de langues appela pour leur dire que Katzmi avait décidé d'aller s'installer chez une autre famille.

« Elle retourne au Japon ? demanda Solly.

– Non, c'est une famille locale, dit la femme.

– Une famille d'ici ? D'Arlington Park ?

– C'est une famille locale », dit la femme.

Katzmi partit. Peu après, alors que Solly était enceinte de huit mois, Paola arriva.

Solly avait déjà ressenti la façon dont tout changeait juste avant la naissance d'un enfant. Ça devait être ainsi, pensait-elle parfois, d'approcher la mort. Tout devenait très légèrement lointain : la vie se mettait à flotter, comme une peau s'apprêtant à tomber. Et même si l'arrivée du bébé et sa croissance végétale impossible à arrêter allaient tout relancer, il y avait une couche de Solly qui était toujours irréversiblement perdue. Elle était diminuée, d'un pan de l'expérience, de l'histoire : il lui était arraché, comme le papier d'emballage d'un cadeau. Généralement, elle pensait qu'elle était née pour ça. Elle était heureuse d'avoir pu être utile de manière si prolifique. Et les enfants vous rendaient tant, bien sûr. Elle était pareille à un sac bourré de leur amour et de leur reconnaissance, bosselé de l'extérieur mais plein, lourd, d'une connaissance intérieure. Simplement parfois elle essayait de penser au passé et n'y parvenait pas. Elle n'arrivait pas à percevoir en elle-même une continuité. Son passé semblait éparpillé tout autour d'elle, en morceaux, comme les poupées russes de Dora.

Martin, lui, ne semblait pas du tout avoir changé avec le temps. Il s'était seulement patiné un peu, comme un monument. Plus Solly devenait sans forme et se dispersait, plus elle était étonnée par sa masculinité maigre et intacte, son corps qui n'avait jamais été pillé, la ligne qui courait sans discontinuité de ses orteils au sommet de son crâne. Il était si… plat. Les enfants étaient plats eux aussi. Elle prenait conscience que Martin était la continuité de l'enfant qu'il avait été et elle l'enviait. La vie semblait être en eux tous comme un jet d'eau droit au milieu d'une fontaine. Elle n'arrivait pas à imaginer comment c'était. Ces dernières années, Martin s'était mis à avoir des petits seins. On ne les voyait que quand il ôtait sa chemise. Le soir, quand il se déshabillait dans leur chambre, il se déplaçait avec la timidité d'une adolescente. Elle pensait que ce devait être très agréable pour lui, après tout ce temps, d'avoir les seins d'une adolescente. C'était une sorte de prix de consolation pour tout ce qu'il avait raté, bien qu'elle ne pensât pas qu'il voyait la chose ainsi. S'il lui avait jamais envié son corps de femme il ne le savait probablement pas. Il lui était fidèle, c'est tout. Pour Martin, le corps de Solly était un village qui, avec le temps, s'était étendu et avait grandi jusqu'à devenir un centre actif, traversé de nouvelles rues et de quartiers modernes, dont certains étaient disgracieux. Le village avait changé, mais c'était là qu'il vivait.

Elle était dans le jardin quand Paola était arrivée, et ç'aurait pu être dû au fait qu'elle avait à moitié oublié qu'elle venait, ou seulement à la sonnerie de la porte perçant les plis gris de la matinée de novembre, ou au retard avec lequel les incidents pénétraient le grand silence de la grossesse et faisaient trembloter son cœur dans les profondeurs épaissies de son corps ; quoi qu'il en soit, il se trouva qu'au moment de l'arrivée de Paola, Solly était en proie à une crise de la chair.

Elle était là avec Joseph : les autres enfants étaient à l'école. Il était sur son tricycle en plastique. Solly, vêtue d'un pantalon de survêtement, se trouvait sur le rectangle humide de la pelouse, dans un de ces états de vacuité dans lesquels elle entrait souvent en présence des enfants, quand elle oubliait qu'elle existait, ou du moins oubliait d'agir comme si elle existait. Le tricycle de Joseph refusait d'avancer. Il le poussait centimètre par centimètre sur l'herbe bosselée. Solly regardait la barrière brune, le tronc brun et la terre brune des massifs de fleurs. Dans la lumière grise abrutissante, le plastique jaune du tricycle de Joseph possédait une réalité quasi intolérable. Il semblait vaguement à Solly être de la couleur de sa vie, des matinées de milieu de semaine passées à la maison avec les enfants. Le temps s'étendait autour d'elle comme un océan gris, sur lequel seul le lambeau de son âme flottait, oscillant d'un côté et de l'autre.

Puis elle aperçut, dans le coin opposé du jardin, sous l'arbre, un petit massif de primevères. Elle traversa lentement l'étendue d'herbe et s'arrêta devant. Elles étaient si délicates, si jolies – elle se tenait au-dessus d'elles telle une créature stupide et hirsute à peine sortie de sa grotte, examinant la magnifique complexité de la vie. Leurs pétales étaient perlés de pluie. Elle les regardait, se rappelant vaguement une chanson.

The flowers all wet with rain. [1]

Qu'est-ce que c'était que cette chanson ? Qu'est-ce que c'était ? Elle se la chanta.

The flowers all wet with rain.

The flowers all wet with rain.

Enfin cela sortit d'une profonde caverne de la mémoire. C'était une chanson de Van Morrison – quelqu'un qu'elle connaissait la jouait souvent à la guitare. Puis, tel un petit éclair fourchu, son souvenir illumina son propre parcours instantané le long des sentiers tortueux menant dans la caverne de la mémoire. Elle se rappela un garçon, qui fut son petit ami pendant un moment, qui jouait cette chanson à la guitare. Elle avait dix-huit ou dix-neuf ans – elle se rappelait qu'elle portait un jean si usé que ses genoux maigres se voyaient au travers, assise en tailleur sur le sol. Elle était assise en tailleur sur un tapis, triturant un collier de perles qu'elle portait autour du cou. Elle se rappela une pièce éclairée, et la musique, et la sensation de tension et de faim que lui donnait son jeune corps. Comme il était étrange qu'elle l'ait oublié ! Comme il était étrange qu'il ait été là tout le temps, ce souvenir, vivant et intact mais enfoui, caché, comme l'enfant dans son ventre !

C'est alors, au moment où Solly mettait au jour ce souvenir nu, l'expulsait dans la lumière, que Paola sonna à la porte ; le bruit traversa le jardin telle une flèche puis perça sa chair, et un jet brûlant de sensations jaillit à torrents. Solly laissa passer sur elle le souvenir terrassant de sa jeunesse, la libération de ce qu'elle avait été à dix-huit ans, toute la réalité emprisonnée de Van Morrison, de son petit ami troubadour et des fleurs qui frémissaient sous les perles de pluie. C'était si beau !

1. « Les fleurs toutes mouillées de pluie. »

C'était si beau et pourtant si perdu, si irrémédiablement perdu et vain !

On sonna de nouveau à la porte.

« Maman ! » cria Joseph d'un air fâché, désignant la maison.

Les jambes tremblantes, à pas pesants, Solly entra dans la maison, longea le couloir et ouvrit la porte d'entrée. Une femme se tenait là avec une grande valise.

« Solly Curly ? demanda-t-elle.

– Kerr-*Leigh* », corrigea Solly machinalement.

Il avait fallu un certain cran, toutes ces années auparavant, pour exiger que son nom soit accolé par un trait d'union à celui de Martin plutôt que remplacé par lui. C'était son idée du mariage : le trait d'union. Pourtant la plupart des gens qu'ils connaissaient le prononçaient comme la femme venait de le faire, comme un seul mot avec l'accent sur la première syllabe. Cette syllabe était celle de Martin : cela semblait une forme de discrimination particulièrement insidieuse.

« Paola Rocco », dit la femme d'un ton ferme et professionnel. Elle roula le « r » de manière experte.

« Oh ! » dit Solly.

Paola tendit une petite main brune au-dessus du seuil et Solly la serra. Elle était toujours dans son rêve de Van Morrison, et la sensation de la main de Paola la prit par surprise. C'était comme si sa propre chair, sa peau épaissie par l'habitude, avait été pelée et qu'une surface plus douce et réceptive avait été révélée. C'était comme si la main de Paola lui avait parlé. La sensation d'une main brune et chaude, une main inconnue, traversa Solly comme par une veine. L'image vacillante de la fille en jean élimé reprit vie.

« Vous m'aviez oubliée ? demanda alors Paola, avec un petit sourire forcé et un regard en coin pénétrant.

– Absolument pas », répondit Solly avec emphase, reculant pour laisser entrer Paola.

Quand Paola tira sa valise, Solly fut surprise de se rappeler qu'il lui faudrait presser son énorme corps contre le mur si Paola devait passer.

« Elle est italienne », dit-elle à Martin au téléphone.

Martin était à Reading.

« Très bien, dit-il, comme si se préparer pour les Italiennes était une des nombreuses choses ordinaires qu'il accomplissait quotidiennement.

– C'est juste que je ne sais pas pourquoi je croyais qu'elle serait espagnole. Toi aussi ?

– Pour être franc, dit Martin, j'avais oublié qu'elle venait. »

Solly se sentit plus contrariée que d'habitude par cette remarque. Chaque fois qu'un bébé devait arriver, Martin commençait à oublier des choses. Elle sentait qu'il le faisait pour qu'elle attende moins de lui.

« Elle est très élégante, dit-elle.

– Ah oui ?

– Très.

– Eh bien, elle ne fera pas long feu chez nous alors », dit Martin.

Solly fut scandalisée. « Pourquoi tu dis ça ?

– Je dis seulement, répondit Martin, que ce n'est pas l'endroit idéal pour une femme élégante.

– Comment peux-tu dire ça de ta propre famille ?

– C'est vrai, reprit Martin, buté. Écoute, je ne dis pas que c'est ta faute. Ça fait partie d'un tout. Les enfants et l'élégance ne vont pas ensemble. Il y a toutes leurs affaires, pour commencer. Comment rester élégant quand on n'arrête pas de s'asseoir sur des pièces de Lego ou de marcher dans une chose à moitié grignotée qui traîne par terre, ou quand on est obligé de regarder des dessins animés où des créatures bizarres ont des télévisions dans le ventre ? Et après tu t'arrêtes au feu rouge à côté d'une fille dans une voiture de sport et tu te rends compte que ta chaîne hurle encore une de leurs chansonnettes... »

Solly garda le silence.

« L'autre jour, poursuivit Martin, j'ai ouvert ma serviette dans une réunion et j'en ai sorti le poney en plastique de Dora – tu sais, celui avec les longs crins bleus brillants. Ce n'était pas particulièrement élégant. Tu es comme moi, poursuivit-il, devant le silence persistant de Solly. Tu dis toujours qu'il ne sert à rien de porter de jolis vêtements parce qu'ils seront détruits. Tu dis que tu n'as pas le temps de te laver les cheveux ni de te maquiller. Ce n'est la faute de personne. C'est juste que c'est comme ça. C'est tout ce que je dis. »

Le premier soir, Paola demanda si elle pouvait prendre un bain. Un peu plus tard, Solly sentit une odeur – une merveilleuse odeur exotique – qui s'immisçait dans la cuisine et se mêlait aux arômes brutaux du dîner des enfants. Elle alla jusqu'au pied de l'escalier. L'odeur emplissait le hall : elle semblait s'élever en une invisible colonne de lavande et d'œillets. Solly la respira, hypnotisée. Les enfants la rejoignirent au pied de l'escalier et, comme elle, levèrent la tête.

« Qu'est-ce que c'est ? demanda William.

– C'est du parfum, répondit Dora.

– C'est de l'huile de bain », corrigea Solly.

Alarmé, William tourna les talons et retourna à la cuisine.

En descendant, Paola demanda :

« Qu'est-ce que c'est ce prénom, Solly ? »

Elle portait un jean et un chandail blancs, un uniforme que Solly considéra avec inquiétude, y jetant de furtifs coups d'œil. Personne chez les Kerr-Leigh n'avait *jamais* porté de blanc : c'était inadapté aux conditions locales, qui exigeaient des vêtements de travailleur manuel. Solly n'aurait pas été plus surprise si Paola était apparue nue.

« C'est Solange, en fait, dit-elle. C'est un prénom français. »

Elle était en train de faire frire des saucisses pour les enfants. Leurs petites formes grasses et impertinentes la sifflaient et lui crachaient dessus du fond de la poêle.

« Solange. » Contrairement à Solly, Paola le prononça correctement. « Votre mère est française ?

– Non, elle est anglaise. Je suppose que le prénom lui plaisait.

– C'était une petite… rêverie ? » Paola fit une pirouette fantasque avec sa main.

Solly vit William s'approcher de Dora qui était allongée sur la moquette devant la télévision en suçant son pouce, et lui donner un coup de pied dans la tête.

« William ! » hurla-t-elle, se dirigeant rapidement vers lui avec la poêle pleine de saucisses en main. La fumée et la graisse lui montaient au visage. « J'ai tout vu ! Et en plus tu as tes chaussures ! »

Dora vagissait, la main sur la tête, le pouce toujours en bouche, sans que ses yeux quittent l'écran. William demeurait là, l'air renfrogné. Solly le détesta. Elle remarqua que ses yeux étaient trop rapprochés. En fait, son visage tout entier donnait l'impression d'avoir été déformé par des pressions latérales. Elle retourna à la cuisine, où Paola était occupée à enlever délicatement les peluches de son chandail.

« Vous disiez – à propos de votre mère, reprit-elle.

– Oh, oui. » Solly était troublée. « Elle aimait vraiment la France. Elle aurait voulu y habiter. »

Paola haussa les épaules. « Et pourquoi elle ne l'a pas fait ?

– Je suppose que tout le monde l'en a empêchée, dit Solly, un peu hardiment.

– Vous aussi ? Vous l'en avez empêchée ?

– Elle pourrait y aller maintenant. Il n'y a rien qui l'arrête maintenant, vous savez.

– Peut-être qu'il est trop tard, dit Paola. Il faut avoir des réserves de vie pour ça. Peut-être qu'elle a tout dépensé. »

Solly réfléchit à cela tout en servant leur dîner aux enfants. Elle y réfléchit tandis qu'elle les traînait jusqu'au premier et dépouillait de leurs vêtements leurs corps vigoureux qui gigotaient. Elle y réfléchit tandis qu'elle pataugeait, épuisée, dans une sorte de lueur rouge à la périphérie de son champ de vision, dans la dévastation de leurs chambres. Elle rabattit les couvertures sur eux, éteignit les lumières, ferma la porte sur leurs cris et redescendit lourdement en se tenant à la rampe, se demandant ce qui lui restait du fonds de vie qui lui avait été alloué – s'il en restait quelque chose.

« Je vais faire un dîner végétarien léger, dit Paola au retour de Solly. J'ai tous les ingrédients. Je serais heureuse que vous le partagiez avec moi. »

Elle avait soigneusement empilé les assiettes des enfants à côté de l'évier. Les bougies étaient allumées. La télévision avait été éteinte. Il y avait de la musique, trop basse pour l'identifier.

« Vous êtes sûre ? demanda Solly, sentant que son monde avait été écarté, comme un rideau qui bloque la vue, sans en être particulièrement choquée.

– Bien sûr », répondit Paola, avec une gravité de propriétaire.

Solly s'écroula sur une chaise.

Dans un mois elle allait avoir un nouveau bébé ; elle pensa que peut-être elle avait changé d'avis et qu'elle n'en aurait plus besoin maintenant. Soudain elle perçut sa vie comme un terrain d'élevage, une communauté vivant sous une pierre. Ce bébé était arrivé presque tout seul : il lui semblait qu'il était sorti d'un abject semis de chair, de corps si longtemps confinés ensemble qu'ils généraient d'autres corps par fermentation. Il y avait un manque de lumière, un manque de dessein supérieur dans tout cela. Comment avait-elle pu oublier de chercher ce qu'il y avait d'autre ? Comment avait-elle pu rester ici, sous la pierre, dans le semis, et avoir oublié de jeter un regard au-dehors pour voir ce qui se passait ? Soudain elle ne savait pas à quoi elle avait pensé.

« Vous venez de quel coin en Italie, Paola ? » demanda-t-elle d'une voix lasse.

Paola coupait quelque chose très finement à l'aide d'un couteau.

« Bologne, dit-elle.

– Oh. » Solly bâilla. « Comme la sauce. »

Paola pencha la tête de côté, sceptique, comme si une faute avait été commise par les Anglais lors d'un match de football, et continua de couper.

« J'espère que les enfants ne vous ennuieront pas, ajouta Solly.

– Ils ne sont pas à moi, répondit Paola.

– On est censé les aimer plus quand ils sont à soi. »

C'était le genre de chose qu'on avait le droit de dire à Arlington Park à la fin d'une longue journée d'esclavage domestique, mais Paola sembla le prendre au sérieux.

« Vous ne les aimez pas ? demanda-t-elle. Ils m'ont l'air tout à fait normaux. »

Solly laissa échapper un rire, mais les larmes lui montèrent douloureusement aux yeux.

« Je suis contente que vous disiez ça », et d'une certaine manière elle était très contente.

Elle fut surprise de découvrir que Paola avait trente-quatre ans.

Qu'est-ce que vous avez fait pendant tout ce temps ? voulut-elle demander, mais elle se contenta de dire : « Qu'est-ce qui vous a amenée en Angleterre ?

– Il y avait un homme, dit Paola. Quand l'homme est parti, j'ai décidé de rester.

– Un Italien ? »

Imperceptiblement, Paola acquiesça.

« Il travaillait ici. Il est... », elle s'interrompit, « ...

ingénieur en aéronautique. Au bout d'un an il a dû rentrer. »

Solly brûlait de poser tout un tas de questions. C'était étrange : en présence de Paola elle avait le sentiment d'être une ratée, pourtant une partie d'elle croyait que pour une femme de trente-quatre ans être sans mari ni enfants était le plus grand ratage qui puisse être. Une sorte d'irrépressible besoin de conclure sortait d'elle et s'étendait comme du lierre sur l'espoir de liberté pour l'étrangler. Elle ne pouvait pas supporter l'idée de fils qui traînaient, d'espaces ouverts, d'histoires sans fin. Paola ne voulait-elle pas se marier ? Ne voulait-elle pas d'enfants, et une maison à elle ? Elle était là, en train de manger avec délicatesse, vêtue de son chandail blanc. Solly, un sac bourré d'enfants, une femme qui avait dépensé encore et encore sa vie jusqu'à ce qu'il n'y en ait plus, était assise en face d'elle, impatiente d'en apprendre plus.

« Mon mari travaille les mardis et les mercredis soir », dit Solly.

Lentement Paola hocha la tête.

« Alors ces jours-là nous pourrons manger ensemble comme ça », dit-elle.

Une fois Paola à l'institut de langues et les enfants à l'école, Solly entra dans la chambre d'amis. Pendant un moment elle demeura immobile, en alerte, comme en position d'écoute. Elle entendit le bruit d'un oiseau qui chantait dans l'arbre, et des voitures qui passaient dans la rue. Elle entendit le bruit du réveil de Paola sur la table de nuit, égrenant de lentes secondes italiennes. La chambre était pleine d'une nouvelle odeur d'oreiller. Elle ouvrit la porte de la penderie. Il y avait un chandail blanc sur un cintre. D'autres choses étaient pendues là aussi : un pantalon noir, une petite veste avec des broderies au col, une magnifique blouse froissée. Elle posa les doigts sur le tissu délicat. Elle prit une paire de bottes en cuir à talons hauts et à bouts étroits et la posa à côté de ses pieds gonflés. Puis elle alla inspecter tous les flacons qui se trouvaient sur la commode en acajou. Elle trouva l'huile de bain, dans un flacon en verre avec un bouchon. Elle regarda dans la trousse de toilette en satin de Paola et y trouva du maquillage dans de petites boîtes en émail, et une tablette de pilules contraceptives. Elle ouvrit un tiroir et sortit des vêtements en dentelle, des choses avec des boutons et des rubans, un porte-jarretelles et une longue paire de bas magnifiques, très fins.

Elle éprouva une douleur terrible à la vue de ces choses. Elles lui semblaient être à la fois des alliées et une négation de la peine que lui avaient causé les primevères. Qu'étaient son jean usé et son collier de perles comparés à cela ? Ils étaient l'avortement, les restes pitoyables de sa féminité. Elle sentit qu'elle n'avait rien – rien ! Elle se força à se regarder dans le miroir accroché au-dessus de la commode en acajou, et le reflet de son visage fit venir les larmes à ses yeux cerclés de rouge. Il était marbré, ridé, grimé de manière cocasse par l'épuisement. Ses cheveux formaient tout autour une sorte de frisottis brun. Était-il réel, ce terrible sentiment d'injustice ? Était-il rationnel et réel, ou se trompait-elle, y avait-il à cela une explication, quelque chose qui pouvait tout aplanir et arranger ?

Au fond du tiroir elle trouva la photographie d'un enfant, un petit garçon de deux ou trois ans : un neveu, supposa-t-elle, ou peut-être un filleul. Il avait d'épais cheveux noirs bouclés. Un désir ardent s'éleva automatiquement dans sa poitrine. Elle avait l'impression d'être une machine, un animal – elle était automatique, vorace, impossible à arrêter. Elle aurait aspiré le petit garçon hors du cadre si elle avait pu. Oh, se contrôler ! Garder un enfant dans un cadre au fond de son tiroir, à côté d'une paire de boucles d'oreilles en perles.

Elle retourna à la cuisine et s'assit sur sa chaise. Une honte intense s'abattit sur elle. Dans son ventre, le bébé gigota violemment. Elle le saisit à deux mains. Personne ne pourra jamais comprendre ce que c'est que de sentir un corps humain qui se débat à l'intérieur de vous. Cela défie la compréhension. Si on y pensait, on devenait folle. Si on y pensait, on sentait qu'on était seule au monde, et que même le bébé voulait que vous disparaissiez.

Le soir, quand Martin revint, Solly alla immédiatement s'allonger sur le canapé du salon. Elle resta là jusqu'à ce qu'elle ait entendu que les enfants avaient pris leur dîner, leur bain, et étaient montés au premier. Elle avait l'impression que si elle devait passer ne fût-ce qu'une minute de plus avec eux elle exploserait. Elle entendit la grosse voix de Martin et le bruit de nombreux pas de-ci de-là. Vraiment, Martin était merveilleux. Il était ce qu'on appelait un père présent. Le problème est qu'il n'était jamais là.

« Tu as – euh – prévu quelque chose pour le dîner ? demanda-t-il, pénétrant à pas de loup dans le salon et la regardant par-dessus le dossier du canapé.

– Non, dit-elle.

– Parfait. » Il plissa le front et s'en alla.

Plus tard elle entendit le bruit de la porte d'entrée. C'était Paola. Elle écouta Martin et Paola qui parlaient dans la cuisine. Martin dit quelque chose et, après un long silence, Paola dit quelque chose de beaucoup plus court. Puis elle entendit le bruit léger des pas de Paola qui montait l'escalier et le petit bruit sourd de la porte de sa chambre qui se fermait.

« Elle a l'air bien, dit Martin une fois qu'ils furent au lit.

– Elle est très gentille, dit Solly.

– Un peu – tu sais – mystérieuse et tout ça », hasarda Martin.

Solly se demanda ce que « tout ça » pouvait signifier, mais elle était trop fatiguée pour poser la question.

« Quel âge tu crois qu'elle a ? demanda Martin.
– Elle a trente-quatre ans.
– Vraiment ? » Il parut surpris. « Alors elle n'a que deux ans de moins que toi.
– Et que toi.
– Évidemment, dit Martin. J'aurais pensé qu'elle était plus jeune que ça, ajouta-t-il, de manière quelque peu professorale, comme si deviner l'âge des femmes était une chose pour laquelle il était plutôt réputé.
– C'est ce qu'elle a dit.
– Vraiment ? Oh. »

Martin éteignit la lumière. Solly était étendue sur le dos, le grand dôme de son ventre doré par la lumière jaune provenant du réverbère. La pensée de la nuit à venir l'emplissait de crainte. Maintenant que le bébé était presque là, elle ne pouvait plus trouver le non-être même dans le sommeil. Toute la nuit elle était tenue dans une sorte d'antichambre de l'inconscience, endroit plein de mouvement, de bruit et de lumière jaune.

« Tu crois qu'elle aime, tu sais… les filles ? » demanda Martin tout près d'elle dans l'obscurité.

Solly ne répondit pas. Bientôt, elle ne fut même pas sûre qu'il l'ait dit. Dans le royaume étrange, tourbillonnant, encombré de lumière, de son corps, elle ressentait seulement une immense confusion. Elle avait l'impression de tout contenir, tout le bien et tout le mal, toutes les possibilités, le monde entier, emmêlé, secoué comme la mer par une tempête, de sorte que rien n'était clair ni distinct ; tout était opaque, écœurant, plein de détritus et d'ordures. Elle brûlait d'éliminer cette immense force montante de débris, de se purifier. Dans cet état, elle ne se sentait pas unie par un trait d'union à Martin. Toute la nuit, dans son sommeil agité et tournoyant, elle se sentit mêlée à lui, sans défense, indistincte. Elle n'était pas protégée de lui. C'était la pire des terreurs, en fait, de vivre dans un corps et de sentir qu'il ne vous offrait pas de protection. Partout, les choses se mélangeaient et étaient jetées ensemble pêle-mêle, mauvaises et bonnes.

Ce qui vous différenciait, pensa vaguement Solly, c'était votre sens moral. C'était la seule chose que vous possédiez vraiment. C'était la seule manière de départager les choses. Une fois que vous aviez perdu cela, vous aviez tout perdu.

Paola avait un job. Trois après-midi par semaine, elle travaillait dans un cabinet de conseils juridiques. C'était juste un petit hobby, disait-elle. Elle n'avait pas une connaissance suffisante de la loi anglaise pour décrocher un véritable emploi. C'était pourquoi elle essayait d'améliorer son anglais, pour obtenir une qualification.

« Quelle sorte de gens est-ce que vous… conseillez ? demanda Solly.

– Des gens qui ont des problèmes, dit Paola avec sérieux. Des pauvres. »

Dans les placards de la cuisine, où Solly avait fait de la place à Paola, il y avait maintenant une petite collection d'articles fascinants. Il y avait des pots d'herbes et des paquets de lentilles et de haricots secs, et une boîte en bois pleine de sachets de quelque chose qu'elle appelait *tisane**. Quand Paola n'était pas là, Solly ouvrait les pots pour sentir ce qu'il y avait dedans. Elle regardait les sachets odorants dans leurs boîtes, tous soigneusement rangés. Paola était végétarienne. Afin, semblait-il, de prendre encore plus de distance avec la vie grossière du corps. En ouvrant le placard de Paola, Solly fut submergée par la même sensation de féminité qu'elle avait connue en fouillant ses tiroirs. Cela lui évoquait le sexe, innocent et propre. Les placards de Solly étaient pleins de paquets géants de supermarché et des bouteilles de sauce Worcester de Martin. Par le passé, Solly s'était sentie fière de ces choses, pleine de sens pratique et fière, mais maintenant elles lui paraissaient monstrueuses en un sens. Pourquoi avait-elle eu besoin d'un tel volume, d'un tel poids ? De quoi avait-elle peur ?

Elle était sortie avec des ciseaux pour couper les primevères, qu'elle avait disposées dans un vase sur la table de la cuisine. À la fin du jour, elles avaient fané.

« À Bologne, j'avais mon cabinet à moi, dit Paola.

– Vraiment ? » Solly était abasourdie. « Qu'est-ce qui s'est passé ?

– Rien. » Paola haussa les épaules. « Je l'ai laissé tomber. Je n'y voyais pas mon avenir. Je ne vivais que dans une seule dimension. »

Solly resta silencieuse. Paola croyait-elle qu'une vie avec les Kerr-Leigh était une vie à plus d'une dimension ?

« Je préfère mon petit boulot. Il a plus de réalité.

– Mais vous deviez avoir des amis, et une famille – des tas de choses ! » laissa échapper Solly.

Elles étaient assises à la table de la cuisine, devant les primevères fanées. Les enfants étaient au lit et Martin était à Reading. Solly avait ouvert une bouteille de vin. Dans un surcroît d'émotion, elle en versa brutalement une rasade dans le verre de Paola.

« Pour moi ces choses n'étaient pas la réalité, dit Paola. Elles étaient devenues une sorte de… »

Elle mit une main fine et brune devant ses yeux.

« Un bandeau, dit Solly, se surprenant elle-même.

– *Esattamente*, dit Paola. Un bandeau.

– Vous n'avez jamais pensé à vous marier ? » demanda Solly. Elle avait un peu honte de sa grossièreté, mais elle n'avait pas pu s'en empêcher, enceinte de huit mois et gonflée comme elle l'était.

Paola rit, le regard fixé sur son verre de vin, autour duquel elle avait arrangé ses doigts en une sorte de filet sur la nappe.

« J'ai été mariée. Pendant quatre ans, j'ai vécu avec mon mari. »

Mortifiée, Solly n'en dit pas plus. Paola se leva.

« Juste une minute, dit-elle. Je reviens. »

Elle réapparut quelques minutes plus tard et posa devant Solly un flacon en verre muni d'un bouchon.

« Je vous ai apporté ça, dit-elle. Pour le bain. C'est mon préféré. Je l'ai vu dans une vitrine en revenant. »

Dans la nuit Solly ouvrit soudain les yeux. Une conscience accrue de la réalité l'avait tirée de son sommeil kaléidoscopique. Elle était allongée, avalant, dans les dures surfaces de la chambre, l'obscurité sans levain. Tout son être semblait être pressé contre la réalité. Elle avait envie de se jeter dedans mais elle était sans profondeur et plate. C'était comme de vouloir se jeter d'un plongeoir dans une piscine vide.

La photographie dans le tiroir était-elle une photographie de l'enfant de Paola ? Elle le croyait, avec une intensité folle, hormonale. C'était cette révélation qui l'avait réveillée. L'enfant avait dû mourir ! Son estomac distendu se souleva péniblement à cette pensée. Son cœur cognait dans sa poitrine. Les larmes s'échappèrent du coin de ses yeux, rapides, abondantes, et coulèrent à travers ses cheveux sur l'oreiller. Un instant, elle vivait au cœur brûlant de ce savoir et l'instant suivant dans l'appréhension et la crainte d'elle-même car elle en était le refuge. Elle avait été désignée pour être le refuge de ce terrible événement ! Une femme avec un enfant mort l'avait trouvée, perdue dans les plis gris d'Arlington Park, l'avait trouvée et était venue loger dans son nid débordant, avait fixé sa vacuité juste ici, comme un caillot, près du cœur de Solly ! Elle ne le supporterait pas – c'était trop, trop !

Il commença à pleuvoir. Il plut fort, fort et soudainement. Un bruit étourdissant se mit à battre aux fenêtres dans l'obscurité, un bruit assourdissant, joyeux, incontrôlable comme un bruit d'applaudissements. Solly s'accrocha. Elle s'accrocha comme au pont d'un bateau dans la tempête. La pluie cognait aux vitres et elle s'accrochait, à la matière solide de sa vie, à l'imparfaite maîtrise qu'elle en avait. On aurait dit que les vitres allaient céder et que la tempête allait la balayer du pont ; elle eut envie de réveiller les enfants pour les arrimer à elle sous les couvertures, de trouver Martin et de s'attacher à lui comme à un mât. Oh, il était terrifiant, ce voyage de la vie, cette traversée turbulente des jours et des nuits, sans jamais s'arrêter, sans jamais savoir ce que cela signifiait, sinon qu'il faut se cramponner, se cramponner sans jamais lâcher !

Au matin, dans la lumière fatiguée, la pluie grise continuant à tomber régulièrement derrière les fenêtres, Solly se leva et se regarda dans le long miroir. Elle semblait parfaitement nette. Elle paraissait être pleine d'informations, comme si une page s'était tournée dans son âme. Elle se sentait calmée, solide, ordinaire. Elle emmena les enfants à l'école et revint avec Joseph qui baguenauda tranquillement dans la cuisine toute la matinée, rudimentaire, absorbé, comme s'il démontrait la simplicité de l'existence. Solly était assise dans son fauteuil. Le problème que lui posait Paola s'était retiré, comme la mer à marée basse : il demeurait immobile, ligne bleue à l'horizon. Solly se sentait guérie d'une sorte d'agitation. Elle se sentait capable de se cerner. Elle resta dans son fauteuil, à s'identifier, ainsi que le fauteuil s'identifiait, ainsi que la table s'identifiait.

Mais à l'heure du déjeuner le vent s'était levé en elle. Joseph pleurait, renversait des choses, et cognait à la porte du jardin ; et quand Solly le porta au premier dans son lit, il lui donna de violents coups de pied, de sorte qu'un sentiment de panique physique, d'excès, l'asphyxia. Elle regarda sa montre et s'aperçut que, dans une heure, il lui faudrait aller chercher les enfants pour les ramener de nouveau. Elle ne savait pas comment elle y arriverait. Elle ne savait pas où elle trouverait, en une seule heure, le courage d'accomplir ce qui l'attendait. En passant devant la porte de la chambre d'amis elle s'arrêta et posa la main sur la poignée. Elle s'adjura de ne pas entrer : elle se l'était absolument interdit. Cela signifierait qu'elle était retournée à une condition de faiblesse, car c'était une addiction à sa manière. Désespérément, elle ne voulait pas céder de nouveau à cette faiblesse. Elle pensa à la fille au jean élimé, et l'image souleva quelque chose en elle, quelque chose qui lui permit de retirer sa main de la poignée et de commencer à descendre l'escalier. Sur la troisième ou quatrième marche, elle s'arrêta. C'était l'idée de la faiblesse, l'idée que c'était une constante. Cela la mettait en colère. Qu'avait-elle fait par elle-même dans sa vie ? À quoi cela servait-il d'être forte ? Elle remonta les marches et entra. Cette fois-ci elle trouva quelque chose d'insatisfaisant, quelque chose de vain dans les affaires de Paola, car elles étaient exactement les mêmes : il n'y avait rien de nouveau, sauf le reçu d'une boutique que Solly trouva sur sa table de chevet. Elle l'étudia un moment, avant de se rendre compte que c'était le reçu pour l'huile de bain que Paola lui avait offerte. Il était décevant qu'elle-même commence à apparaître dans le mystère de la chambre d'amis. Cela suggérait que ce n'étaient pas du tout des mystères. Soudain elle se sentit écœurée par sa propre lascivité. Elle alla dans sa chambre se maquiller devant le miroir, considérant son reflet avec un sentiment de confort qui s'amplifiait, comme si c'était un petit ami sûr vers qui elle était revenue après un béguin sans espoir.

À quatre heures et demie, la première graine de douleur se planta à la base de sa colonne vertébrale et se ramifia lentement, à la manière d'un incendie, tout autour de son utérus. Elle s'appuya au comptoir de la cuisine tandis qu'à l'autre bout de la pièce les enfants et la télévision tournoyaient en une mêlée grise et indistincte de contradictions bruyantes. Paola revint à six heures et trouva

Solly à quatre pattes par terre tandis que de la fumée grise s'élevait de la poêle.

« Ça a commencé ? » demanda-t-elle discrètement, s'agenouillant à côté d'elle et posant une main légère sur son dos.

Solly fit oui de la tête. Quelque chose dans l'attitude de Paola lui donna envie à la fois de rire et de pleurer. C'était encore sa féminité distante, sa distance épargnée par cette grossière affaire de reproduction.

« Vous voulez que je téléphone à votre mari ?

– Il sait, dit Solly. Il est coincé dans les embouteillages. »

Paola déplaça brusquement la poêle avec un regard plein de détermination, comme si c'était un chien qu'elle matait.

« Ma mère voulait venir, ajouta Solly. Mais elle n'a pas l'air d'être là.

– Je vais commencer par ça, dit Paola. Pour les enfants, non ? »

Quand Solly leva les yeux, les enfants semblaient assis à table, en train de manger. Paola leur apprenait un jeu avec trois tasses retournées et leur parlait en italien. Ils l'observaient poliment. La scène semblait miniature et idyllique, comme si Solly regardait un film sur une famille italienne qui avait surmonté plusieurs épreuves ou était sur le point de s'embarquer vers de nouvelles aventures. Quand elle regarda de nouveau ils avaient disparu. Elle jeta un œil à la pendule – une demi-heure avait passé. Tout ce temps, elle avait été à quatre pattes sur le sol de la cuisine tandis qu'à quelques centimètres d'elle les enfants dînaient. Comme c'était drôle ! Paola réapparut.

« Votre mari a téléphoné, dit-elle. Il est encore coincé. »

Lentement Solly se mit debout. Elle ne savait comment, une autre demi-heure avait passé.

« Il faut que je mette les enfants au lit », dit-elle.

Paola rit.

« Ils dorment déjà.

– Oh !

– Vous voulez que je téléphone à l'hôpital ?

– Pas encore, dit Solly. Ils n'aiment pas qu'on vienne en avance. »

Paola haussa les épaules. « Comme vous voulez. »

Paola avait ouvert le placard et cherchait parmi paquets et bocaux.

« Asseyez-vous, dit-elle. Je vais vous apporter un remède à base d'herbes. »

Solly voulait rester debout. Une sensation de gêne horrible lui obstruait la gorge. Pourquoi devrait-elle se soumettre à cette inconnue, dans un moment pareil en plus ? Pourquoi, en cette heure de détresse, devrait-elle être brimée par l'obligation éternelle d'être polie ? Paola posa un bol d'eau bouillante sur la table. Solly sentit que si elle devait inhaler cette vapeur elle suffoquerait.

« S'il vous plaît », dit Paola avec brusquerie en tirant une chaise.

Solly s'assit. Elle plaça sa tête au-dessus du bol et inspira l'odeur la plus consolante qu'on puisse imaginer. C'était comme une projection de son état intérieur, comme quelque chose qu'elle aurait inventé elle-même.

« Ça aide, non ? demanda Paola.

– Oh ! répondit Solly, folle de bonheur d'éprouver un tel soulagement.

– Ma mère m'a donné ça avant la naissance de mon fils. »

Solly leva son visage trempé.

« Où est votre fils ? demanda-t-elle.

– Il est à la maison, dit Paola. En Italie. »

Cette information déroutante submergea Solly comme une immense vague.

« Où est-il ? demanda-t-elle.

– Il habite avec son père, dit Paola. Ce n'est pas si

étrange, ajouta-t-elle, regardant Solly droit dans les yeux. Vous pensez que c'est étrange, en fait ça ne l'est pas. Il va bien. Il est avec son père. Il est vivant. Il est heureux de vivre. »

Assise là, Solly eut soudain l'impression de devenir plus petite. Elle rapetissait, rétrécissait, tandis que Paola paraissait grande, grande comme un arbre, aussi grande qu'une maison. À côté d'elle, Solly se sentait petite, comme une enfant. Les larmes ruisselaient sans retenue sur ses joues et tombaient dans l'eau bouillante. Elle était une enfant et Paola était une mère : grande, grande comme un arbre à l'ombre duquel Solly se sentait heureuse de vivre.

Le bébé était une fille. C'était une chance, pensa Solly – un garçon de plus aurait pu la faire couler. Au lieu de quoi, tel un petit podium ou un socle, le bébé lui donnait une vision nouvelle, plus élevée, du monde. Solly se rappelait qu'elle s'était un peu retournée contre Martin et les enfants quand elle était avec sa fille : il lui semblait que cela constituait une forme d'avance, un développement. Elle n'allait pas redescendre de son socle. Elle allait vivre à cette nouvelle distance d'eux – elle y était bien décidée. Et maintenant que le bébé était né et que la poubelle du monde, le bien et le mal mêlés, avait quitté ses veines, elle se sentait pleine de connaissances et imposante. Toutes les choses qu'il y avait à perdre, elle les avait perdues en donnant naissance aux trois autres. La quatrième ressemblait donc plus à un crédit : elle l'aimait plus et s'en souciait moins. Tout était clair dans sa tête et quand elle fermait les yeux elle voyait des montagnes, des vallées et des grandes villes, des villes pleines de monde ; et elle se sentait appartenir, réellement, à toute cette vie monumentale, cette splendeur. Un jour, passant devant deux femmes dans la rue, elle entendit l'une dire à l'autre : « Apparemment tout ce que tu as à faire c'est te rappeler de relever légèrement le coin des lèvres. » Elle tâcha donc de faire ça aussi, et découvrit que ça aidait.

La chambre d'amis se trouva menacée, une fois Paola partie. Devaient-ils accueillir une nouvelle étudiante ? Ou devaient-ils l'occuper, comme un grand glacier descendant dans une vallée se glisse avec une sorte de violence majestueuse dans toutes les cavités ? Martin suggéra qu'il pourrait en faire un bureau. William dit qu'il en avait assez de partager sa chambre avec Joseph et qu'il en voulait une à lui. Solly résista. Ainsi qu'elle le confia à ses amies, elle pensa mettre Dora avec les garçons pour louer aussi sa chambre. Elle pourrait même trouver quelqu'un pour occuper la moitié du lit, les nuits où Martin était à Reading.

Elle reçut une carte postale de Betty en provenance de Taiwan, et une lettre de Paola, qui était retournée à Bologne, pour une saison, comme elle disait. Elle envoya un morceau de dentelle d'Italie pour le bébé, mais Solly le garda pour elle. Elle acheta d'autres flacons d'huile de bain, aussi. C'étaient ses trésors, son jardin secret que chacun devait avoir. En un sens – au sens d'Arlington Park – on vivait grassement. En fait, plusieurs de ses amies s'étaient mises à louer elles aussi leurs chambres d'amis. Mais c'était Solly qui y avait pensé la première.

La pluie avait cessé. Le parc se dressait, mouillé, dans la lumière neuve de l'après-midi, comme s'il venait de naître.

Un vent frais soufflait, faisant bouger les branches nues des arbres, soulevant de vieilles feuilles et des fragments de détritus qui parsemaient l'herbe. Le soleil jouait avec les nuages. La lumière fuyait sur l'herbe trempée, électrique, poursuivie par les ombres. Le vent troublait la surface des mares et le soleil déferlait le long des allées et éclairait leurs plis boueux. Des agglomérats de fourrés tremblaient, séchant, dans leur verdeur enchevêtrée. Çà et là des choucas se posaient dans les espaces désertés et sautillaient sur l'herbe avec curiosité. Une pie impudente campait sur un sentier. Maintenant que la pluie s'était arrêtée, on entendait le bruit de la circulation venant de la rue qui entourait le jardin ; progressivement, il emplissait de nouveau l'air vidé.

Toute la journée le parc avait été désert, oublié sous la pluie, mais maintenant les gens commençaient à arriver. Ils sortaient de leurs voitures et de leurs maisons, des rues et des ruelles, et avançaient dans les allées d'un pas décidé. Ils venaient avec leurs chiens, leurs poussettes, leurs cerfs-volants et leurs cannes. Ils emplissaient les allées, et à mesure qu'il en arrivait encore, ils commençaient à se disperser, bifurquant sur l'herbe humide et vierge, cherchant leurs propres territoires, de sorte que les choucas étaient forcés de déployer leurs lambeaux d'ailes pour abandonner leurs enclaves solitaires. Les pies dans leur uniforme noir, blanc et bleu marine bondissaient vivement jusqu'aux arbres.

Il était trois heures et les enfants n'étaient pas encore sortis de l'école. Les femmes poussaient des bébés dans des landaus le long des allées. Des bambins vêtus de blousons matelassés chevauchaient leurs tricycles tandis que leurs mères marchaient lentement derrière eux. Un couple âgé équipé de chaussures souples avançait avec hésitation dans le vent frais et s'attardait près des bancs. Un jeune homme en anorak faisait voler son cerf-volant. Ses bras résistaient à la puissante tension des cordes comme s'il s'accrochait au monde lui-même. Le vent emplissait les joues du cerf-volant qui zigzaguait follement ; il luttait pour s'échapper dans le ciel tandis que l'homme luttait pour s'y accrocher.

Le vent soufflait et les arbres remuaient leurs branches nues et les gens remuaient, et le soleil déversait de brillantes taches de lumière sur l'herbe. Les femmes poussaient leurs landaus le long des allées et les nuages voguaient au-dessus de leurs têtes. Le vieux couple s'assit sur un banc et regarda à droite puis à gauche. D'autres personnes arrivaient : des gens en survêtement et baskets blanches, courant côte à côte. Deux hommes maigres à barbe grise passèrent en courant, vêtus de noir. Une fille portant une veste serrée, écouteurs dans les oreilles, passa en courant. Un homme en short bondissait sur ses longues jambes fantastiquement musclées. Une grosse dame trottinait derrière, ses pieds délicats quittant à peine le sol. Une femme aux cheveux ondulés gris acier défilait au pas avec son mari : ils levaient les bras en l'air, conversant d'une voix indignée. Une jeune femme en patins passa en propulsant un landau et le couple s'écarta, sans cesser de parler.

Sur l'herbe, l'homme luttait vaillamment avec son

cerf-volant. Une grande fille voûtée au visage mélancolique le dépassa en bondissant, essoufflée. L'homme en short repassa et le vieillard sur le banc regarda sa montre.

Les mères emmenaient leurs enfants aux balançoires. Elles marchaient lentement en suivant la limite opposée du parc, en pèlerinage distrait derrière les tricycles. Contre le ciel venteux et agité, leurs formes sombres se déplaçaient en cadence avec une sorte de grandeur processionnelle. Le vent soulevait leurs cheveux et le soleil les ratissait de vagues d'une lumière électrique. Au loin, l'aire de jeux paraissait toute petite. Les minuscules formes des enfants en rouge, jaune et bleu allaient et venaient sur les balançoires. La bascule montait et descendait. Des enfants grimpaient à l'échelle et glissaient sur le toboggan. Lentement, la procession se dirigeait vers le mécanisme d'horlogerie du terrain de jeux.

L'homme en short repassa. Le vieillard consulta sa montre.

« Cinquante-cinq secondes », dit-il à sa femme.

Soudain, un grand chien, sorti de l'épaisseur des buissons, apparut. Il se tenait dans l'allée, l'allure fière – robe noire tondue, queue dressée. Une femme arriva derrière lui et jeta un bâton sur la pelouse. Le chien bondit à sa poursuite. De tous les côtés du parc, d'autres chiens arrivaient ; de petits chiens allant au petit trot, de grands chiens dorés avec des fontaines de poils, des épagneuls hirsutes au pelage boueux et emmêlé, de minuscules chiens sautillant, des chiens qui reniflaient le sol et des chiens qui galopaient follement sur l'herbe. Ils couraient en cercle et en huit, se poursuivant, glissant, levant la patte contre les troncs, se ruant sur des bâtons et roulant sur le dos. Ils couraient inlassablement en rond, pleins d'une vie abondante et dénuée de sens, décrivant des motifs déments sur l'herbe mouillée. Les gens les suivaient, laisses, bâtons et balles en main, les appelant. Ils portaient des vestes et des écharpes et ils marchaient en lignes droites que les chiens brouillaient. Leurs voix emplissaient l'air rincé.

« Angus ! Angus, viens ici !

– Daisy !

– Bella, ici ma fille ! Bella ! Bella ! au pied !

– Fritz ! Fritz !

– Dai-*syy* ! »

Dans l'aire de jeux, les femmes ne criaient pas.

Elles poussaient les balançoires. Elles remuaient, gênées, les joues rouges, le vent fouettant leurs cheveux. Elles semblaient confuses et inconsolables. C'était comme si elles étaient incapables de décider qui elles étaient. Elles se sentaient raides et maladroites parmi les balançoires et les bascules, et cependant leurs sentiments étaient neufs et bruts, comme ceux qu'elles prêtaient à leurs enfants. En balançant leurs enfants, elles paraissaient refaire le monde, le bâtissant de nouveau afin de s'en exclure, le fermant à coups de marteau au rythme des mouvements de la bascule. Qu'allaient-elles devenir ? Que feraient-elles de leurs corps qui se sentaient si raides et maladroits, maintenant que l'avenir s'était relogé dans des enfants vêtus de rouge, jaune et bleu ? Partout il y avait des petits tas de feuilles mortes comme des tas de cheveux coupés. Une barrière entourait l'aire de jeux pour empêcher les chiens d'entrer, les chiens fous qui attaquaient avec leurs queues flottant au vent. Oh, être un animal ! Être une folle créature cinétique avançant en gambadant dans la vie, courir sur l'herbe, rouler, renifler, attaquer, en laissant couler des fontaines de poils ! Le vent soulevait les tas de feuilles et les faisait tourbillonner. Les enfants allaient et venaient.

Un petit garçon tomba dans les copeaux de bois qui entouraient les balançoires et se mit à beugler, de petits bouts de bois accrochés à son manteau, le visage barbouillé de terre et de mucus.

« Oh mon Dieu, dit sa mère, s'agenouillant lourdement dans les copeaux. Oh mon Dieu, mon Dieu. »

Elle se releva avec le garçon dans les bras, le pantalon couvert de copeaux. Elle lui donna de petites tapes pour essuyer ses vêtements.

« Et maintenant qu'est-ce qu'on fait ? dit-elle. On va sur le toboggan ? »

Les balançoires allaient et venaient comme des balanciers de petites pendules.

Il était trois heures et demie et les enfants plus âgés sortaient de l'école. Dans leurs uniformes, ils traversaient le parc en file indienne derrière leurs mères, mangeant des pommes et des barres de chocolat. Ils cheminaient tranquillement dans les allées avec leurs manteaux qui leur battaient les mollets. Ils se déplaçaient en grands nœuds uniformes. Certains se poussaient et se poursuivaient. Certains chevauchaient des bicyclettes ou des scooters. Ils étaient insouciants, inconscients, et cependant guindés dans leurs uniformes, marqués. D'un coup de pied, un garçon envoya un bâton en direction de sa sœur, qui ramassa une grosse poignée de feuilles mortes, le visage cramoisi, et essaya de les lui jeter. La poignée de feuilles explosa, impuissante, et voleta au-dessus de ses cheveux, de ses épaules. Des garçons se bousculaient et couraient autour des bancs.

Deux mères les précédaient, en discutant. Elles portaient des manteaux élégamment déboutonnés. Leurs cheveux courts étaient coupés avec recherche. Leurs bras étaient encombrés de cartables. Parfois elles s'arrêtaient, tout en parlant, pour attendre que les enfants les rejoignent. De temps à autre, un coureur en baskets blanches les rattrapait, se déplaçant rapidement sur l'herbe. Bien que cela ne fût pas nécessaire, les femmes se poussaient un peu pour laisser passer les gens qui couraient. Leurs enfants déambulaient nonchalamment et les groupes tentaculaires qu'ils formaient bloquaient le chemin ; les coureurs étaient obligés de les contourner en empruntant la pelouse, mais les femmes n'en continuaient pas moins de s'écarter, tout en parlant, la tête droite, les yeux parcourant l'horizon. C'était comme un geste. Elles étaient pareilles aux politiciens : elles comprenaient la façon dont fonctionnait le monde mais elles étaient devenues inactives en son sein. Leur vie physique était une sorte de sténographie. Elles se poussaient pour indiquer leur conscience, et leur puissante connaissance de la vie, au centre de laquelle se trouvait la certitude que rien ne pouvait être fondamentalement changé.

« Laisse ça, Freddie, cria l'une d'elles à son fils, qui avait plaqué au sol un autre garçon, et arrachait des touffes vertes qu'il lui jetait à la figure. J'ai dit *laisse* ça tranquille. »

Les deux garçons roulèrent de sorte que l'autre se retrouva maintenant sur le dessus. À son tour, il arracha des poignées d'herbe qu'il écrasa sur le visage de sa victime. La femme eut une exclamation désapprobatrice.

« Pourquoi gâcher ma salive ? » dit-elle.

L'autre leva les yeux au ciel. « Parfois on se dit qu'on ferait tout aussi bien de ne pas être là, non ? »

Elles discutaient sans se regarder, leurs yeux parcourant l'horizon.

« Dan est à Paris toute la semaine.

– Vraiment. Il y en a qui ne s'en font pas.

– Il tourne encore.

– Vraiment ?

– Ils y sont allés il y a environ six semaines, mais il a fallu qu'ils repartent parce qu'ils avaient oublié de filmer la tour Eiffel. »

L'autre femme émit un grognement. « C'est malin.

– C'est fou, non ? J'ai envie de dire, laisse-moi organiser ça. Ne t'inquiète pas et laisse-moi faire. Tu restes à la maison avec les gosses, et je m'occupe de Paris.

– On pourrait, non ? Ils font comme si c'était si difficile, mais la moitié du temps on se dit, tu sais, je pourrais le faire.

– Je ferais Paris, la tour, tout le reste, et je le ferais en moitié moins de temps. »

Un coureur passa et elles s'écartèrent un peu.

« Richard n'arrête pas d'aller à ces conférences où personne n'a l'air de savoir ce dont il est question. Je lui dis, tu sais, mais qu'est-ce que tu fais exactement ? Qu'est-ce que tu accomplis en réalité ? Je crois qu'ils vont se bourrer au bar de l'hôtel.

– Eh bien, pourquoi pas, après tout.

– Oui. C'est quand même un peu fou. Même Richard reconnaît que c'est un peu fou.

– Freddie, sors de la pelouse ! J'ai dit sors de la pelouse ! Tu es en train de te mouiller !

– Parfois tu te dis que le monde est devenu fou, non ?

– Excuse-moi… *Freddie !* »

Le vent soufflait, les cerfs-volants zigzaguaient et un sac en plastique survola la pelouse ensoleillée, emporté par le vent. La femme en patins poussait son landau dans l'allée. Le bébé agitait ses petites mains crispées. Péniblement, la femme conduisait le landau avec ses pieds à roulettes, cahotant sur les rides du goudron. Les cerfs-volants virevoltaient et plongeaient au-dessus d'elle. Les chiens traversaient l'allée à toute vitesse. Le bébé agitait ses petits poings dans le soleil. Les gens couraient, en baskets blanches, ils couraient comme s'ils étaient porteurs d'importantes nouvelles. L'un après l'autre, ils dépassaient la femme qui cahotait en direction de l'horizon, tels des messagers solitaires emportant les informations de chaque minute qui s'écoulait.

Dans l'aire de jeux, les balançoires allaient et venaient. Vêtus de leurs blousons matelassés aux couleurs vives, les enfants se dirigeaient en titubant vers la bascule, ou étaient assis sur de petits animaux en bois, les joues rougies par le vent. À l'intérieur de leur enclos, les mères regardaient les gens qui se déplaçaient dans le parc. Les gens bougeaient et tout bougeait aussi autour d'eux, les nuages filant à toute allure dans le ciel, le soleil bondissant, l'herbe se courbant de-ci de-là, les branches et les buissons, les cerfs-volants et les ballons, les chiens et les oiseaux sautillant, les voitures passant dans la rue au loin. Tout le mécanisme du monde qui continuait à tourner, tourner comme une machine : le temps s'y déversait comme un fleuve vide et actionnait tous ces mouvements infinitésimaux !

C'était douloureux, d'une certaine manière ; pour elles, c'était une forme de supplice que de le regarder. Sur leurs copeaux de bois dans l'aire de jeux, les femmes étaient comme piégées à l'intérieur du mécanisme. Elles étaient prises entre le fleuve vide et les roues qui tournaient. Les cerfs-volants qui plongeaient les blessaient. Les gens en baskets blanches semblaient les piétiner. Les chiens les effrayaient et faisaient battre leurs cœurs de surprise. Elles ne pouvaient tolérer que le va-et- vient des balançoires.

Les mères des écoliers n'étaient plus obligées de rester dans l'enclos. Elles s'en tenaient éloignées, dans leurs beaux manteaux, de l'autre côté du parc. Chaque fois qu'elles le voyaient, voyaient de nouveaux enfants sur les balançoires, voyaient de nouvelles femmes plantées là, gênées, cela provoquait en elles un étrange sentiment de deuil. Elles voyaient quelque chose qu'elles connaissaient mais qu'elles avaient perdu. C'était un sentiment qui leur était familier. C'était ainsi qu'elles avaient appris à si bien connaître la vie. Elles savaient qu'on perdait le bon avec le mauvais, tous deux à parts égales. Elles n'étaient plus intéressées par les choses qu'on pouvait perdre, par le temps, ou l'amour ou la sensation d'un bébé dans vos bras. Elles étaient intéressées par ce qui restait avec vous pour toujours : les maisons, peut-être les maris. Et elles-mêmes, bien sûr. Ce qu'elles voulaient éviter c'était la destruction. Comme les politiciens, elles ne s'intéressaient qu'à la survie.

« Oh Freddie, *regarde*-moi ça ! Tu es *trempé*. Eh bien tu vas rester comme ça. Non, nous ne rentrons pas. Tu vas rester mouillé. Qu'est-ce que tu croyais qui allait arriver si tu te roulais dans l'herbe ? Je suis désolée, mais ce n'est pas mon problème. Non, je me fiche que tu aies froid. Tu vas devoir le supporter. À l'avenir tu devrais écouter quand je te dis de ne pas faire quelque chose. »

Les femmes soupirèrent, et regardèrent autour d'elles avec circonspection.

« Il faut qu'ils apprennent, non ? » dit la mère de Freddie.

Son amie acquiesça. « Sinon tu auras des ennuis avec eux.

– Il faut qu'ils comprennent quelles sont les conséquences de leurs actes.

– C'est comme tout. On ne peut pas les protéger indéfiniment. Il faut qu'ils deviennent indépendants. Il faut qu'ils écoutent. Il faut qu'ils sachent que s'ils n'écoutent pas ils se mettent en danger. Tu leur dis de ne pas traverser devant les voitures et il faut qu'ils écoutent. Tu leur dis de ne pas suivre des inconnus et il faut qu'ils écoutent. »

Elles étaient debout dans le vent et le soleil, bras croisés.

« C'est horrible, cette petite fille, hein ?

– Oui ! Comment est-ce qu'elle s'appelait ?

– Betsy Miller. Elle a été enlevée dans un parc, tu sais.

– On sait ce qui lui est arrivé ? »

La femme secoua la tête, les yeux sur l'horizon. « C'est pour ça qu'il faut qu'ils écoutent. »

Maintenant, des enfants plus âgés entraient dans le parc : des groupes de filles pubères avec de longues queues-de-cheval, de grands garçons maigres, la cravate de leur école défaite, des terminales parlant au téléphone.

Leurs corps semblaient lutter contre leurs vêtements. Il faisait froid, mais la plupart portaient leurs manteaux et leurs chandails sur le bras, leurs chemises dépassant de la ceinture, le col déboutonné. C'était comme s'ils étaient faits d'une substance à laquelle les vêtements refusaient d'adhérer. Les filles poussaient des cris aigus, secouaient leurs cheveux et parlaient avec excitation tout en marchant. Elles criaient comme si tout les chatouillait ; comme si le monde entier les chatouillait et assaillait leurs formes sensibles agitées de contorsions. Les terminales traînaient les pieds, dos voûté, et remuaient les lèvres, collés à leurs portables. Certains garçons marchaient seuls, leurs sacoches en bandoulière, les mains dans les poches. Ils avançaient à pas lents, les yeux rivés à leurs chaussures.

Les filles hurlantes battaient des ailes et se posaient comme des oiseaux sur les bancs. Certaines s'asseyaient sur les accoudoirs, d'autres, en équilibre fragile, sur le dossier. Le vieillard regarda sa montre. Après quelques instants, il se leva, aidant sa femme à se remettre sur pied, et ils s'éloignèrent lentement dans l'allée. Le cerf-volant exécuta un plongeon près du banc et les filles hurlèrent, puis se regardèrent et hurlèrent encore.

Une fille élancée avançait lentement sur l'herbe au milieu des chiens qui se poursuivaient, en parlant au téléphone ; et sa concentration semblait mener la marche toute seule avec régularité comme la proue d'un bateau fendant les flots, de sorte que les chiens et les gens se déployaient en éventail derrière elle telles les ondulations d'un sillage, se dispersant, disparaissant.

Deux terminales dépassèrent les mères en manteau élégant de leur démarche insouciante. Elles agitaient leurs crinières. Elles se murmuraient des choses à l'oreille. Leurs jupes étaient courtes et leurs jambes longues, nues, insolentes, étaient lisses et brunes. Machinalement les femmes consultèrent leurs montres.

« Eh bien, je crois que nous ferions bien de rentrer, dit l'une d'elles.

– Oui, c'est l'heure d'y aller, dit l'autre. Freddie ! Viens, on y va ! *Freddie !* »

Dans l'aire de jeux les femmes boutonnaient des manteaux, époussetaient des pantalons, mouchaient des nez. Elles attachaient leurs enfants dans leurs poussettes et, l'une après l'autre, elles passaient le portillon pour sortir du parc, dans les rues où tout bougeait, où le temps faisait tout bruire et bouillonner et grincer de nouveau et où on ressentait la douleur des roues qui tournent.

Après leur départ, des enfants en uniforme sautèrent par-dessus la barrière et s'assirent sur les balançoires, marchèrent en équilibre sur la bascule de sorte qu'elle cognait sur les copeaux. Les filles hurlantes quittèrent les bancs et traversèrent le parc en une volée jacassante.

Le vent faiblit un peu ; les hommes rangèrent leurs cerfs-volants.

Le soleil couchant disparut derrière les nuages. Les arbres étaient immobiles. Une lumière gris terne enveloppait le parc. Les choucas descendirent des branches en déployant leurs grandes ailes noires palpitantes et sautillèrent sur l'herbe. Ils se croassaient dessus, ouvrant leurs terribles becs acérés. La circulation grondait dans la rue. Çà et là, des gens couraient silencieusement dans les allées. Un gant d'enfant gisait à terre, oublié.

Silencieusement, le parc s'emplissait de sa propre atmosphère inhumaine. Il se renouvelait dans la lumière grise. Il entrait dans une sorte de transe, une immobilité ancestrale. L'air froid s'élevait de terre. Les buissons s'obscurcissaient. Les allées s'étendaient dans l'ombre. Les arbres devenaient indistincts.

Partout en ville les lumières s'allumaient.

À quatre heures moins le quart, Juliet commença à préparer la bibliothèque pour le club littéraire.

Le lycée de filles d'Arlington était un bâtiment victorien bâti devant le parc sur son propre terrain, derrière de hauts murs en pierre. Il avait un vague air d'hôpital ou d'hospice, avec sa pelouse circulaire et ses parterres de fleurs cernés de goudron municipal. Toute la journée, des femmes entre deux âges allaient et venaient d'un pas décidé, serrant des brassées de paperasses et de dossiers. Des sonneries retentissaient ; les classes s'emplissaient puis se vidaient à nouveau. À l'heure du déjeuner, la riche odeur de nourriture réchauffée envahissait le bâtiment. Des effluves de viande flottaient près des portes.

Dans le hall d'entrée régnait une atmosphère de brouhaha contenu, de commerce humain soumis à des horaires fixes, comme celle d'un quai de gare. Les semelles en caoutchouc des filles crissaient sur la pierre, et leurs petits éclats de rire étaient renvoyés en écho par la coupole du plafond. Aux murs, les portraits des anciennes directrices, avec les dates inscrites en dessous, observaient ce modeste remue-ménage. C'étaient des femmes colossales, grises et solides comme du granite. C'étaient des montagnes d'expérience, de formes aussi variées que les montagnes elles-mêmes. La préférée de Juliet était Mrs Walker-Jay, qui, selon les dates, avait passé trente ans à la barre de ce redoutable vaisseau. Elle avait des cheveux gris et courts, une poitrine de roc, et ses petits yeux bleus considéraient le brouhaha de haut comme si le temps ne passait pas dans le hall grouillant mais dans le bleu glacial de ses yeux immobiles, qui ne voyaient rien, absolument rien, qui les surprît.

Il fallait à Juliet au minimum quinze minutes pour réarranger la bibliothèque avant le club littéraire. Bien que ce fût après les heures de classe, il y avait toujours des terminales assises à une table dans un coin qui semblaient être là depuis un an, avachies dans un marais irrémédiable de papiers et de livres de chimie. Juliet essayait de les persuader de partir afin de ne pas se sentir gênée au cas où la discussion s'échaufferait. Il y avait une salle d'étude pour cela, leur disait-elle à chacune ; et chaque fois, elles soupiraient, fermaient leurs livres en les faisant claquer et se mettaient debout avec ressentiment. Les scientifiques étaient les pires. Elles possédaient une sorte de virilité, une aura d'élues. Une ou deux fois, elles avaient demandé pourquoi ce ne serait pas le club littéraire qui déménagerait dans la salle d'étude. Juliet leur avait répondu que l'usage exclusif de la bibliothèque le dernier vendredi du mois était et avait toujours été un privilège du club littéraire. Si elles voulaient rester, il leur faudrait s'inscrire. Elle était fière de ce moment précis des quinze minutes de préparation. Elle avait l'impression d'être d'une certaine manière en première ligne, défendant l'art contre les forces barbares de la rationalité.

Elle tira les tables et disposa les chaises en cercle. Puis, sur un plateau, elle prépara le café et les biscuits, sa touche personnelle controversée. La directrice lui avait fait remarquer que la consommation de nourriture et de boissons dans la bibliothèque était interdite, mais Juliet, d'un cheveu, avait eu gain de cause. Elle avait expliqué que l'atmosphère du club littéraire devait être détendue et conviviale. Contrairement à celle qui l'avait précédée, l'actuelle directrice sembla trouver cela très surprenant.

Elle avait paru se demander ce qu'une atmosphère détendue et conviviale avait à voir avec tout ce qui se passait dans l'enceinte de l'école et, selon elle, cela n'exerçait aucune sorte d'influence positive sur les résultats aux examens. Dans ce sens, avait jugé Juliet, c'était une montagne d'expérience beaucoup plus petite que ses devancières, qui auraient sûrement vu les choses de manière plus arrangeante. Aujourd'hui, personne ne pensait plus qu'à arracher des bonnes notes à ces filles à coups de fouet. Plus les résultats étaient bons, plus l'école attirait d'élèves, et de revenus.

Et pourquoi tout cela ? Quel était l'intérêt ? Dans quelle mesure ces filles, même les scientifiques, profiteraient-elles de leur travail acharné et de leurs bonnes notes ? Tôt ou tard, elles rencontreraient un homme et tout leur serait volé. Cette fille avec ses livres de chimie rencontrerait un homme et peu à peu il l'assassinerait.

Au club littéraire, Juliet essayait de conjurer ce sort, quelque limités que soient ses moyens. Elle tentait de leur faire connaître la nature de la bête. Elles étaient censées choisir le livre du mois en comité, mais, sans remords, Juliet les aiguillait vers des œuvres qui disaient la vérité, telle qu'elle la voyait, sur la vie des femmes. Elle s'appliquait à être aussi contemporaine que possible, et à donner la priorité aux femmes dans ses choix, mais comment résister à *Madame Bovary* ? Comment ne pas les orienter vers *Anna Karénine,* vers une femme morte sur des rails, poussée là par des hommes ? Puis, parfois, elle capitulait et les laissait choisir toutes seules. Souvent elles choisissaient un roman qui avait été adapté au cinéma. La discussion prenait toujours un tour bizarre dans ces cas-là. Les filles comparaient les livres aux films, semblant croire que les seconds avaient précédé les premiers. Elles évoquaient les personnages en utilisant le nom des acteurs qui les interprétaient. Juliet buvait son café en regardant par la fenêtre, essayant de jouir de l'idée qu'à cet instant même Benedict rentrait à pied avec les enfants et ouvrait la porte d'une maison vide.

Une fille avec une longue natte dans le dos et des livres de chimie plein les bras entra en claquant la porte et observa d'un œil vide le nouvel agencement des tables et des chaises, le cercle des tasses à café. Son chemisier était sorti de sa jupe, plus par accident qu'intentionnellement, se dit Juliet. La directrice, Mrs Shaw, était intraitable sur la tenue. Elle faisait le tour de l'école et chaque fois qu'elle voyait un chemisier sorti, elle ordonnait d'un geste qu'on le rentre. On aurait dit qu'elle dansait le quadrille. C'était exactement ce genre de contrôle futile et obsessif qui convainquait Juliet que le centre, le cœur de la vie était négligé. Qui éduquerait ces filles ? Qui leur dirait la vérité ? Pas Mrs Shaw, qui dansait le quadrille à tout va. De plus, avec l'uniforme de l'école, il n'était pas conseillé, ou même possible, de prendre des libertés : une jupe écossaise, un chemisier, un blazer vert foncé. Certaines filles portaient des chaussons de danse, aux talons bizarrement râpés. La plupart portaient au moins des bijoux. Quelques-unes mettaient du parfum. Juliet le sentait quand elles venaient à son bureau à la fin d'un cours lui remettre leurs cahiers d'exercices. Savaient-elles pourquoi ? Savaient-elles pourquoi elles se mettaient des bijoux, et du parfum ? Ou était-ce un instinct primaire, inconscient, un besoin inné de se montrer, d'attirer ?

« Je crains que nous soyons en plein club littéraire, dit-elle à la fille au visage dénué d'expression.

– Oh. » La fille passa en revue les chaises, les tasses à café.

« Vous pouvez vous joindre à nous si vous voulez, dit Juliet. Ça n'a pas d'importance si vous n'avez pas lu le livre. »

La fille ne dit rien.

« Nous parlons des *Hauts de Hurlevent*, dit Juliet. On vient d'en faire un nouveau film. »

Avec ses livres de chimie serrés contre la poitrine elle semblait réfléchir.

« À quelle heure vous finissez ? demanda-t-elle.

– Parfois nous dépassons, dit Juliet, mais généralement nous avons fini à cinq heures et quart. »

Elle allait ajouter qu'elle était sûre de pouvoir trouver quelqu'un qui la raccompagnerait chez elle si cela lui posait un problème. La fille s'avança vers la porte avec ses livres plein les bras.

« D'accord, dit-elle. Je reviendrai à cinq heures et quart, alors. »

Juliet entendit les autres dans le couloir.

« Entrez ! » dit-elle.

Elles entrèrent, farouches avec leurs chaussons de danse. L'une après l'autre, elles regardèrent Juliet et ouvrirent grand la bouche. Quelques-unes se contentèrent d'écarquiller les yeux. L'une d'elles fit une sorte de grimace, comme si la vue de Juliet la blessait. Puis, l'une après l'autre, elles allèrent s'asseoir. Immédiatement, elles se penchèrent pour se murmurer des choses à l'oreille.

« Merci ! dit Juliet assez fort pour couvrir le bruit, la main posée avec gêne sur sa nuque dégagée. Ça suffit amplement, merci. »

Les professeurs avaient réagi à la disparition des cheveux de Juliet de façon drôle et anormale. C'était comme si cet acte théâtral les avait fait sortir de leurs petits terriers et tanières, leurs petits tunnels intimes de vie. Nikolai, l'énorme professeur de maths gréco-chypriote, l'avait attrapée dans ses bras de géant et serrée contre lui, mugissant dans son oreille à plusieurs reprises : « Une nouvelle vie ! Un nouveau départ ! » Les secrétaires avaient touché leurs cheveux courts. Était-ce un rite de passage, le fait de se couper les cheveux ? Juliet n'y avait jamais songé auparavant. Elle avait rencontré le professeur de lettres classiques, Mrs Perkins, dans le hall, et

Mrs Perkins avait rougi et pressé le pas, opinant du chef. « Beaucoup plus pratique ! » avait-elle murmuré au passage, toute contente. Quant à la directrice, elle avait approché Juliet à la fin de la journée, après l'avoir observée du fond de divers couloirs. De telles rencontres n'étaient pas, selon Juliet, le point fort de Mrs Shaw. Il lui manquait l'esprit nécessaire. Il lui manquait la capacité de voir une chose et de la reconnaître pour ce qu'elle était. En vain s'efforçait-elle de copier le style majestueux de Mrs Walker-Jay.

« Je vois que vous êtes passée à la tondeuse », dit-elle avec sérieux, faisant le mouvement de rentrer quelque chose, cette fois-ci autour de son cou.

Cela ne sonnait pas bien. On aurait dit qu'elle parlait à un conscrit.

« Je me sens une autre femme », dit Juliet. C'était vrai en un sens. « Je ne sais pas pourquoi j'ai mis tant de temps. C'est la meilleure chose que j'aie jamais faite. »

Mrs Shaw avait des cheveux argentés légèrement permanentés, avec des reflets blonds.

« Vraiment ? » dit-elle. Elle semblait troublée. « C'est joli sur les jeunes filles, pourtant, vous ne trouvez pas ? poursuivit-elle de manière inattendue. J'aime voir de longs cheveux dans le dos d'une jeune fille. »

Juliet supposa qu'au moins cela ferait rire Benedict.

Une nouvelle fournée de filles arriva, leur exemplaire des *Hauts de Hurlevent* à la main, des terminales aux yeux bordés d'eye-liner noir, rejetant leur frange en arrière, traînant leurs chaussons de danse éculés, voûtant les épaules et ondulant des hanches. Il y avait une fille qui avait attaché tous ses cheveux d'un seul côté. Il y avait une fille énorme avec sa minuscule copine. Toutes ouvrirent grand la bouche à la vue de Juliet, la tête rasée comme une religieuse. Cela commençait à l'irriter. Leur vie manquait-elle tant d'intérêt ? Elles n'avaient jamais vu quelqu'un se faire couper les cheveux ? C'était énervant, d'attirer à ce point leur attention, d'être l'objet de leurs regards sans profondeur, le sujet qui agitait leurs délicates lèvres roses. Toute la journée, de classe en classe, il en avait été ainsi. Du coup, elle se rendait compte à quel point elle leur était généralement indifférente, à quel point elles étaient immergées en elles-mêmes, dans leurs nouveaux corps frais émoulus, dans leurs petites têtes futiles. Elles étaient si futiles, si vaniteuses ! Elles traversaient la vie sans jamais regarder les autres ! Devant l'école, Juliet voyait souvent leurs mères, des femmes élégantes et compétitives qui néanmoins avaient un léger mouvement de recul, se fanaient à vue d'œil, quand Hermione ou Emily ou Laura arrivaient furtivement comme de petites chattes contentes d'elles et tendaient leurs cartables comme des duchesses. Il y avait même des terminales que leurs mères venaient encore chercher : elles les attendaient dans leurs grosses voitures de luxe avec le moteur qui tournait, appliquant du rouge sur leurs lèvres ridées en se regardant dans le rétroviseur.

Oh, c'était si contrariant ce piège du sexe ! Jamais, jamais elle ne ressentait dans la vie la reconnaissance, la camaraderie, la grande chaleur de la solidarité qu'elle trouvait entre les pages d'un livre ! Parfois elle en approchait, de cet endroit chaleureux, ici dans la bibliothèque le vendredi après-midi : elle était capable de les tirer vers le haut, ces filles, de leur faire parler sa langue. Mais c'était un effort, un formidable spectacle, un numéro qu'elle déployait juste pour leur faire croire, pendant une heure, qu'elles le parlaient effectivement, ce même langage. Elle se demanda si les livres qu'elle aimait la consolaient précisément parce qu'ils étaient les manifestations de son propre isolement. Ils étaient pareils à de petites lumières sur une étendue déserte, une lande : de loin ils semblaient serrés les uns contre les autres, innombrables, mais de près on voyait que des kilomètres et des kilomètres d'obscurité et de vide les séparaient.

Les filles chuchotaient de nouveau.

Juliet ouvrit son exemplaire des *Hauts de Hurlevent* à la page qu'elle avait marquée.

« J'ai fait dans ma vie des rêves dont le souvenir ne m'a plus jamais quittée et qui ont changé mes idées, lut-elle d'une voix claire qui portait loin. Ils se sont infiltrés en moi, comme le vin dans l'eau, et ont altéré la couleur de mon esprit.[1] »

Elle referma le livre. Elles la regardaient, toutes, comme un champ de fleurs.

« Qui dit cela ? demanda-t-elle. Vous vous rappelez ? »

Elles se consultèrent en murmurant.

« Catherine Linton », dit l'une d'elles.

Juliet se cala dans sa chaise, croisa les bras et plissa le front pour indiquer sa perplexité.

« Qu'est-ce que vous pensez qu'elle voulait dire par là ? demanda-t-elle. Ils ont "changé mes idées". Ils ont "altéré la couleur de mon esprit". Que veut-elle dire selon vous ? »

Elle se rappela le cafard. Le cafard avait altéré la couleur de son esprit. Il l'avait souillée de sa teinte brune et nauséabonde. Elle s'était coupé les cheveux et il était toujours là, ses pattes bougeant aux racines. Elle se gratta la tête et sentit les petites touffes amputées, leur absence.

Une fille prénommée Tiffany leva la main.

« Eh bien, vous savez quand vous faites des rêves ? dit-elle d'une petite voix essoufflée, montrant la ferronnerie compliquée qui recouvrait ses dents. Et que parfois vos idées, vous savez, se brouillent ? Et que vous n'êtes pas sûre que ce qui est arrivé dans le rêve ne soit pas arrivé en réalité ?

– Elle veut dire qu'elle a des visions, intervint une fille intelligente, plutôt grosse, qui s'appelait Harriet Fox. Elle dit que ses rêves lui révèlent des choses qui altèrent sa perception de la vie ordinaire. »

1. Traduction de Frédéric Delebecque, Payot, 1966.

Juliet se demanda si Harriet Fox avait des visions. Il n'y avait pas de raisons pour qu'elle n'en ait pas.

« Je ne rêve jamais, dit une fille. Jamais.

– Tout le monde rêve, dit Harriet. C'est juste que tu ne t'en rappelles pas.

– Non ! Je te jure !

– Quand j'étais petite, j'étais somnambule, dit quelqu'un d'autre. Mes parents étaient obligés de fermer toutes les portes à clé pour que je ne sorte pas. Une fois, au milieu de la nuit, je suis sortie et je suis allée chez les voisins et je me suis mise dans leur lit. »

Tout le monde rit. Il y eut des huées, de petits cris aigus et ensuite une grande vague de murmures. Elles aimaient tant parler d'elles-mêmes. Elle supposait que c'était parce qu'elles étaient très récemment parvenues à la conscience. Elles étaient ce qui arrivait dans le monde : elles étaient les dernières nouvelles.

Elle décida de laisser tomber les rêves.

« À votre avis, de quoi parle le livre ? » dit-elle d'une voix forte.

Immédiatement le silence se fit.

« Il parle d'amour », dit une fille que Juliet ne connaissait pas vraiment, une nouvelle. Elle se prénommait Rosa. Elle était pâle, maigre, avec des taches de rousseur et les dents en avant.

« Vraiment ? dit Juliet, mimant la surprise. Qui aime qui ?

– Heathcliff aime Cathy, dit Rosa. Et Cathy aime Heathcliff. Mais elle épouse Edgar Linton.

– Qui pourrait aimer Heathcliff ? dit-elle, l'œil mauvais. Il est horrible ? non ?

– Il est sexy », dit l'une des terminales, Sara Pierce. Elle leur jeta à toutes un regard assuré. « Dans le film il est vraiment sexy.

– Je préférais l'autre, dit une voix. Comment il s'appelle ?... Edgar. Il est vraiment bien. »

Il y eut une rafale de protestations et d'aveux concernant les deux acteurs. Juliet regarda par la fenêtre. Le ciel était gris. La lumière s'en retirait, refluant, laissant sa place à l'obscurité.

« Heathcliff est un salaud, non ? dit-elle au-dessus du bruit. Il pend le chien d'Isabella et lui jette un couteau. Il pousse Hareton à la délinquance. Il menace de tuer la terre entière.

– Les salauds sont sexy, déclara Sara Pierce, infaillible.

– Qu'est-ce qu'ils ont de sexy ? »

Sara eut un petit haussement d'épaules insolent.

« Qu'est-ce que les salauds ont de sexy ? » demanda Juliet de nouveau. Elle espérait que Mrs Shaw n'était pas dans les parages. Elle l'imaginait de l'autre côté de la porte en train d'écouter, faisant à toute vitesse le geste de rentrer le chemisier.

« On a l'impression qu'on ne peut pas les avoir, dit Sara.

– Et c'est sexy, c'est ça ? »

Sara haussa de nouveau les épaules. « Ouais.

– Pourquoi est-ce que Heathcliff fait ça, d'ailleurs ? demanda Juliet. Pourquoi est-ce qu'il fait toutes ces choses horribles ?

– Il est en colère, dit Harriet.

– Pourquoi est-ce qu'il est en colère ?

– Parce qu'il a été maltraité quand il était enfant.

– C'est cela. Et pourquoi ?

– Parce qu'il était différent.

– Exactement, dit Juliet. Regardez-vous. Vous êtes toutes blanches. Vous avez toutes de l'argent, sinon vous ne seriez pas ici. Vous êtes toutes pareilles, en fait, non ?

– Vous êtes blanche, fit remarquer Sara Pierce.

– On ne m'emploierait pas sinon », lui répondit Juliet.

C'était vrai ; mais quand même, c'était excessif. Les

filles semblaient déroutées. Plus que cela, elles paraissaient gênées. Elles regardaient toutes leurs genoux, ou jouaient avec leurs cheveux. Elle les imagina rentrant chez elles, disant à leurs parents ennuyés et avides : Mrs Randall dit que nous sommes tous pareils. Mrs Randall dit que nous sommes tous blancs. Mrs Randall dit qu'il faut être blanc pour avoir du travail. Elle pensa à Mrs Walker-Jay, dans le hall avec ses dates de pierre tombale. Elle vit ses yeux glacés et pénétrants. Elle n'avait pas voulu prendre ce chemin. Elle ne voulait pas du tout aller par là !

« Ce que j'essaie de dire, reprit-elle, c'est que pour comprendre un homme tel que Heathcliff, il faut comprendre ce que c'est d'être différent.

– Genre noir ? demanda Tiffany.

– Exactement, dit Juliet.

– Ou handicapé, dit Harriet.

– Exactement !

– Il y a des gens qu'on maltraite parce qu'ils sont différents, dit Rosa.

– *Exactement*. Heathcliff a été maltraité parce qu'il était différent. On le traitait de bohémien.

– Dans le film il est blanc, dit sa bête noire, Sara Pierce.

– Eh bien, dans le *livre*..., soutint Juliet,... il a la peau foncée. Plus important, il est orphelin, c'est un enfant des rues. Mr Earnshaw le trouve à Liverpool, dans les rues, et le ramène chez lui. »

Les murmures s'amplifièrent. Dans un instant, elle allait annoncer la pause et faire du café. Elles aimaient toujours ça. Cela les remontait, et les faisait revenir la fois suivante.

« Quelles autres façons y a-t-il d'être différent ? Que signifie être différent au fond ?

– Ça signifie ne pas être le même que tout le monde.

– Vraiment ? C'est tout ? »

Il y eut un silence.

« Est-ce que vous pensez que ça pourrait signifier, dit Juliet, ne pas faire ce qu'on attend de vous ? »

Elle embrassa la salle du regard. Quand n'avait-elle pas fait exactement ce qu'on attendait d'elle ? En terminale, avant ses examens, son père lui avait promis cent livres si elle n'avait que des A. Pour lui ce n'était qu'un étrange jeu de hasard, mais cela l'avait stimulée. Cent livres ! Cela semblait suffisant pour acheter la liberté elle-même. Elle s'était imaginée se libérant de ses parents. Elle s'était imaginée libérée des relations humaines.

Elle avait eu ses A, mais le chèque ne s'était jamais matérialisé. Elle était sûre que si elle avait perdu le pari, son père n'aurait pas été long à évoquer les cent livres qu'il ne pouvait malheureusement pas lui donner. Mais maintenant qu'elle avait ses A – eh bien, que voulait-elle de plus ? Était-elle cupide ?

« Prenez Emily Brontë, dit-elle. Prenez les sœurs Brontë. »

Elle sentit une petite poussée de résistance. Les yeux bordés de khôl roulèrent imperceptiblement. Mrs Randall était-elle de nouveau lancée ? Allait-elle encore leur raconter à quel point c'était horrible cent ans, deux cents ans auparavant – de toute façon, bien avant qu'aucune d'elles, y compris Mrs Randall, ne soit née –, d'être une femme ?

« Elles étaient là, dans ce presbytère froid, sur cette colline pluvieuse et balayée par les vents. C'était l'endroit le plus petit, le plus glacial, le plus sinistre qu'on puisse imaginer. Le cimetière était juste à côté… elles étaient cernées par la mort ! Leur mère était morte, comme deux de leurs sœurs. Leur père était un puritain froid. Un jour, leur dit-elle, une amie de la famille avait offert aux filles des bottines, d'un joli cuir de couleur. Le père les avait prises et toutes jetées au feu. »

Les filles jugèrent cela pour le moins inquiétant.

« Pourquoi est-ce qu'il a fait ça ? demanda Sara Pierce.

– Il pensait qu'elles rendraient les filles futiles », dit Juliet.

Il y eut des murmures.

« C'était très vicieux ? demanda Tiffany.

– Dieu, je deviendrais *folle* si mon père faisait ça ! »

Elle se rappela avoir lu quelque part que Patrick Brontë avait en plus déchiré en lambeaux une robe de sa femme, des années plus tôt. C'était une belle robe, qui datait d'avant son mariage. C'était la seule jolie chose qu'elle possédait. Elle la conservait dans un coffre fermé à clé à l'étage. Il avait pris la clé et avait découpé la robe en petits morceaux avec des ciseaux. Oh, c'était un véritable meurtrier.

« Qui aurait cru, dit-elle, que ces filles écriraient trois des plus beaux romans de la langue anglaise ? »

Il avait pris la clé et avait découpé la robe en petits morceaux avec des ciseaux. Elle s'était toujours identifiée à l'une ou l'autre des sœurs, à Emily, ou Charlotte. Mais maintenant elle découvrait que c'était à la mère qu'allait sa sympathie. Leur mère, dont la robe avait été déchirée en lambeaux, qui n'avait pas écrit un des plus beaux romans de la langue anglaise. Elle était morte, assassinée – il n'y avait pas de mal à appeler un chat un chat – par son mari. Il était revenu aux filles de la venger, de se libérer. Il était revenu aux filles de laisser leur empreinte sur le monde indifférent.

Elle pensa aux ciseaux qui déchiraient le tissu. Les ciseaux de la coiffeuse avaient été froids sur sa nuque. Ils avaient cliqueté et claqué tout autour d'elle, autour de ses oreilles et de ses yeux, autour de sa gorge.

« *Les Hauts de Hurlevent* n'est pas un livre qui parle d'amour, leur déclara-t-elle. C'est un livre qui parle de vengeance. »

C'étaient les terminales qui buvaient le café, en réalité. Les plus jeunes n'avaient droit qu'aux biscuits. Juliet leur posa des questions sur le film, qu'elle n'avait pas vu, et les laissa bavarder. Elle leur passait les tasses. Elle les regardait qui s'abandonnaient un peu, s'étiraient comme de petites chattes dans la vapeur qui faisait des volutes autour de leurs visages. Elles aimaient bien qu'elle les serve. En les servant, elle voyait qu'elle leur rappelait leurs mères.

« Merci, dit Sara Pierce, fermant un instant les yeux, un petit sourire satisfait sur les lèvres.

– Merci », dit Harriet Fox, un peu surprise, un peu grave.

Leurs mères, qui au cours des années les avaient emplies d'actes innombrables, comme d'innombrables touches de peinture appliquées à un portrait. Chacune d'elles, chaque femme, avait eu conscience de son talent tandis qu'elle appliquait ses touches innombrables. Chacune d'elles s'était sentie artiste, créant cette enfant, cette fille.

Avec les années, régulièrement, laborieusement, chacune de ces mères avait transféré son âme, l'avait sortie de sa poitrine, l'avait transférée peu à peu par petites touches de peinture. Maintenant, elles attendaient dans des voitures dont le moteur tournait, vides, vidées, fardant de rouge devant le rétroviseur leurs bouches ridées.

Était-ce cela que Juliet serait un jour ? Vide, entièrement déversée en Katherine, en Benedict et Barnaby ? Morte, et pourtant vivante ? Il était cinq heures moins le quart. La bibliothèque se remplissait de lumière violette. C'était une limite, la limite même du soir. C'était l'heure où une chose en devient une autre : une frontière était franchie, une modulation avait lieu. Un sentiment vous empoignait, vous empoignait à l'âme et vous exhaussait. Étudiante, c'était le moment qu'elle adorait, ce moment du crépuscule, avec ses modulations profondes et entraînantes. Assise dans la bibliothèque de l'université, elle observait le passage du temps, le changement d'une chose en une autre ; et elle se sentait reconfigurée, emportée dans la phase suivante, une partie du tout. Cette bibliothèque, la bibliothèque de l'école, était similaire mais plus petite, miniature en quelque sorte, comme la bibliothèque d'une maison de poupée. Cela lui donnait l'impression d'avoir grandi, ou que la bibliothèque avait rapetissé, elle n'était pas sûre. Cet endroit était comme une représentation de son lointain passé. C'était, d'une certaine façon, un peu triste : triste comme les vêtements trop petits de Katherine étaient tristes, ou les jouets abandonnés de Barnaby. Elle regarda les livres sur leurs petits rayonnages et ils lui semblèrent la presser de revenir à elle, lui dire de sortir, de sortir pour vivre tant qu'elle le pouvait.

Sara Pierce la fixait de ses yeux bordés de noir pardessus sa tasse de café.

« Alors pourquoi vous les avez coupés ? » demanda-t-elle.

Elle avait tiré les manches de son chemisier sur ses mains et enroulé les mains autour de la tasse. Elle était perchée sur le dossier d'une chaise et ses pieds étaient posés sur une autre. C'était une posture qu'elles aimaient, ces terminales. Elle suggérait une sorte de répugnance hautaine à prendre contact avec les surfaces brutales du monde. Juliet s'était probablement assise comme ça à une époque. Mais elle ne le faisait plus.

« Et pourquoi pas ? » dit-elle gaiement, observant les pieds de Sara Pierce dans leurs chaussons de danse. Sara Pierce était celle qui pratiquait au plus haut degré l'art du chausson de danse. Elle les avait usés au point qu'on n'aurait pas pu vraiment dire qu'elle portait des chaussures.

Sara Pierce avala une petite gorgée. « Vous deviez avoir une raison, dit-elle.

– J'en avais assez », dit Juliet.

Sara haussa les sourcils d'un air sceptique et reprit une petite gorgée. « Tout d'un coup vous en avez eu assez ? Après tout ce temps ? »

Formulé ainsi, cela semblait effectivement un peu irrationnel.

« C'est ce qui arrive quand on a mon âge, dit Juliet. On en a soudain assez. »

Sara sembla de nouveau sceptique. On aurait dit qu'elle hésitait à prendre en compte cette éventualité.

« On se rend compte qu'on attend quelque chose, dit Juliet, qui n'arrivera jamais. La moitié du temps on ne sait même pas ce que c'est. On attend la prochaine étape. Puis, à la fin, on comprend qu'il n'y a pas de prochaine étape. Il n'y a rien de plus que ça.

– Et alors on commence à faire des choses à ses cheveux, dit Sara, avec tant de mépris qu'elle semblait, en fait, bien connaître ce phénomène. Ou on se fait faire de la chirurgie esthétique. Et on commence à être obsédé par son intérieur, on interdit tout à tout le monde pour ne rien déranger. On est, genre, vous savez, pourquoi manger ? Ça fait du désordre. Pourquoi sont-ils obligés de changer de vêtements ? Pourquoi est-ce qu'ils ne portent pas juste une sorte de costume en plastique ? Pourquoi est-ce qu'il faut qu'ils rentrent à la maison ? Pourquoi est-ce qu'ils ne vont pas à l'hôtel ? »

Juliet lui adressa son sourire diplomatique.

« Eh bien, dit-elle, espérons que vous ne finirez pas comme ça.

– Pas question ! cracha Sara. Aucune chance. Je n'aurai pas d'enfants. Je vivrai seule. Et je ne me marierai jamais jamais. Le mariage est l'autre nom de la *haine*. »

Eh bien, voilà, pensa Juliet.

Après leur départ, elle replaça toutes les tables et les chaises, et elle posa les tasses sur le plateau. Elle était arrivée à les entraîner dans la seconde moitié. Elle les avait fait réfléchir, à propos des heureux Linton à la peau claire et de la colère de Heathcliff. Elle les avait fait réfléchir à la vengeance. Un jour, elles se révolteraient, les opprimées, les innocentes victimes, et réduiraient tout en poudre. Elle espérait que ces filles savaient de quel côté elles se trouvaient. Elle espérait qu'elles feraient attention.

Elle descendit l'escalier, traversa le hall, passa devant Mrs Walker-Jay. Elle dit bonsoir à une femme aux cheveux ras abandonnée dans le bureau. Elle sortit sur le terre-plein sombre et désert. Il était cinq heures tout juste passées : le ciel était violet et noir, couvert d'ecchymoses, chaviré de nuages. Une vague gaze de lumière surplombait le paysage. Le terre-plein était pétrifié dans son silence. Elle se rappela qu'ils allaient chez les Lanham, elle et Benedict. Elle se demanda comment ça se passerait. Elle pensa à Christine et à ce qu'elle dirait. *Comment* vas-tu ?

C'était étrange : cela ne signifiait pas grand-chose pour elle, cette école, cet endroit, cette banlieue avec ses rues, ses boutiques et son jardin, ces gens qu'elle connaissait. Pourtant elle était soudain emplie d'un sentiment de possibilité. Elle n'avait besoin que de l'occasion que lui donnaient ses vendredis après-midi pour se décaler, pour faire un seul pas en retrait afin de regarder au-dehors, regarder en l'air. Alors elle voyait la beauté : elle voyait le monde sans filtre, sans le voile de la colère, tel qu'il était. Ne pouvait-elle pas déchirer ce voile de la colère ? Ne pouvait-elle pas les adoucir, ces règles, cette loi de fer du mariage ? Cela ne pourrait-il être son unique exploit, son chef-d'œuvre ? Dire à Benedict : je ne peux pas continuer comme ça. Il faut qu'on change les choses, juste un peu.

Il fallait aimer quelqu'un pour dire ça. Il fallait être prête à donner, afin de demander quelque chose en retour.

Elle franchit le portail et se retrouva dans la rue. Le parc s'étendait devant elle dans le crépuscule qui allait s'épaississant. Elle voyait quelques silhouettes recroquevillées se hâter dans les allées. Le parc paraissait sombrer dans un sommeil noir. Il semblait se replier sur lui-même. Puis soudain, Juliet vit, s'élevant hors des plis sombres, s'élevant au-delà des arbres, deux cygnes. Ils volaient côte à côte, cou tendu, sous la nuit qui s'abattait. Leurs corps étaient d'un blanc pâle et surnaturel ; ensemble, ils volaient en une sorte d'extase, s'arrachant aux ombres lentement, laborieusement, à la force des ailes. Juliet les observa. Elle observa leurs formes miroitantes voler dans l'obscurité. Côte à côte, ils volaient, beaux et vivants, exultant.

À six heures, alors que la dernière lueur meurtrie de l'après-midi s'était retirée et que l'obscurité apparaissait à la fenêtre, Dom Carrington ouvrit sa porte d'entrée.

La porte n'avait pas été ouverte de tout l'après-midi. Les heures qui avaient passé de l'autre côté, et les scènes qui avaient eu lieu là, s'étaient écoulées si lentement et en espérant si peu une interruption salutaire, que Dom Carrington aurait pu faire son entrée, miraculeusement et inexplicablement, à travers un bloc de granite. Personne n'était entré et personne n'était sorti, depuis que Maisie Carrington était revenue avec ses deux enfants à trois heures et demie ; et quand la porte s'ouvrit – comme d'elle-même, son mari ayant la clé –, Maisie éprouva une sensation vertigineuse d'événement, de son et de mouvement, comme si ce jour comprimé avait soudain été débouché et autorisé à exploser bruyamment au-dehors.

Dans les espaces gris et monotones d'une telle journée – un jour de semaine mis en bouteille rangé avec cinq autres identiques, dont la répétition pouvait vous donner une sorte de goût ou une aversion particulière pour son contenu –, Maisie pouvait pénétrer dans un état de raréfaction dans lequel elle avait continuellement conscience de sa propre existence. C'était soit insignifiant soit bouleversant : de toute façon, cette impression l'enveloppait et la faisait flotter, comme un fœtus dans son liquide, en elle-même. Elle pouvait passer une journée entière –

plusieurs journées d'affilée – ainsi prise au piège, sans savoir comment elle avait été attrapée ou quand elle serait relâchée. Comme une feuille emportée une minute par un flux impétueux, et la suivante accrochée aux fourchons d'une branche tombée, ou fourvoyée dans une petite mare où elle tournait sans but, elle demeurait immobile dans le tumulte, dans la ruée perpétuelle des choses proches. Elle pensait qu'il était tout à fait possible, dans cet état, que les mêmes forces hasardeuses qui l'avaient placée là puissent oublier de l'en retirer ; que le jour ne finisse jamais et que la porte ne s'ouvre jamais, libérant son mari du monde et de ses viscères à travers lesquels il avait cheminé avec régularité depuis neuf heures du matin. Parfois, quand il apparaissait, Maisie pensait que pas une minute n'avait été ajoutée à son agrégat de vie personnel. D'autres fois, il lui semblait avoir vécu un siècle depuis qu'elle l'avait vu, ou reculé d'autant : pendant la première demi-heure, Dom et Maisie venaient d'époques différentes, dont les manières et les mœurs étaient si étrangères les unes aux autres qu'une clarté de diction particulière paraissait nécessaire pour que la communication devienne possible entre eux. Dom lui expliquait les principes de son travail chez Salter, Dixon & Wray, un cabinet d'avocats. Elle, de son côté, lui décrivait ses propres enfants comme s'il ne les connaissait pas encore, ou comme s'ils étaient des choses dont il pourrait se porter éventuellement acquéreur. Ils étaient pareils à des gens dans une publicité, ou une pièce de théâtre : Maisie l'avait fait remarquer à plusieurs reprises, pour briser la tension. Dom ne semblait pas vouloir jouer dans une pièce de théâtre – ou il ne voulait pas qu'elle le dise. De plus en plus elle pensait que, après tout, il voulait effectivement jouer dans une pièce de théâtre. Il avait l'air légèrement désolé quand la tension était brisée, comme si c'était un objet qu'elle avait laissé tomber et qui avait de l'importance pour lui. Parfois, quand il passait la porte, on aurait dit pendant une seconde qu'il s'était trompé de maison.

Il en était ainsi en ce moment : il remuait furtivement la tête, décochant de brefs regards alentour. Il dit :

« Qu'est-ce qui s'est passé ici ? »

Tous les plafonniers du rez-de-chaussée étaient allumés. Leur dur éclat orange était réfléchi dans les fenêtres sombres dépourvues de rideaux. Les pièces – cuisine, salon, une pièce près de l'entrée, le vestibule en désordre où se tenait Dom de manière inquisitrice – avaient l'apparence jaunie d'un réseau de tunnels de métro bien éclairés.

Maisie dit : « Comment ça, qu'est-ce qui s'est passé ? Rien ne s'est passé. »

La direction de la lumière donnait l'impression que le salon penchait d'un côté. De grandes étagères ployant sous les livres traçaient des rayures irrégulières sur un mur. L'âtre noir et vide béait en signe de protestation figée. Devant la cheminée un tapis indien se tordait de douleur. Des jouets éparpillés dessinaient par terre des motifs ressemblant à ceux des masses de terre sur un globe, s'arrêtant devant l'obstacle du canapé affaissé et creusé de cratères aux endroits où on s'était assis et où on avait fini par se relever. Maisie ressentait plutôt qu'elle ne voyait la réalité de la cuisine tout entière défendue par la porte à moitié fermée. Un long couloir souillé et jonché de débris la séparait de la cuisine.

« Où sont les filles ? » demanda Dom. Il avait parlé comme il aurait tourné une nouvelle fois la clé de contact, n'ayant pas réussi à démarrer le moteur du premier coup.

« Elles sont en haut.

– Oh. Tout va bien ?

– Tout va très bien.

– Elles font – quoi – elles jouent toutes seules ?

– Je ne sais pas, dit Maisie. Je ne sais pas exactement ce qu'elles font. »

Même si elle souffrait, Maisie ne manquait pas de

plaindre son mari quand il rentrait à la maison. Quand il ouvrait la porte, son implication à elle dans la vie domestique de la maisonnée, et l'ignorance qu'il en avait, étaient chacune à leur limite extrême : c'était en ces minutes que le 32, Roderick Road, submergé par Maisie, exaltait le plus puissamment son atmosphère de confinement sordide, comme une vieille chaussure. Elle le plaignait, alors que la première vague rance heurtait ses sens, elle ne doutait pas qu'il lui arrivait de se demander si la porte qui venait de le faire apparaître ne pourrait aussi bien le faire disparaître. Elle l'imaginait marchant le soir le long des trottoirs sombres, des rangées de boutiques, sous les réverbères, dans l'air moite et brouillé, le long d'innombrables avenues où vivaient d'innombrables personnes, tandis qu'il progressait en direction de cette tiède tanière de compromis ; tandis qu'il la déterrait, soir après soir, de son anonymat fondamental. Pourquoi prenait-il cette peine ? pourquoi ne poursuivait-il pas simplement sa route ? Dom baissa la tête et se dirigea vers l'escalier, passant devant elle alors qu'elle émergeait du cœur de la maison tel un bernard-l'ermite de sa carapace pour se tenir à la porte du salon. Leurs yeux se rencontrèrent.

« Je monte leur dire bonsoir », dit-il, sous-entendu « aux filles », qui était le nom collectif par lequel les deux systèmes solaires – Clara et Elsie –, qui tournaient perpétuellement, pailletés d'étoiles, au centre de l'univers noir de Roderick Road, étaient connus de ceux qui avaient la responsabilité de s'en occuper.

Dans l'après-midi, Maisie avait jeté la boîte-repas d'Elsie contre le mur de la cuisine, où elle avait explosé comme un feu d'artifice en faisant jaillir une magnifique fontaine d'emballages, de miettes et de croûtes de sandwich qui étaient retombés en lents crépitements sur le plan de travail. Elsie et Clara l'avaient regardée faire avec une certaine admiration mêlée de perplexité, jusqu'à ce qu'elle leur crie : « Vous me gâchez la vie ! Vous me gâchez la vie ! » – ce qui dissipa leur perplexité mais illumina de crainte leurs petits visages pâles, de sorte qu'elles se serrèrent l'une contre l'autre tels les enfants d'un conte de fées devant un ogre furieux. Maisie ne se rappelait pas sa mère lui sortant de telles accusations : le ressentiment de ses parents s'organisait en épisodes de violence programmés, pendant lesquels ils s'autorisaient impartialité et condescendance. Maisie avait été fréquemment punie avec une spatule en bois dont les usages particuliers ne la dispensaient pas des travaux habituels qui consistaient à gratter les bords du grand bol, manœuvres que Maisie considérait avec anxiété ; on lui disait qu'elle avait été grossière, ou paresseuse, ou méchante, ou gâtée, et même cette dernière accusation était portée sans le moindre changement de ton, signe qu'elle était seule responsable.

Il y avait des moments, au cours des heures qu'elle passait avec Clara et Elsie, où elle croyait qu'elle les dédommageait de ces petites brutalités incessantes dont elles n'avaient pas été témoins et qu'elles ignoraient pour la plupart, ainsi que de l'atmosphère implacable dans laquelle elles avaient eu lieu, les années de son enfance se déroulant derrière elle comme une pièce de tissu épais et uni. À d'autres moments, les filles lui semblaient venues au monde pour la contraindre et la critiquer, pour relever ses écarts de conduite, comme si elles étaient de petites versions réincarnées de ses parents. Quand tel était le cas, son âme se soulevait contre cette injustice : elle se voyait emprisonnée pour la vie – des sentiments violents s'écoulaient d'elle en un torrent d'indignation, des sentiments qui provenaient comme d'un passé géologique, telle de la lave. Ces sentiments – incandescents, se solidifiant en une matière grisâtre dans les secondes où ils trouvaient le repos – lui parlaient avec brièveté et exaltation de sa propre essence. Ils étaient pareils à de grandes et lumineuses décharges de puissance, qui malheureusement ne pouvaient conserver dans le monde un état théorique et désincarné. Ils cherchaient à laisser une trace plus permanente. Ils cherchaient un objet – la boîte-repas d'Elsie – sur lequel poser la marque de la catastrophe.

Maisie avait parlé aux enfants de la spatule, en partie pour se faire plaindre, et en partie pour leur fournir une catégorie dans laquelle placer leurs souvenirs de ses propres explosions de délinquance. Elles avaient écouté avec la même expression à demi admirative qu'elles avaient eue dans la cuisine cet après-midi, mais elles avaient paru aussi très perturbées : elle avait vu passer sur leur visage l'idée que si cela était arrivé à Maisie, il n'y avait pas de raison que cela ne puisse leur arriver à elles. Maisie n'avait pas trouvé cette réaction particulièrement satisfaisante : elle semblait à la fois ignorer ses sentiments et l'accuser de quelque chose, ce qui était plus ou moins l'esprit dans lequel la punition originale avait été administrée.

Maintenant, Dom était de nouveau au rez-de-chaussée : il lui dit quelque chose en traversant le salon alors qu'il se rendait à la cuisine, où il ôta sa veste et la posa sur le dossier d'une chaise, déboutonna les manches de sa chemise, les roula et se tourna vers l'évier, comme un infirmier qui prend son tour de garde. Elle le suivit et se tint dans l'encadrement de la porte. La cuisine était la pièce la plus minable de la maison. Tout – les murs, le plafond, les placards, les portes et les fenêtres – était recouvert d'une épaisse couche de la même peinture, comme si quelque chose de terrible était arrivé, qui avait eu pour effet de tacher irrémédiablement les murs et les placards de sorte que quelqu'un avait décidé de les peindre plutôt que de les nettoyer. Partout ailleurs, au 32, Roderick Road les possessions des Carrington avaient relevé l'atmosphère aseptisée de la maison, mais dans la cuisine ils n'avaient pas pu laisser leur trace. C'est ici que Maisie se sentait le plus éloignée de ses aspirations, voyait son mari et ses enfants surtout comme les étrangers qu'ils étaient de temps à autre. C'est ici qu'elle sentait le plus souvent qu'ils étaient dans une pièce de théâtre, et que ce n'était pas une pièce de théâtre qu'elle appréciait.

La cuisine était comme une personne avec qui elle avait essayé vainement de s'entendre : à peine essayé, tellement elle était impatiente de s'installer dans son inimitié avec elle. Les Carrington n'avaient jamais rencontré les gens à qui ils louaient la maison : ils étaient à l'étranger, depuis des années apparemment, de sorte que pour Maisie leurs vies avaient pris une tournure d'échec enracinée ici, dans Roderick Road. Elle sentait que c'était peut-être pour échapper à la cuisine, ou à ce qu'on lui avait fait, qu'ils se cachaient. La pièce, la maison, même Arlington Park, portaient de plus en plus les traces d'une vie passée dans laquelle les possibilités futures étaient incapables de s'immiscer ; d'une tristesse fondamentale qui était le reliquat inaltérable de cette vie. Elle était tellement habituée à sentir la présence en elle d'une puissance de renouveau qu'elle avait été lente à s'apercevoir que celle-ci avait disparu. Elle vivait maintenant dans une sorte de boucle ou de circuit qui la faisait passer par les mêmes endroits et la ramenait sans cesse aux mêmes choses. Ce n'était pas la difficulté mais l'incapacité qui expliquait son échec à s'imposer à la cuisine : l'envie de propreté et d'ordre, de voir les choses rangées afin de les réutiliser, n'était tout simplement plus un désir qu'elle rencontrait sur son circuit. Elle se contentait de fermer la porte, comme sur un malade dont l'état se dégradait, macérant dans ses microbes ; et tout restait ainsi jusqu'à ce que son mari, l'infirmier, rentre, pose sa veste sur une chaise, et prenne silencieusement son tour de garde.

« Devine où je suis allée aujourd'hui », dit-elle à son dos.

Il était devant l'évier, les mains plongées dans l'effervescence de l'eau coulant des robinets. Une traînée d'écume blanche fleurissait et s'épanouissait, comme sortie par magie du bout de ses doigts. Elle voyait son reflet dans la fenêtre obscure devant lui. Il avait l'air fripé par la lumière électrique, comme un dessin de lui qui aurait été froissé. Elle remarqua qu'il avait démêlé l'enchevêtrement des assiettes, des casseroles et des couverts, et avait tout empilé par catégories en tas sales sur le buffet.

« Où ?

– Merrywood. »

Elle le vit sourire dans la fenêtre.

« Vraiment ? Qu'est-ce que tu as fait là-bas ?

– J'y suis allée avec Christine Lanham et la ravissante Stephanie Sykes. »

Elle n'était pas sûre qu'il l'ait entendue : il faisait du bruit avec les assiettes. L'eau tombait avec fracas dans l'évier. Il se déplaçait le long du plan de travail comme un xylophoniste devant son instrument, produisant des sons grâce à des gestes s'articulant en silence sous le tissu du dos de sa chemise.

Parfois Maisie était effrayée et intimidée par la manière classique dont la chemise de son mari lui couvrait les épaules, par sa taille fine et le tombé impeccable de son pantalon bleu foncé sur ses hanches. Il lui semblait être une statue : elle le trouvait très abouti. Il l'était particulièrement dans ses costumes, bien que, nu, son corps pâle, délicat et musclé le fût aussi. La plupart des gens de son âge semblaient porter leurs propres corps comme des sacs, ou des colis, ou parfois même de lourdes valises, mais son mari paraissait insouciant, comme un enfant. Elle vit le reflet de son visage sur la vitre, ses yeux et sa bouche, grands et tombants, son nez et son menton pointus. Ses yeux étaient verts. Il était aussi beau qu'une fille, ou un chat. Elle ne le pensait pas toujours, mais quand ça lui arrivait il lui semblait n'avoir rien à voir avec elle. À côté de lui, elle se sentait noiraude et alourdie. Parfois il avait l'air sournois, minable même, quand il disait ou faisait ce qu'il ne fallait pas et que l'erreur barbouillait ses surfaces transparentes. Aussi, quand il était en colère contre Maisie, il devenait agité, coupable et irritable et parlait d'une voix aiguë, plus comme un hamster que comme un chat.

« Elles sont entrées dans toutes les boutiques pour essayer des vêtements, dit-elle. Après on a déjeuné dans un restaurant qui ressemblait au purgatoire. Il était au dernier étage et il y avait de grandes photos de champs verts sur les murs, et des fenêtres partout pour qu'on puisse voir toutes les routes.

– Ça m'a l'air bien, dit-il, impassible.

– Il y avait tous ces gens là-bas. C'était comme les objets trouvés, mais pour les gens. Je ne sais pas pourquoi ils étaient là. On aurait dit que quelqu'un avait oublié de venir les chercher. »

Dom dit, en passant : « Ils étaient là pour la même raison que toi, non ?

– Je ne sais pas pourquoi j'étais là. Je me suis disputée avec une femme sur le parking.

– Vraiment ? » Son reflet ne souriait pas. « À quel sujet tu t'es disputée ?

– C'était à cause de sa voiture. Elle avait cette voiture stupide. On aurait dit un scarabée géant. C'était une petite femme stupide teinte en blond, avec des boucles d'oreilles en or et elle était assise bien droite là à environ trois mètres au-dessus de ma tête derrière ses vitres teintées, à conduire sa voiture comme si c'était un tank.

– Pourquoi tu t'es disputée ? » demanda-t-il, d'un ton un peu plus indulgent.

Une bulle d'indignation s'éleva dans la gorge de Maisie et s'y logea. « Elle a essayé d'écraser Jasper.

– Qui est Jasper ?

– Mon petit ami », dit Maisie d'une voix étranglée. Un instant après elle ajouta : « C'est le fils de Stephanie.

– Et c'est ton petit ami ?

– Il a trois ans. Je plaisantais.

– Pourquoi est-ce qu'elle a essayé d'écraser Jasper ?

– Qu'est-ce que j'en sais ? Elle ne regardait pas où elle allait. Elle était assise là en train d'avoir un orgasme avec son siège vibrant et son pied sur la pédale, avec une giclée de quatre litres d'essence qui arrivait de son gros…

– D'accord, d'accord. Ça suffit.

– Si tu renverses un enfant, insista-t-elle, avec une de ces voitures, il y a plus de chances que tu le tues, et il y a plus de chances que tu en renverses un parce que tu ne les vois pas, sans parler du champignon de monoxyde de carbone que tu vomis pendant que tu trimballes ton petit cul ignare jusqu'à Merrywood juste pour t'offrir un autre genre de gratification sexuelle en faisant du shopping…

– Tu lui as dit ça ?

– Je l'ai dit, mais sa vitre était remontée. »

Son mari avait l'air de se demander si c'était ça la civilisation.

« Elle a dit des choses elle aussi. Je voyais ses lèvres qui remuaient derrière la vitre. On aurait dit qu'elle était assise sur le levier de vitesse.

– Et qu'est-ce que Stephanie en a pensé ?

– Elle n'a pas semblé particulièrement troublée par le fait que cette nazie a failli renverser son fils. »

Dom avait terminé la vaisselle et était maintenant occupé à l'essuyer énergiquement à l'aide d'un torchon, qu'il maniait avec la gestuelle alambiquée et experte d'un maître d'hôtel.

« Non, dit-il. Je ne la vois pas devenir hystérique.

– Elle deviendrait foutrement hystérique si on lui volait son sèche-cheveux, remarqua Maisie. Elle deviendrait foutrement nerveuse si le salaire de son mari n'arrivait pas tous les mois aussi sûrement que la mort, ou si les gens cessaient de penser qu'elle ressemble à Felicity Kendall[1]. »

Dom ouvrit le placard et y déposa une pile d'assiettes d'un blanc céleste.

Il dit : « C'est juste qu'elle a toujours l'air très calme. »

Deux mois plus tôt, Maisie avait passé deux semaines entières chez sa sœur Georgina à Édimbourg, laissant à Dom la charge des enfants. L'imaginer en train d'assumer son existence à Roderick Road lui avait procuré un plaisir malveillant : cela faisait partie d'une stratégie précise au moyen de laquelle elle espérait faire face à la lugubre nécessité, la lourde tâche d'implanter en lui l'inconfortable certitude qu'elle ne pouvait pas supporter la vie qu'ils menaient. C'était un premier essai, une frappe préventive : tout le temps qu'elle avait été absente, l'idée qu'à son retour elle découvrirait peut-être que Dom avait fermé la maison et rendu les clés, déclarant qu'il n'avait pas compris qu'elle, qu'eux, ne pouvaient absolument pas habiter Arlington Park, cette pensée était comme une lueur d'espoir dans sa poitrine. Il avait pris un plaisir réel et vaguement condescendant à l'expérience, comme si elle lui avait demandé d'apprendre quelque langue obscure en son absence ; car ç'avait été son idée à elle de quitter Londres pour cette banlieue verte, ruminante et fruste, et si Dom agissait – pas maintenant mais de plus en plus souvent – comme s'il entérinait ses choix, comme si ce n'était pas seulement son intention mais le triste but de sa vie de maîtriser l'inutile passe-temps que sa femme était pour lui, alors de qui était-ce la faute sinon de Maisie ?

Georgina avait une pneumonie et des enfants de l'âge des siens. Elle semblait trouver étrange que Maisie, dans la fièvre de l'urgence, ait abandonné ses responsabilités

1. Actrice anglaise célèbre dans les années quatre-vingt.

afin d'assumer un rôle plus ou moins identique ailleurs : cela dénotait un niveau d'insatisfaction instable. Il est vrai que Maisie croyait que si elle attrapait une pneumonie elle mourrait, de désespoir, sinon d'autre chose. D'une certaine manière elle se précipitait à son propre chevet, tout comme parfois c'était de la petite fille qu'elle avait été qu'elle prenait soin à travers ses enfants. En réalité, elle n'avait rien à faire sinon parler, conversations ponctuées par la question : « Mais est-ce que tu es *heureuse* ? » quc sa sœur prononçait avec une régularité frappante et rectificative depuis les profondeurs de son oreiller, de sorte que, à la fin de son séjour, l'impression s'était formée que Maisie était malade, affaiblie et visiblement perdue. Elle errait dans Édimbourg, avec son odeur de viande, sa lumière crue, ses bâtiments froids à l'arrogance tonifiante. Quand elle était revenue à Roderick Road, Dom était en possession de la carte de son malheur : il connaissait ses sentiers, ses pistes et ses caractéristiques, un savoir auquel il faisait maintenant appel chaque fois qu'elle attribuait quelque défaut pernicieux à la grille de l'école, au supermarché, ou au parc ; il pouvait la contredire, dans le gîte même de son mécontentement.

Elle dit : « Quand un homme trouve une femme au foyer séduisante, il dit qu'elle est calme ?

– Stephanie n'est pas si terrible, répondit-il. C'est tout ce que je dis.

– Je la déteste », répliqua Maisie, juste pour dire quelque chose d'inutilement violent. Clara apparut dans l'encadrement de la porte à ce moment-là.

« Qui tu détestes ? Papa, qui maman déteste ?

– C'est la sainte patronne de cet endroit stupide. »

Dom haussa ses sourcils fins.

« Je croyais que c'était Christine Lanham la sainte patronne. Ou l'autre. Dewdrop.

– Dinky. Je ne crois pas. Non, elles aiment Dinky juste

parce qu'elle est riche. En fait, elles l'envient d'une certaine manière parce que son mari est mort.

– Elles ne devraient pas lui envier ça. Personne ne les inviterait à dîner si leurs maris mouraient. »

Cette idée plut à Maisie.

« Dinky n'est pas souvent invitée à dîner, c'est vrai, reconnut-elle. Mais on l'invite souvent à prendre le café. On pourrait faire tourner une turbine avec la caféine qu'elle a dans le sang. » Elle ajouta : « Le truc avec Stephanie c'est que si on lui enfonçait une aiguille dans le corps elle en redemanderait.

– Je crois qu'elle est juste très satisfaite de ce qu'elle a, observa Dom. Et tu sais quoi ? Il n'y a rien de mal à ça. »

Tu sais quoi était récemment devenu, Maisie ne savait d'où, une des expressions de Dom, et un indice de plus qu'ils jouaient dans une pièce. Elle ouvrit brusquement l'un des placards de la cuisine et en sortit une bouteille de vin et deux verres d'un geste théâtral.

« Tu en veux ?

– Non », dit Dom. Il l'avait dit, imaginait-elle, comme l'écolier qu'il fut aurait décliné la proposition d'un groupe de voyous de faire partie de leur bande. « On ne sort pas ce soir ? »

Maisie haussa les épaules. « Je ne sais pas, répondit-elle, bien qu'elle sût parfaitement, et qu'elle eût fait venir une baby-sitter.

– Nous allons chez les Lanham », Dom s'informa lui-même. « Je ferais bien de préparer les enfants à se mettre au lit.

– Je m'en occupe, dit Maisie, ne s'en versant pas moins un grand verre de vin avant de se retrancher avec, derrière la table de la cuisine. Le sommet du mont Kilimandjaro a fondu », ajouta-t-elle. Elle leva le journal pour qu'il le voie. Il y avait une photo aérienne du sommet brun et cloacal, vaguement strié du blanc des glaciers qui se retiraient, comme le temps d'une vie de quadragénaire.

« Quand doit-on y être ?

– Je ne sais pas », répondit-elle.

Elle lisait le journal, qui disait que le sommet n'avait pas été visible depuis onze mille ans. C'était ce genre de fait, pensait-elle, qui discréditait même la démonstration la plus sincère de la gravité de la situation. Quand elle leva les yeux, elle vit que Dom était toujours là, la considérant en silence d'un œil critique.

« Qu'est-ce qu'il y a ? demanda-t-il.

– Rien.

– Quelque chose ne va pas.

– Je vais parfaitement bien.

– Alors pourquoi est-ce que tu ne veux pas me dire quand on doit y être ? »

Elle eut brusquement envie de soulever son chemisier pour lui montrer son ventre doux et rebondi et ses seins marbrés, mais elle se rendit compte que cela le gênerait. Elle se contenta de dire ce qu'elle était censée dire, car avaient-ils jamais été attendus pour dîner à une heure qui n'était pas huit heures ? C'était sa prochaine réplique dans la pièce, bien qu'elle ait tout fait pour ne pas la dire.

« Huit heures.

– Bien. » Dom baissa la tête. « Tu sais qu'il est sept heures et quart ? »

Elle se leva, se demandant pourquoi il n'avait pas mis lui-même les enfants au lit s'il s'inquiétait tant de l'heure. Elle supposa que la réponse était qu'il l'avait prise au mot : elle avait dit qu'elle le ferait. Il avait probablement pensé qu'il y avait à cela une raison importante, sentimentale, c'était peut-être lui cette raison, lui qui était fatigué à la fin d'une semaine de travail : si tel était le cas, elle trouvait triste qu'il doive fabriquer sa générosité à son égard à partir d'un matériau si restreint, ou qu'il fasse un point d'honneur de quelque chose qui n'existait pas vraiment. En réalité elle voulait mettre les enfants au lit afin de se faire pardonner l'incident de la boîte-repas, et aussi, moins consciemment, pour cacher cet incident à son mari de peur qu'un des enfants ne choisisse l'heure du coucher pour le révéler. Demain il aurait quitté leur champ de vision ; jusqu'alors, elle pouvait les faire taire.

Elle monta les marches à pas pesants, et quelque chose dans leur largeur et leur superficie, leurs bords et leurs tringles perlées de gouttes séchées d'une peinture épaisse couleur crème, la moquette striée de bleu qui les escaladait comme une route de pénitencier, lui fit penser qu'elle monterait toujours ces marches et que ce moment durerait toujours : les taches de peinture étaient pareilles à des bouts de temps congelé, la ligne de la moquette traversait telle une lame le centre de sa vie, transperçant ses multiples moi. Elle pensa qu'elle pourrait ne plus jamais quitter cet escalier : il était pareil à une grotte découverte par hasard au cours d'un voyage trop long, une grotte habitable et pratique. Il lui semblait possible de vivre ici, ici au tournant de l'escalier. Ils l'enjamberaient en passant. Elle resterait là et penserait à tous les escaliers qu'elle avait montés au cours des années, et sentirait qu'en s'arrêtant elle avait au moins pris une décision ferme dans un domaine de sa vie.

Elle se demanda si elle avait toujours été comme ça – elle ne se rappelait pas. S'était-elle toujours confrontée à chaque minute de cette manière, lui faisant face sans conviction en gardant toujours en tête l'idée de reculer ? Elle n'était pas sûre. Il y avait quelque chose dans sa situation à Arlington Park qu'elle n'avait pas choisi, sinon d'y habiter, pourtant elle ne pensait pas qu'elle avait jamais été aussi proche de la lâcheté. Quand elle pensait à sa vie d'avant – à ses vingt ans, et à Londres, et au travail, et à la maison près de Goldborne Road –, elle se voyait continuellement animée par une insatisfaction sans nom : elle l'avait emplie, comme le vent emplit une voile, et fait avancer pendant qu'elle s'efforçait de garder un cap. Elle ne savait pas exactement où elle allait, juste qu'il était nécessaire de rester en mouvement tout en évitant le désastre absolu.

Et ce vent, cette force de mécontentement variable, l'avait portée à des endroits dont la nature spécifique la dérangeait alors même qu'elle était conduite à les accepter. Le problème était que, quand il soufflait, il venait de partout, de grandes étendues vides ; pourtant il ne pouvait la pousser que vers ce qui était fixe et étroit, vers ce qui existait déjà. Toujours, il transformait des impulsions amorphes en faits. Son besoin d'aimer était devenu sa relation avec Dom ; son besoin de sens était devenu son travail de recherche dans une petite boîte de production de télévision à Shepherd's Bush ; son besoin d'un but était devenu une maison de trois pièces à Goldborne Road ; son besoin de s'exprimer était devenu ses deux filles, Clara et Elsie. Mais ce même vent de possibilité bruyant soufflait à travers tout cela, soufflait et soufflait encore, de sorte qu'elle sentait qu'ils étaient mal positionnés, qu'ils s'étaient exposés à la pression, constamment tracassés sur chaque flanc et dans chaque crevasse ; elle aspirait à un endroit protégé où son besoin paresseux de changement et de mouvement ne pourrait l'atteindre. C'était cela qu'elle avait pensé, en tout cas. Maintenant qu'ils étaient ici, à Arlington Park, une compréhension nouvelle et pacifique était descendue sur elle, l'avait enveloppée dans un silence sans remous et sans fin. Elle voyait qu'ils avaient perdu ce qui les faisait vivre : la difficulté et la nécessité de gérer cette force croissaient en fonction de l'intensité avec laquelle on la ressentait. Et c'était, après tout, une nécessité, peut-être la seule nécessité, car, sans elle, elle semblait paralysée. Elle était pareille à un bateau au port à marée basse, couché sans défense sur le flanc dans la boue avec la nageoire châtrée de son gouvernail qui séchait dans l'air immobile.

Il y avait un tas de vêtements sur les marches devant elle, tous entremêlés tels que les enfants les avaient abandonnés. On aurait dit qu'elles les avaient laissés tomber à leurs pieds : les manches, les collants noués et les chemisiers froissés portaient toujours l'empreinte de leurs corps, telles des peaux dont elles se seraient dépouillées. Elle se pencha pour les ramasser et quand elle se saisit du tas elle vit une sorte de mouvement noir et rampant, le rejeta en criant et monta les marches quatre à quatre jusqu'au palier.

« Mon Dieu ! s'écria-t-elle. C'est un serpent ! »

Clara et Elsie étaient sorties de leur chambre et se tenaient, tremblantes, devant elle. Toutes deux étaient nues. Elles la fixaient depuis la blancheur de leurs corps.

« Il y a un serpent !

– Où ? demanda Clara, intéressée, se penchant pour regarder autour de Maisie comme s'il pouvait être gentiment lové derrière elle, attendant d'être présenté.

– Là-bas, dans les vêtements ! »

Son cœur battait stupidement contre son sternum. Le palier tournoya autour d'elle, se changeant en murs de lumière électrique ondulante. Elle regarda Clara qui passait devant elle et se mettait à descendre l'escalier d'un pas énergique.

« Non ! » finit par articuler faiblement Maisie, bien que cela parût ridicule, car il était maintenant clair pour tout le monde qu'il était peu probable qu'il y eût un serpent sur le palier. Clara continua de descendre les marches.

« C'est ça, le serpent ? » demanda-t-elle. Elle paraissait déçue.

Elle tenait une paire de collants de Maisie. Une des jambes était bizarrement enflée. Il y avait un nœud sur le haut de la cuisse.

«C’est nous qui l’avons fait, dit Elsie à côté d’elle. C’est notre serpent. On y a mis nos culottes.

– Oh, dit Maisie.

– Tu as vraiment cru que c’était un serpent ? demanda Clara, ravie.

– On a pris toutes celles qui étaient dans le tiroir, dit Elsie. Et on l’a mis dans l’escalier pour te faire peur. »

Clara remonta.

« Je croyais qu’il y aurait pu aussi y avoir un vrai serpent », dit-elle, déçue.

Maisie les précéda dans leur chambre, dont le profond désordre avait une forme de grâce, comme celle d’une forêt dense, une certaine beauté naturelle qui provient des choses qui bougent puis tombent et qui restent là où elles sont tombées. Elle se sentait ensevelie, mais sans désir de protester, dans le chaos de la maison : il l’enveloppait comme un linceul sans ouverture pour les bras et les jambes, de sorte que lorsqu’elle en faisait le tour ou étendait la main pour le toucher, ses mouvements étaient entravés et elle ressentait un engourdissement d’amputée. Partout de petites figurines en plastique – chevaux avec des fontaines de crins d’un rose criard, petites filles atteintes d’encéphalite, animaux de la jungle, Indiens et femmes minuscules avec des nattes et des tabliers en vichy – gisaient sur le côté, comme si une étrange explosion conceptuelle les avait projetées là. Un grand lézard à la peau rêche, dardant la fourche de sa langue en plastique rose, était dressé victorieusement sur le corps prostré d’une poupée Barbie. Une tête en plastique qui avait presque la taille d’une tête d’enfant, d’où jaillissaient des cheveux blonds synthétiques de petits trous dans son enveloppe rigide couleur chair, était posée, séparée de son corps, au milieu du lit d’Elsie, fixant le plafond de ses yeux bleus, tout éveillés, ombrés de longs cils.

« Mon Dieu », dit Maisie, s’asseyant à côté d’elle et caressant ses cheveux soyeux et froids.

Sous ses pieds, sous ses fesses, se trouvaient de petits monticules caillouteux qui crissaient et cédaient sous son poids comme des feuilles mortes. C'étaient des boules de mouchoirs en papier et des capuchons vides, des barrettes et des peignes en plastique, des taille-crayons, des billes, des règles et des feutres, et les petites carcasses en caoutchouc de ballons éclatés ; il y avait un cheval à bascule drapé tel un clochard dans des couches de vêtements contradictoires, à travers lesquels sa tête dépassait avec une dignité mêlée de découragement ; il y avait une coulée multicolore de Lego qui recouvrait les rails d'un train. Il y avait une grande pile de livres en désordre au sommet de laquelle reposait une petite loupe. Il y avait des vêtements, neufs et vieux, propres et sales, qui s'étaient échappés de leur place assignée et s'étaient tous rassemblés pour une fête séditieuse.

« Tiens, maman. »

Elsie se tenait devant elle, tendant un bout de papier à carreaux froissé. Maisie le regarda. Un arc-en-ciel parsemé de taches était vaguement dessiné et, à côté, en grandes lettres arachnéennes, on pouvait lire : « Je t'aime maman baisers Elsie. » Le papier était déchiré et il y avait des numéros de téléphone écrits dessus par un adulte. Elle le prit de la main tremblante d'Elsie. C'était un endroit dangereux où vivre, une famille : aussi tumultueux que la pleine mer sous un ciel traître, avec ses allégeances passagères, ses rafales de cruauté et de vertu, ses grandes vagues d'humeur et de mortalité, son incessante alternance de tempête et de bonace. Une averse pouvait tomber ou un rayon de lumière être accordé en sursis, et à la fin vous ne voyiez pas la différence, ce que tout cela signifiait, ce que cela apportait, comparé à la nécessité de survivre et de poursuivre coûte que coûte.

Maisie dit : « Tu n'es pas habillée.

– Je sais.

– Il y a une baby-sitter qui vient ce soir. »

Les yeux ronds d'Elsie étaient à la hauteur des siens. Elle vit la signification dérangeante de sa remarque s'y immiscer, comme s'ils étaient deux flaques circulaires et sans rides dans les eaux sombres desquelles Maisie avait plongé un bâton.

« Je ne veux pas qu'une baby-sitter vienne.

– Eh bien elle vient quand même.

– Qui c'est ?

– Katie.

– Katie. » Elsie réfléchit. Puis elle hocha la tête sans gaieté. « J'aime bien Katie, reconnut-elle.

– Je préférerais rester ici avec toi, dit Maisie, parce qu'en un sens c'était vrai.

– Tu t'en vas ? » demanda Elsie. Elle réfléchit puis demanda : « Mais *où* est-ce que tu vas ? » avec un petit sourire, comme si oublier de dire « où » était une chose qu'elle faisait l'année dernière, quand elle avait trois ans.

« Nous allons à un dîner.

– Oh. » Elle réfléchit de nouveau. « Ça va te plaire ?

– C'est toi qui me plais, dit Maisie, saisissant son petit corps dense et charnu, et plongeant son visage dans son cou. Tu es la seule chose qui me plaise. »

Elsie parlait dans ses cheveux. Elle sentait les mouvements de ses lèvres, comme quelque chose de petit qui vivait là, juste au-dessus de son oreille.

« Quoi ?

– J'ai dit : et Clara ?

– Clara aussi. Toi et Clara.

– Et papa.

– Papa aussi.

– Et Katie. »

Maisie se regardait dans le miroir de la salle de bains. J'ai trente-huit ans, pensa-t-elle. Je suis Maisie à trente-huit ans. Cela ne semblait pas être la même chose que de dire : voici Clara à six ans, voici Elsie à quatre ans, ce qu'elle faisait bien plus souvent. Elle ne savait pas si quelqu'un l'avait jamais cristallisée comme cela, l'avait arrêtée dans le temps pour la célébrer. Il semblait alors que c'était terrible de ne pas le savoir: de se poser la question, et de conclure à la vue de quelque chose de non revendiqué dans son visage, une chose privée d'auteur et anonyme, que la réponse était non. Elle aurait pu être tout ce qu'elle voulait: voilà l'esprit dans lequel elle aurait pu accepter l'amour limité et discriminatoire de ses parents, plutôt que de se sentir délaissée, à se demander qui elle était vraiment.

Elle voyait rarement ses parents, en des occasions sporadiques au cours desquelles ils réussissaient néanmoins à répéter chaque fois avec une régularité dévastatrice et dénuée de sens, leur mantra, le manifeste de leurs années de retraite: si un adulte en voulait encore à ses parents, c'était son problème et pas le leur. Cette pépite d'auto-absolution était censée avoir une signification particulière pour Maisie, et tel était le cas, car elle prouvait que ses ressentiments s'enracinaient dans les faits – faits que ses parents désiraient fortement précipiter dans l'oubli maintenant que leur politique domestique était parvenue à son ambitieuse conclusion et qu'ils étaient libérés de leurs enfants. Ils ne voulaient pas être jugés pour des choses qui avaient eu lieu jadis: ils voulaient se vautrer dans leur retraite coupable; de cette lointaine perspective, les années d'éducation des enfants semblaient couronner un sommet triomphal. Ils avaient gravi cette montagne, et ils s'attendaient à en être félicités, et à être autorisés à s'en féliciter. Ils disaient que ç'avait été merveilleux, mais, si vous les critiquiez, ils évoquaient les difficultés du terrain, et les obstacles particuliers et récalcitrants, que leurs enfants – Maisie plus que les autres – avaient placés sur leur chemin. Si ces enfants, une fois adultes, continuaient à en vouloir à leurs parents, alors à l'évidence ils ne connaissaient rien à la vie.

Mais Maisie leur en voulait ; elle ne voyait pas pourquoi elle ne l'aurait pas fait. Plus elle vieillissait, et plus elle approchait des sources et périls de la vie, plus ils lui semblaient coupables. Elle leur en voulait non seulement pour les parties d'elle-même qu'ils avaient détruites, mais pour la destruction, le ravage, où qu'elle le vît : elle leur en voulait pour les champs bruns et saccagés qui entouraient Merrywood, pour les routes bruyantes qui coupaient en deux les paysages délicats, pour les pylônes et les stations-service, la laideur des passerelles piétonnes et des immeubles de bureaux, pour les boutiques et supermarchés peints en rouge qui se dressaient sur leurs aires toutes neuves comme s'ils étaient tachés de sang. Chaque fois qu'elle voyait la rapacité, la négligence et l'entêtement monstrueux, elle leur en voulait, car tout cela semblait issu d'un fonds commun d'égoïsme, d'insouciance devant la beauté.

Elle leur en voulait même pour les neiges du Kilimandjaro.

« Je peux mettre celle-là ? » demanda Clara. Elle parlait d'une chemise de nuit.

« Ce que tu voudras », répondit Maisie.

Son visage : il était pareil à un jardin en hiver, nu, élagué, monotone. Une fois qu'elle s'était habituée à se regarder, il n'avait pas l'air si mal : il répondait à sa seconde question du même silence poli qu'il avait répondu à la première, de sorte qu'elle commençait à comprendre. Elle pensait plus souvent maintenant à se maquiller et cela avait proportionnellement moins d'impact. Elle ne se rappelait pas la dernière fois qu'un homme l'avait regardée autrement que comme une partie d'un ensemble auquel sa femme appartenait également.

« Tu es sûre ? demanda Clara.

– Évidemment je suis sûre. Ça n'a pas d'importance.

– Mais elle est propre », dit Clara.

Elle tâcha de situer la loi que Clara craignait d'enfreindre mais sans succès. Leur avait-elle jamais dit qu'elles ne devaient pas porter de vêtements propres ? Leur avait-elle donné l'impression, ainsi que le visage de Clara semblait l'indiquer, que si elles portaient des chemises de nuit propres sans lui demander la permission Maisie ferait quelque chose d'imprévisible ?

Elle dit : « Quel mal y a-t-il à porter une chemise de nuit propre ? »

Clara parut, ainsi qu'il fallait s'y attendre, incapable de répondre à cette question. Elle eut un petit sourire fugace et enfila la chemise de nuit. Quand son visage sortit du col elle tourna vivement la tête, comme un périscope. Puis elle détala en direction de sa chambre. Lorsque Maisie regarda de nouveau, Dom était à la porte de la salle de bains.

« Je me prépare », dit-elle.

Il consulta sa montre. Elle se rendit compte qu'il était toujours dans une pièce de théâtre.

« Je vais leur lire une histoire alors, d'accord ?

– Tu sais, ce n'est pas comme s'il y avait des travaux sur la voie. Je ne suis pas en train de détourner la circulation, je ne fais que mettre de l'eye-liner.

– J'aimerais bien pouvoir mettre de l'eye-liner », dit-il, sibyllin. Il traversa le couloir pour entrer dans la chambre de Clara et Elsie.

« Tu pourrais mettre un autre costume, dit-elle. On se sentirait tous beaucoup plus à l'aise. »

Elle se brossa les cheveux et se changea. Quand elle entra dans la chambre des filles, Elsie leva son visage de bouton de rose et dit : « Tu es belle, maman. » Et Maisie se sentit étranglée, presque submergée par la crainte de la fausseté et de la mort, de mourir sans que la vérité ait été dévoilée et qu'elle ait pu triompher ; sans que justice ait été faite à son âme obscurcie et étouffée. Elle voulait sentir le froid, la pluie mouillée sur son visage et l'herbe douce sous ses pieds, et entendre des bruits qui n'étaient pas les bruits des voitures qui défilaient derrière les fenêtres sur Roderick Road.

« C'est vrai, dit Dom en inclinant la tête d'un air cérémonieux, que tu es jolie. »

Elle redescendit l'escalier en voguant tel un galion, tel un grand vaisseau de guerre, passant devant le serpent rembourré qui reposait près de la plinthe et lui rappelait sa versatilité exaspérante et délirante, passant devant le tas de vêtements morts et emmêlés, et se retrouva dans l'entrée, où elle s'arrêta en voyant la serviette de Dom appuyée, avachie, contre le mur. C'était une sacoche en cuir brun éraflé avec des boucles en bronze. Elle avait appartenu à son grand-père, avocat et poète amateur, dans les lointains chaleureux et libéraux de son histoire familiale. Rien ne survivait des ancêtres de Maisie : le passé de sa famille était pareil à un pré sur lequel ses parents avaient bâti la structure moderne et monolithique de leur mariage. Mais Dom avait beaucoup de choses : des meubles, des tableaux, une première édition des *Histoires comme ça* de Kipling – qui suggéraient qu'il s'appuyait non pas sur une richesse ou une importance particulière, mais sur des couches d'amour et d'attention. Lors de leur premier rendez-vous, Maisie l'avait attendu au crépuscule devant la station de métro de Covent Garden, penchée pour relacer sa chaussure, et cette serviette s'était manifestée devant ses yeux. Il l'avait jetée sur le trottoir à côté d'elle comme si c'était un symbole de lui-même, et quand elle s'était relevée il l'avait serrée contre lui pour l'embrasser dans la chaude lumière violette de cette soirée d'été.

Oh comme elle l'avait aimé ! Comme elle l'avait aimé ! C'était un torrent d'amour, de droiture et de reconnaissance : sa beauté et sa droiture, la découverte de tout son être, de ses beaux yeux en amande – il était descendu du plus haut sommet de son être à elle. Et il était si difficile de tolérer cette intrusion du temps, qui se vidait en eux comme un égout dans une rivière, qui rejetait ses déchets et son bric-à-brac, ses détritus, sur eux ; il était si difficile de poursuivre à partir de ce qui avait été suffisant, de ce moment dans le crépuscule, de ce qui était beau, sans le détruire ! Elle effleura sa serviette du bout des doigts et des larmes montèrent à ses yeux, comme s'il était mort ou absent alors qu'il était seulement dans la chambre au-dessus, en train de faire la lecture à leurs filles, en chaussettes. Comment pouvait-elle éprouver cette douleur, cette mélancolie, quand c'est ainsi qu'étaient les choses ? Elle se demanda si, dans le cas où ils n'auraient jamais posé le pied sur le chemin qui les avait menés ici, à Roderick Road, ils auraient pu survivre dans cette soirée, ce moment dans la lumière violette de Covent Garden ; s'ils auraient pu y vivre, comme des fleurs exotiques dans une serre. Ils auraient pu continuer ainsi indéfiniment, et peut-être Clara aussi – elle n'aurait pas vraiment gâché la symétrie des choses, la ligne. Mais Elsie ! Et Elsie ? Elle ne pouvait pas vivre sans Elsie – Elsie était sa racine, sa réplique ! Et puis vivre avec deux enfants dans la cohue de Londres, la grande machine qui tournait, se forcer pour aller travailler, vivre toujours immergée dans la foule, les voitures et le chaos, dans l'épais tourbillon d'innombrables besoins hurlants…

Le problème était qu'ils étaient allés trop loin : au moins s'ils étaient restés à Londres elle aurait pu parfois retourner à Covent Garden les soirs d'été pour se souvenir. Maintenant, ils étaient comme une famille de déportés sans accès à ce qui les avait réunis : ils étaient privés d'histoire, déplacés. Le Dom qui était descendu du sommet travaillait maintenant dans un petit cabinet d'avocats d'Arlington Park, et il le faisait parce qu'elle l'y avait poussé. Quant à elle, elle somnolait trois jours par semaine dans une société locale de postproduction qui s'occupait d'un tas de documentaires sur la vie des animaux sauvages, dans lesquels le monde semblait peuplé uniquement de lions et de pingouins, et qui probablement apportaient un précieux réconfort aux gens. C'était plus facile de croire que la terre était vigoureuse et miraculeuse plutôt que de se rendre compte que nos existences onéreuses et dénuées de profondeur étaient en train de la dévaster. Ceux pour qui elle travaillait étaient prêts à remettre de la neige sur le Kilimandjaro le temps du tournage. Ils n'y auraient rien vu d'étrange.

Et pour quelle raison avait-elle fait ça ? Pourquoi ? Parce qu'elle aussi voulait dépenser, elle aussi voulait détruire ! Ses ancêtres étaient en elle, après tout : elle avait voulu connaître la chance et l'amour et voir ce qu'ils lui rapportaient – elle avait voulu les échanger, pour quelque chose de facile, pour voir ! Elle avait pensé que la vie dans un endroit tel qu'Arlington Park se révélerait à elle, lui montrerait ce qu'elle était réellement ; Arlington Park lui avait simplement dit qu'elle n'était que ce qu'elle s'efforçait d'être, ce qu'elle avait le cran et le bon sens de rechercher. Elle avait pensé que si elle pouvait juste repousser quelque chose loin d'elle, s'en dégager comme d'une poutre tombée, alors elle se sentirait libre : beaucoup de gens pensaient cela, bien que son mari n'en fît pas partie. Il n'aurait pas bougé d'un iota si elle ne l'avait pas entraîné avec elle. Elle songeait à lui comme à un objet de grande valeur, protégé par une vitrine : une vitrine qu'elle avait brisée, de sorte qu'il se baladait sans écrin, sans protection, et comme il était sorti de son contexte il était difficile de savoir quelles qualités lui attribuer. Elle craignait de l'avoir endommagé, de sorte qu'elle ne pouvait plus l'aimer ; c'est pour cela qu'elle pleurait à côté de sa serviette.

Les parents de Maisie possédaient une villa dans un lotissement neuf au Portugal, un 4×4 Volvo poussif et une maison dans un village du Leicestershire dont le terrain était si saturé d'herbicide qu'il n'y avait plus un oiseau pour chanter dans les arbres. Ils ne se jugeaient pas destructeurs : ils croyaient être admirables, et qu'on les critiquait seulement parce qu'on les enviait. C'était un autre point du manifeste. Même le percepteur les enviait – c'est pour cela qu'il prenait leur argent. Ils étaient ravis que Maisie ait déménagé à Arlington Park et cela les effrayait à la fois : les deux sentiments se tenaient face à face, sur deux précipices séparés par la gorge de l'échec. L'idée leur plaisait que Dom et Maisie aient été écartés du centre, du pivot, pour un endroit où rien ne risquait de leur arriver qui puisse provoquer leur jalousie. Ils ne voulaient pas qu'ils grimpent mais ils ne voulaient certainement pas qu'ils dégringolent. Leur œil rusé et critique avait perçu que la vie à Arlington pouvait engendrer toutes sortes de désordres : des choses anormales qui étaient difficiles à expliquer, difficiles à classer. Il y avait la maison, pour commencer. Bien qu'elle fût charmante dans le genre masure bohème, pour les parents de Maisie ce n'était pas un endroit réellement fait pour vivre. Et pourquoi venir à Arlington Park si ce n'était pour offrir un jardin à leurs enfants ? Enfin il était certainement dommage que Dom ait accepté un salaire inférieur, et ne soit plus associé – mais Maisie avait-elle vraiment besoin de travailler, avec les enfants encore si petits ? Arlington Park en soi était plutôt agréable en tout cas : calme, vert et prospère et, ainsi que l'avait remarqué son père, plein de belles voitures.

Elle s'essuya les yeux et alla dans la cuisine, ainsi qu'elle le faisait plusieurs fois par jour, afin d'en faire une nouvelle fois le tour et ressortir. Elle s'attendait toujours à trouver quelque chose, là, à l'extrémité de la maison : c'était comme le bout d'un quai, où les mouettes pourraient tournoyer et les vagues se jeter contre le môle, où vous attendiez qu'une idée claire vous vienne du large. Elle vit son reflet dans la vitre sombre pleine d'un éclat aveuglant et s'adressa à elle-même, compagne de sa vie, un étrange salut encourageant. La lumière sinistre adhérait avec habileté aux plis de son visage et de ses vêtements pour ensuite se perdre dans l'obscurité insondable, de sorte qu'elle semblait illuminée dans l'encadrement de la fenêtre par un néant naissant qui commençait à descendre. C'était comme un portrait de la mort ; comme un tableau qu'un artiste ferait de lui-même dans un accès de terreur, de désespoir et de révélation. Elle sentit qu'elle aurait pu supporter ce néant, aurait pu l'assumer et avaler sa noire information, si seulement il y avait eu quelque chose d'autre, quelque chose autre part : s'il y avait eu de la neige sur le mont Kilimandjaro, par exemple, elle aurait pu réclamer sa part d'insignifiance et disparaître tranquillement en sachant qu'un monde vertueux, de nature et de vérité, survivait à sa propre incompétence.

Mais elle n'était pas insignifiante : personne ne l'était plus désormais. Et rater sa vie quand il n'y avait rien au-delà du fait même de vivre, nulle réalité à scruter, à la recherche d'une justice immanente ! Quand les fleurs s'ouvraient follement en plein hiver, que les lacs s'asséchaient et que les icebergs fondaient, quand les forêts mouraient et que les bêtes étaient empoisonnées, rendues chimiquement hermaphrodites, quand le puits de la vie tout entier était empoisonné, pollué, souillé…

On sonna à la porte. Katie, la baby-sitter, se trouvait sur le seuil, portable collé à l'oreille. Elle fit un petit signe à Maisie de sa main baguée tandis qu'elle franchissait la porte.

« Vraiment ? » dit-elle.

Elle était vêtue comme pour une soirée d'été sur la plage. Ses jambes étaient nues et elle portait des tongs turquoise à épaisses semelles en caoutchouc, une mini-jupe plissée rose et un tricot rose avec le mot « Babycakes » écrit en strass rose sur sa poitrine tendue. Entre sa jupe et le tricot, son ventre se révélait, rebondi, blanc et sans tache.

« Non, vraiment ? » dit-elle.

Une aura d'air chaud et parfumé parvenait par bouffées de ses cheveux blonds défrisés avec acharnement. Ils avaient l'odeur apprêtée des vêtements repassés. Cela donnait le vertige, pensa Maisie, d'estimer le temps que Katie passait avec son sèche-cheveux. Le rideau bizarrement synthétique de sa chevelure pendait. Derrière, son visage vous fixait avec une sorte de curiosité soupçonneuse. Maisie l'imagina passant et repassant dessus l'instrument brûlant et hurlant, comme si elle était en train de stériliser minutieusement le monde, ou d'administrer quelque punition collective pour rébellion.

« Tu le feras ? dit-elle. Tu l'as fait ? Tu le fais ? »

Maisie se tenait bras croisés, les yeux posés sur l'escalier. Elle entendait Dom qui se déplaçait dans leur chambre et le grand bruit des tiroirs qu'on ouvrait et fermait. À côté d'elle, Katie paraissait s'acheminer vers une conclusion.

« Très bien alors, dit-elle. Très bien. Okay. D'accord. D'accord. » Elle garda la tête droite tout au long de ce chapelet d'affirmations, comme pour ménager ses cheveux. « Très bien. Salut. »

Elle tint l'appareil éloigné d'elle, le regarda comme pour voir s'il allait lui dire autre chose, et l'éteignit d'un doigt énergique verni de rose.

« Salut, dit Maisie. Comment vas-tu ? »

Cette question sembla précipiter instantanément Katie dans de sombres pensées.

« Je ne vais pas trop mal, dit-elle avec amertume. J'ai connu pire. »

Elle remonta son petit sac en forme de saucisse sous son aisselle rasée.

« Tu es venue à pied ?

– Mon copain m'a déposée », dit-elle. Elle rit sans gaieté. « Il m'a laissée au bout de la rue. Il ne veut pas venir jusqu'ici parce que c'est trop étroit. Il dit qu'il ne peut pas faire demi-tour. »

Maisie haussa les épaules et dit : « Au moins, il ne pleuvait pas.
– Horrible, non ? dit Katie d'un air mystérieux. Je déteste ce temps. Ça me fout par terre. J'aime le soleil.
– Je pense que tout le monde aime le soleil. »
Elle avait envie de dire à Katie que, lorsqu'elle tenait le sèche-cheveux près de sa tête elle transmettait des radiations directement dans son cerveau. Katie fit une petite moue de sa petite bouche pâle, comme si elle doutait que quiconque aimât le soleil autant qu'elle, ou en eût le droit.
« Nous allons aux Canaries le mois prochain, dit-elle.
– C'est bien, dit Maisie.
– Ça devrait. Le père de mon copain a un bar là-bas et des appartements qu'il loue pendant les vacances. »
Destructeurs ! pensa Maisie. *Bousilleurs !*
« C'est la troisième fois qu'on y va, dit Katie. J'ai vraiment hâte. »
Maisie dit d'un ton mélancolique : « C'est bien d'attendre quelque chose avec impatience.
– C'est la nourriture que je ne supporte pas, dit Katie. Je n'aime pas vraiment la cuisine espagnole. Et les gens sont pas très sympa. Je veux dire, c'est pas le plus bel endroit du monde. C'est pas comme s'ils avaient des plages blanches ou des trucs dans ce genre. Il y a des endroits où le sable est noir. Ils ont plein de soleil sur les plages mais les plages sont pas terribles. Pas comme aux Caraïbes. Aux Caraïbes les plages sont vraiment blanches. J'aimerais vraiment aller là-bas. Mais mon copain ne veut pas. Il dit que j'aimerais pas les gens.
– Quels gens ?
– Les gens du coin. Vous savez, ceux qui habitent là. Il pense juste que je les aimerais pas. »
Katie déposa sa forme blanche sur le canapé et rejeta ses cheveux derrière ses épaules. Un jour elle mourrait, quitterait cette terre avec la part qui lui revenait, son morceau sanglant, serrée dans son étreinte vernie. Son petit

regard rond et bleu croisa celui de Maisie d'un air entendu.

« Ce que je veux dire, c'est qu'on ne peut pas laisser les autres vous empêcher de faire ce que vous voulez », déclara-t-elle.

Maisie entendit les pas de son mari dans l'escalier ; elle le sentit qui venait vers elle, comme s'il sortait du cœur d'un feu ou d'une chaudière invisible, où il avait été refait pour elle, manufacturé encore et encore à partir de ses absences. Elle ressentait sa réalité de manière presque insupportable, la réalité de sa vie à lui et de la tâche, sa tâche à elle, qui consistait à conserver ensemble ces représentations de Dom, à les rendre cohérentes. C'était l'amour, ce travail de déchiffrement, d'interpolation et de témoignage : être témoin de quelque chose dans son entièreté, c'était cela l'amour. Il descendait l'escalier en bondissant, prêt à être lui de nouveau, prêt à tout. Ce qui n'était apparemment pas le cas du copain de Katie.

« J'arrive dans une minute », dit Maisie.

Elle le croisa à la porte. Il portait une chemise bleu foncé et un pantalon noir. Il paraissait aussi rapide qu'une panthère. Ses yeux en amande la suivirent. Il sentait bon le propre. Il ne regardait pas sa montre ; elle disparut dans l'escalier et, derrière elle, elle l'entendit qui disait dans l'écho de leur salon : « Comment ça va, Katie ? » Et elle entendit le « Pas si mal, je crois » de Katie en diminuendo.

Elle entra dans l'obscurité bondée de la chambre de Clara et Elsie. Elle regarda les formes tortueuses de ses enfants endormies. Les phares d'une voiture passant dans la rue balayèrent les murs d'un intense faisceau de lumière jaune. Le bruit du moteur s'éleva et mourut de nouveau. Maisie se tenait au centre de la chambre ; l'intrusion la traversa, comme le vent à travers les rameaux d'un arbre. Elle regarda ses enfants dans leur sommeil agité et elle sentit qu'elle les avait trompées, qu'elle les avait enlevées à leur foyer légitime pour les emporter dans sa fuite loin de l'autorité. Et pourtant il n'y avait rien au monde qu'elle ne voulût pour elles, rien au monde sinon qu'elles vivent en sa possession, comme deux lingots d'or volés dans un sac en tapisserie. Il n'y avait rien au monde dont les filles avaient besoin, sinon qu'elle croie qu'elles lui appartenaient. Et c'était cette croyance, si nécessaire, qui l'avait marquée, comme d'une façon ou d'une autre elle marque tout le monde. Cela vous rendait manifeste, visible. Cela vous enlevait votre anonymat, peut-être pour toujours ; et où que vous alliez, vous étiez là, entre vous-même et le monde.

Elle pensa qu'elle pourrait parler de cela avec Stephanie Sykes.

Dans la rue sombre et ventée, Dom lui demanda :

« Qu'est-ce que tu faisais à Merrywood d'ailleurs ?

– J'aurais aimé que tu sois là, répondit-elle. Tout se serait bien passé si tu avais été là. »

Il ne dit rien. Il marchait à côté d'elle, les mains dans les poches de son manteau. Elle regardait derrière les fenêtres éclairées des maisons qui donnaient sur Roderick Road. Elle vit un homme qui lisait son journal dans une chaise longue. Elle vit une salle à manger vide, avec les chaises pareilles à des fantômes raides assis autour de la table. Elle vit une femme allongée sur un canapé sous une couverture, fixant le plafond. Elle vit un salon joliment meublé et sans vie excepté un petit chien poilu, qui sauta sur ses quatre pattes vigoureuses et leva fièrement le museau quand elle regarda. Elle vit une femme tenant un bébé sur la hanche qui disparaissait par une porte.

« Ça va bien se passer ? demanda Dom. Chez les Lanham ?

– Je crois qu'il n'y aura pas de problème. Nous n'avons pas à nous inquiéter. C'est à eux de s'inquiéter. »

Ils poursuivirent leur chemin en silence.

Dom dit : « Essaie de ne pas te mettre en colère contre tout le monde.

– Mais je suis en colère contre tout le monde. J'ai peur de mourir si je ne me mets pas en colère. Alors peut-être que je devrais mourir. Peut-être que tu veux que je meure. »

Il y eut un silence avant que Dom dise, ennuyé : « Je ne veux pas que tu meures. »

Le ciel était énorme, noir, houleux et lourdement drapé de nuages bas ; il n'y avait pas d'étoile, juste les petites perles rouges et blanches des lumières des avions qui entraient et sortaient de l'horizon, cousant leur chemin sur le violet et le noir houleux ; et le vent apportait leur bruit, et le lointain rugissement continuel du périphérique parvenait en boucle par grandes vagues et rumeurs. Il y avait l'odeur de cuisine qui sortait des maisons, celle du trottoir obscur encore mouillé de pluie, celle du diesel émanant de la route plus loin, et une odeur verte et voilée s'échappant du jardin au-delà. Par une trouée entre les maisons, Maisie entrevit une petite perspective qui donnait, avec une théâtralité à peine perceptible, sur la pente douce de l'autre côté de Roderick Road. Elle laissait deviner une autre rangée de maisons, puis une autre, et une autre encore, jusqu'à ce que seul le toit de la dernière soit visible, hérissé d'antennes et de paraboles. Elle regarda le ciel puis ses chaussures, le terrain qu'elles gagnaient, les petites avancées qu'elles faisaient ensemble, l'une après l'autre dans leur joyeuse servitude.

Elle demanda : « Qu'est-ce que tu as fait aujourd'hui ? »

Dom répondit : « J'ai assisté à un séminaire sur la procédure à suivre pour contester les contraventions pour stationnement interdit. »

Elle prit son bras dans son lourd manteau. Elle mit sa main avec la sienne dans la poche et elle serra ses doigts. Ils marchèrent ensemble le long du tunnel sombre et désert de la rue, en direction du carrefour où elle rejoignait la route principale.

Elle dit : « Je suis allée au parc cet après-midi et tous les chiens s'appelaient Maisie. Je te jure qu'il y en avait à peu près quatre. Où que j'aille j'entendais les gens qui criaient : Maisie ! Maisie ! »

Elle rit tout haut et son rire résonna dans la rue.

« Mai-sie ! Allez Maisie ! Viens ici, Maisie ! Bonne fifille ! »

Christine était en train de farcir les poitrines de poulet quand sa mère appela.

« Qu'est-ce que tu as décidé ? Le poulet ou le poisson ? »

Viv lui avait donné une recette de saumon glacé à la marmelade de citron vert.

« Je fais le poulet, dit Christine. C'est plus simple, non ? »

À Newton Abbot, Viv resta silencieuse.

« Franchement, maman, je ne veux pas m'embêter avec le poisson. J'ai l'impression qu'avec le poulet je ne peux pas me tromper. Je me suis dit, tu sais, pourquoi ne pas se faciliter la vie ? Pourquoi rendre les choses plus difficiles qu'elles ne sont ? Tu vois ce que je veux dire ?

– Le poisson c'est facile, dit Viv.

– Je n'ai pas voulu me compliquer la vie.

– C'est facile, Christine. Et avec le poulet tu n'es jamais sûre. Tu pourrais tous les empoisonner à la salmonelle. Alors tu t'en voudras de ne pas avoir voulu te compliquer la vie. Larry disait toujours que le poulet était un oiseau sale. » À l'autre bout de la ligne, Christine entendit sa mère avaler une gorgée de quelque chose. « Après avoir travaillé à l'élevage de poulets cet été-là, il n'y a plus jamais touché. Il disait que les poulaillers étaient si pleins que la plupart des oiseaux ne s'étaient jamais tenus sur leurs pattes. Ils étaient juste assis là dans leurs excréments à s'arracher les yeux à coups de bec.

– On croirait notre maison le dimanche matin, dit Christine.

– Il n'y a pas de quoi rire, dit Viv. Fais attention que toutes tes surfaces soient bien propres avec le poulet. Tu ne dois pas manier la viande cuite avec un ustensile qui a été en contact avec la viande crue.

– Va te faire voir, dit Christine en tenant le téléphone sous son menton et en arrachant le film alimentaire d'une nouvelle barquette de poitrines de poulet en polystyrène expansé. Toi et ton jargon technique.

– Si tu avais fait le poisson je ne m'inquiéterais pas, dit Viv. Et puis il y a ce scandale du marché noir de la viande. Les gens qui achètent de la viande au cul du camion et changent les dates limites de consommation. Tu crois que tu manges un produit frais alors qu'en fait il est à moitié pourri. Beaucoup de restaurants achètent leur viande comme ça, apparemment. Les Asiatiques sont les pires. Ça devrait t'embêter plus que moi. Je ne supporte pas leur cuisine. » À Newton Abbot, Viv reprit une gorgée. « Apparemment, ils masquent le goût de la viande sous les sauces pour qu'on ne sente rien.

– Oh, je ne déteste pas un bon indien, dit Christine.

– C'est ce que disait ton père, reprit Viv. Pour lui, le seul bon plat indien, c'était les crevettes byriani. »

À l'aide d'un couteau, Christine ouvrit une poitrine de poulet et fourra le beurre aux herbes dans la chair gelée avec ses doigts. Il était difficile de conserver le beurre à l'intérieur. Il ne cessait de ressortir. Elle agrandit la fente et essuya ses doigts sur les entrailles veinées. Du liquide coula sur les morceaux de beurre et les rendit glissants.

« Tu m'en as dégoûtée maintenant, dit-elle.

– Où est-ce que tu les as achetés ? demanda sa mère.

– Au supermarché. Ils en vendaient trois pour le prix de deux. »

Viv émit un son réprobateur. « Ils leur injectent un liquide qui les fait grossir, tu sais. C'est ce qu'on dit. Au moins un poisson tu sais que c'est propre. Bien que maintenant on dise que les poissons sont pleins de cochonneries qui viennent de l'eau, non ? Fais bien attention de te laver les mains après les avoir touchés, c'est tout. »

Christine avait abandonné sa tentative de farcir les poitrines et les lançait les unes après les autres dans le plat à rôtir. Elle les parsema de beurre aux herbes puis arracha une feuille d'aluminium et en recouvrit le plat. Des deux mains elle compressa les barquettes de polystyrène et le film alimentaire sanglants et les jeta dans la poubelle.

« Tu sors ce soir ? demanda-t-elle à sa mère.

– Non.

– Je croyais que tu avais ta soirée bridge.

– Je n'en avais pas envie.

– Vraiment ? Pourquoi ?

– Ils sont tous si vieux, dit Viv d'un ton emphatique. Et pourtant on dirait qu'ils n'ont pas vécu. » Christine leva les yeux au ciel et jeta le reste de beurre aux herbes dans la poubelle sur les barquettes en polystyrène. Il n'y avait plus qu'un petit bout d'aluminium dans la boîte, et elle le jeta aussi.

« Alors qu'est-ce que tu fais ? reprit-elle.

– Je suis assise par terre, répondit Viv, je bois une bonne bouteille de rioja.

– Depuis combien de temps ?

– Depuis cinq heures. Je suis allée voir le nouveau supermarché avec Angela et elle m'a ramenée il y a environ une demi-heure. Ils ont construit un nouveau Tesco sur le périphérique et bien sûr Angela a voulu le voir. En fait je m'en fichais. On ne peut pas dire que ce soit vraiment excitant, non ? Puis elle m'a demandé si je ne voulais pas plutôt passer la soirée avec elle et Bill, mais j'ai pensé : non, merci beaucoup, pas encore une soirée avec ces deux-là. Bill qui parle de golf toute la nuit et Angela qui continue à t'offrir du thé à dix heures du soir quand tu ne rêves que d'un verre. Non, je me suis dit que je préférais ma propre compagnie.

– Tu m'as dit que le bridge t'avait plu la semaine dernière.

– C'était nouveau. L'attrait de la nouveauté est passé maintenant, même si ce n'est pas l'avis des autres. On dirait qu'ils s'amusent tous comme des fous. »

Il y eut un silence. Sur la ligne, Christine entendit un clic puis une longue expiration.

« Tu fumes ? demanda-t-elle.

– Juste une ou deux de temps à autre.

– Bon Dieu.

– C'est une autre raison de ne pas aller au club de bridge. On n'a pas le droit de fumer. Ils vous font aller dehors, comme un chien. Ils sont tous là, bien comme il faut, tous obsédés par la santé et la longévité. Et pour vivre quoi ? Qu'est-ce qu'ils font avec toute cette vie qu'ils ont ? Ils jouent au bridge pour passer le temps. » Viv tira une autre bouffée. « Ç'aurait bien amusé Larry. »

Christine extirpa des sachets de salade du réfrigérateur et les jeta sur la table. Puis elle sortit une bouteille de vinaigrette toute faite et une bouteille de vin blanc à moitié pleine, ferma la porte du réfrigérateur d'un coup de hanche et, le téléphone toujours coincé sous son menton, déboucha la bouteille de vin avec ses dents.

« Écoute, maman, dit-elle tout en se servant un verre de vin, je sais que ce n'est pas facile d'être seule. Ça fait seulement six mois qu'il est mort. Il faut donner du temps au temps.

– On me dit toujours ça, répondit Viv. Je dis : pourquoi est-ce que je donnerais du temps ? Je n'ai pas beaucoup de temps à donner. Ton père en a pris la plus grande partie. »

Joe apparut sur le pas de la porte et lança à Christine un regard contrarié. Il tapota sa montre d'un geste éloquent. Puis il repartit aussitôt.

« Il avait son bateau, son golf et son vendredi soir au pub. Qu'est-ce que j'avais moi ? Il ne m'a jamais laissée monter sur le bateau, pour commencer. Je n'ai même jamais eu le droit de l'approcher. Qu'est-ce qu'il croyait que j'allais faire ? Le couler ? Larry était égoïste. Dans son cas ça venait du fait qu'il était fils unique. Ils n'apprennent jamais à partager, ces enfants-là. C'est pour ça que je ne me suis pas arrêtée à Stephen. Je voulais, mais je ne pouvais pas. J'ai pensé : je ne peux pas laisser ça se poursuivre à la génération suivante. Je ne peux pas perpétuer cette maladie. Pourtant je n'ai jamais été très famille. Personne ne me l'a jamais appris. Je n'ai jamais su quoi faire de toi et de Stephen quand il pleuvait l'après-midi. Tout le monde avait l'air d'être toujours occupé à préparer des gâteaux magiques. Mais je me disais juste : si je veux des gâteaux magiques, j'irai en acheter. »

Un par un, Christine ouvrit les sachets de salade qu'elle vida dans un grand saladier. Puis elle les froissa en boule dans ses poings et les jeta dans la poubelle. Elle prit une grande gorgée de vin.

« Je vois ce que tu veux dire, fit-elle.

– Ce n'était pas comme pour toi maintenant. Toi tu mets les tiens devant la télé et tu ne les entends plus de tout l'après-midi.

– C'est vrai, admit Christine.

– Nous, on était censées faire réellement des choses avec les enfants. Et la cuisine qu'il fallait se taper ! On ne pouvait pas se contenter d'ouvrir une boîte de poisson pané comme tu le fais. Et après, quand Larry rentrait, lui aussi voulait son repas. J'avais parfois l'impression que je travaillais dans un wagon-restaurant et que je servais les clients à tour de rôle. Mais à cette époque on attendait ça de toi. »

Il y eut un nouveau clic, et une expiration.

« Et Stephen ? demanda Christine. Tu as vu sa maison ?

– Elle n'est pas aussi bien que la tienne, dit Viv, indifférente. Ils n'ont pas de goût, lui et Samantha. Ils ne sont installés que depuis quinze jours et c'est déjà chargé comme un bordel. Il n'y a que des trucs dorés, des rideaux à pompons et ces grands canapés avec des franges. Je leur ai dit : écoutez, vous deux, ça ne va pas du tout. Aujourd'hui, on est minimaliste. Il n'y a que du parquet et des murs blancs. Il faut que vous demandiez conseil au Joe de Christine, je leur ai dit. Il vous dira. Il est architecte, il s'y connaît en style.

– Je parie qu'ils t'ont remerciée.

– Ils ont une télévision dans toutes les pièces, dit Viv. On se croirait dans un Holiday Inn.

– Tu seras quand même contente de voir les enfants, dit Christine.

– Je les ai vus plus que je n'en avais l'intention, dit Viv d'un ton sinistre. La semaine dernière, lui et Samantha m'ont invitée et ils m'ont annoncé qu'ils me laissaient avec les trois enfants pour sortir !

– C'était gentil.

– Puis ils m'ont téléphoné pour me demander si je voulais prendre Oliver deux jours par semaine parce que Samantha a décidé de retravailler. J'ai dit : pourquoi tu me demandes ça à moi ? Vous avez de l'argent, pourquoi vous ne payez pas quelqu'un pour le garder ? Il a fait comme s'il était peiné et m'a répondu : mais je pensais que tu voudrais le faire, maman. Alors je lui ai dit : pourquoi je voudrais faire ça ? Vous ne voulez pas le faire, et vous êtes ses parents.

– Et ça n'a pas posé de problème ? demanda Christine tout en vidant un sachet de pommes de terre dans un plat et en l'enfournant dans le micro-ondes.

– J'ai toujours pensé qu'on était censés s'aimer dans les familles », dit Viv, inconsolable.

Christine regarda la fenêtre de la cuisine, avec ses carrés d'oubli noir.

« C'est pardonnable.

– J'ai grandi dans un orphelinat, vois-tu.

– Je sais, maman.

– Je voyais les familles et je pensais qu'elles étaient comme des arbres d'amour. Tous ces gens apparentés enracinés au sol.

– C'est une jolie pensée.

– Et je n'étais que ce petit machin, ce petit déchet emporté par le vent. C'est comme ça que tu te sens, quand tu grandis dans un orphelinat.

– Ton enfance n'a pas été facile, maman.

– Je ne me retourne sur mon passé que maintenant et j'ai l'impression d'avoir été volée. J'ai l'impression que j'ai encore moins qu'au départ. Partout je ne vois qu'égoïsme et avidité, Christine. Je sens qu'ils sont en train de me bouffer la vie. »

Le téléphone toujours au creux de l'épaule, Christine détacha un sac-poubelle en plastique du rouleau et l'ouvrit en le secouant. Puis elle fit le tour de la table pour y faire tomber journaux, magazines, cartons de boisson vides et feutres d'Ella. Elle le ferma avant de le fourrer derrière le fauteuil, dans le coin. Elle regarda sa montre. Il était presque huit heures.

« Je ne t'ai pas dit, poursuivit sa mère. Je suis passée devant en voiture l'autre jour.

– Devant quoi ?

– L'endroit où j'ai grandi.

– Qu'est-ce que tu faisais si loin ?

– J'y suis allée exprès. Je ne sais pas pourquoi, mais je voulais le revoir. Ils en ont fait un hôtel.

– Vraiment ?

– Et j'ai pensé : si je prenais une chambre ? Je suis restée dans la voiture à me demander si j'allais y entrer. Je voulais retrouver mon ancienne chambre, tu comprends. Je voulais retrouver ma chambre telle qu'elle était et me mettre dans mon lit. »

Christine rejeta la tête en arrière un instant, manquant de faire tomber le téléphone, et fixa le plafond.

« J'ai pensé que si seulement je pouvais me mettre dans mon lit, tout irait bien de nouveau. C'était un sentiment très étrange, Christine.

– C'est *vraiment* étrange, maman », dit-elle, se dirigeant vers l'entrée. Elle trouva un vase rempli de fleurs sur une étagère et le porta d'une main dans la cuisine, le faisant tanguer de sorte que de l'eau se répandit par terre. Elle le posa lourdement au centre de la table et secoua un peu les fleurs. « Qu'est-ce qui t'a donné cette impression ?

– Je ne sais pas. Je sais seulement que c'est ce que j'ai ressenti. J'avais l'impression que c'était la place qui me revenait de droit. J'avais l'impression que c'était mon foyer.

– C'est vraiment un sentiment bizarre, non ?

– Puis je suis rentrée et j'ai téléphoné à *Yachting Weekly* pour mettre une annonce pour le bateau de Larry.

– Non !

– Et une semaine et quelque plus tard un monsieur est venu à la maison, m'a payé le prix convenu et l'a emporté derrière sa voiture. Je vais te dire : Stephen était fou de rage. Parce qu'il attendait son heure, vois-tu. Il était tellement en colère qu'il ne voulait pas me parler. Samantha m'a dit qu'ils étaient tous très déçus. Nous ne voulions pas aborder le sujet, elle m'a dit, par respect pour Larry. Tu te rends compte ? Par respect pour Larry. Nous ne pensions pas que vous vous débarrasseriez si vite de ses affaires, elle m'a dit. Je lui ai dit : je vous ai rendu service, mon petit. Ce bateau a fait de moi une veuve avant que j'aie un cheveu blanc sur la tête. Après, je vends les clubs de golf.

– C'est bien, maman. » Christine ouvrit un tiroir d'un coup sec, sortit deux poignées de couverts et fit le tour de la table pour les disposer.

« C'est toujours à sens unique dans une famille. Tout n'est qu'égoïsme et avidité. Ne te laisse pas avoir par ça.

– Non, maman. Tu crois qu'on a besoin de serviettes ? Ou est-ce que c'est trop barbant et petit-bourgeois ?

– Suis ton instinct, mon chou. Je ne suis pas experte.

– Eh bien, va pour les serviettes, dit Christine refaisant le tour de la table avec les serviettes.

– Ils ne doivent pas arriver ? Tu ne devrais pas te préparer ? Tu as décidé ce que tu allais mettre ?

– J'ai acheté un nouveau haut aujourd'hui, dit Christine. Je vais peut-être le mettre, pour voir si quelqu'un le remarque.

– À toi de le leur faire remarquer ! l'enjoignit Viv d'une voix où perçait l'ébriété.

– Je ferai de mon mieux, maman.

– Christine ?

– Quoi, maman ?

– Assure-toi que le poulet est bien cuit, hein ? Avec tous ces gens qui viennent. Tu dois penser à ta réputation. »

Au premier, Joe se rasait et Ella était assise sur le sol de la salle de bains vêtue de son pyjama, avec son pouce dans la bouche et Robbie sous le bras.

« Tu ne l'as pas mise au lit ? s'exclama Christine. J'étais en bas tout ce temps, je pensais qu'au moins tu les aurais mis au lit.

– Tu étais au téléphone ! » répliqua Joe avec indignation.

Christine croisa les bras et le regarda. Il portait une chemise bleue bien repassée et un pantalon en toile beige. Ses cheveux noirs mouillés étaient plaqués en arrière. Il ressemblait aux gens qu'elle voyait parfois derrière les fenêtres de ce qu'elle jugeait être des bureaux élégants, des gens qui lui étaient incompréhensibles. La pièce était humide à cause de la condensation provoquée par la douche. Elle sentait le dentifrice et le déodorant.

« Tu ne te serais pas refait une beauté, par hasard ? » demanda-t-elle.

Joe traçait des chemins parfaits sur ses joues à l'aide du rasoir.

« J'ai couché Danny. Je l'ai couché il y a une demi-heure, pendant que tu étais au téléphone.

– Eh bien tu n'aurais pas pu t'occuper d'Ella pendant que tu y étais ? C'était trop te demander ? Tu n'en avais pas le courage ?

– Je ne voyais pas pourquoi j'aurais dû le faire, dit Joe, avançant le menton tel un pugiliste et y passant le rasoir.

– Qu'est-ce que tu veux dire : tu ne voyais pas pourquoi tu aurais dû le faire ?

– Je ne voyais pas pourquoi j'aurais dû faire tout le boulot pendant que tu étais au téléphone.

– Il se trouve que j'ai préparé tout le dîner en même temps, pour ton information. Il se trouve que je me tapais un dîner pour huit pendant que tu étais en train de te faire belle.

– Je ne comprends pas pourquoi tu ne leur dis pas de rappeler plus tard, remarqua Joe. Je veux dire, nous avons des gens à dîner, et le téléphone sonne vingt fois avant leur arrivée, et tu te mets à bavarder tranquillement.

– Pendant que tu te rasais ici en espérant que ce dîner pour huit apparaîtrait par magie sur la table, c'est ça ?

– Pourquoi est-ce que tu ne peux pas juste dire : écoutez, j'adorerais vous parler mais je suis occupée et je vous rappelle demain matin ? Au lieu de quoi tu y passes une demi-heure. J'entends le téléphone sonner, et je le dis : bon, voilà encore une demi-heure de foutue.

– Je parlais à maman, dit Christine.

– Oh, eh bien, ça ne pouvait vraiment pas attendre, hein ? C'était une vraie urgence. Ça faisait au moins dix heures que tu ne lui avais pas parlé.

– Elle était un peu déprimée, c'est tout.

– Chaque fois que je t'entends parler à ta mère, dit Joe,

tout en s'observant dans le miroir, je sais toujours que c'est elle parce que la conversation est à sens unique. Il y a ces grands silences et après tu dis quelque chose comme, *oh mon Dieu,* ou *ne t'en fais pas*, ou *je suis sûre que ça va finir par s'arranger.* Puis il y a de nouveau un grand silence pendant qu'elle se remet à parler d'elle. Ce sont des conversations à sens unique. Elle ne te demande jamais de tes nouvelles. Elle n'arrête pas de parler d'elle.

– Elle peut parler d'elle si elle veut, dit Christine. Qu'est-ce qu'il y a de si mal à parler de soi ? Au moins elle reste en contact. Toi tu es obligé de téléphoner à ta mère pour lui rappeler la date de ton anniversaire. Au moins, maman est quelqu'un d'ouvert et de vulnérable. Au moins ce n'est pas une de ces vieilles dames égoïstes et contentes d'elles-mêmes qui me regardent d'un œil désapprobateur parce que je prends un verre de vin alors que je suis enceinte.

– Elle est totalement égoïste. C'est la personne la plus égoïste que je connaisse. »

Christine était scandalisée. « Comment peux-tu dire ça ?

– Regarde comment elle était avec ton père. Complètement égoïste. Toujours sur son dos pour qu'il se débarrasse de son bateau et qu'il arrête d'aller s'amuser au pub. Elle ne supportait pas de le voir s'amuser sans elle. Elle voulait accaparer toute son attention. Tu n'es pas comme ça.

– Ça m'ennuierait trop, dit Christine.

– Ce n'est pas ce que tu disais, répliqua Joe, blessé. Tu disais qu'il était important qu'on ait des vies séparées.

– C'était avant que je comprenne que vie séparée signifiait que tu partais surfer le week-end pendant que je m'occupais des enfants.

– Tu as eu ce week-end à Barcelone, remarqua Joe.

– Tu as raison, dit Christine. Effectivement. Je n'aurais jamais dû revenir, ç'a été ça, mon erreur. »

Elle prit Ella dans ses bras, l'emporta dans sa chambre, la déposa sur le lit, puis éteignit la lumière et ferma la porte.

« Maman a eu une enfance difficile, dit-elle, de retour dans la salle de bains.

– C'est ce que tu dis toujours.

– Eh bien ! c'est vrai.

– Tu ne peux pas tout mettre sur le dos de son enfance. Je ne mets pas tout sur le dos de mon enfance. À quoi ça servirait ? Elle est passée. Il n'y a rien qu'on puisse y faire. Autant poursuivre sa vie. »

Il y avait des serviettes mouillées partout sur le sol. Une par une Christine les ramassa et les jeta dans le panier à linge. Puis elle s'assit sur le rebord de la baignoire et regarda Joe mettre ses boutons de manchettes.

« Tu sais ce qu'elle a fait ? demanda-t-elle.

– Quoi ?

– Elle est allée voir l'orphelinat dans lequel elle était. Elle est allée en voiture jusqu'en Cornouailles pour le voir. Apparemment, c'est devenu un hôtel. »

Joe rinça sa brosse à dents et replaça le savon à barbe et le rasoir dans l'armoire. Il était toujours soigneux, du moins avec ses affaires à lui.

« Je pense que ç'a dû être plutôt perturbant, déclara Christine, songeuse. Revenir là où on a été si malheureux et voir les gens s'y amuser.

– Elle aurait préféré qu'il soit plein d'enfants abandonnés, c'est ça ?

– Elle a failli prendre son ancienne chambre », dit Christine.

Joe rit. « Ç'aurait été formidable, dit-il. Elle aurait vraiment eu le dernier mot si elle s'était commandé un dîner dans sa chambre. Pourquoi elle ne l'a pas fait ?

– Elle ne l'a pas fait, voilà tout.

– Je présume qu'elle avait peur de s'amuser.

– Laisse tomber ! dit Christine. Tu me fatigues. Laisse-la tranquille. »

Joe se tapota les joues de ses paumes enduites d'after-shave.

« Me voilà prêt, dit-il.

– Magnifique », dit Christine d'une voix morose.

Il la regarda. « Tu restes comme ça ?

– Pourquoi, je ne suis pas bien ?

– Je pensais juste que tu pourrais, tu vois, te changer. Te maquiller. »

Christine ouvrit de grands yeux. « Tu ne me trouves pas bien comme je suis ?

– Il y a quelque chose sur le devant de ton chemisier. »

Christine l'examina. « C'est pas grave, dit-elle. Ce n'est que du beurre. Et un peu d'ail. Ça vient de la farce du poulet. Tu sais le dîner pour huit personnes que j'ai préparé en bas pendant que tu étais ici en train de te raser.

– J'ai compris, dit Joe.

– Vraiment ? Tu es sûr ? »

Joe se faufila vers la porte.

« Tu me fais vraiment chier parfois », lui dit-elle, alors qu'il sortait.

Christine enleva son chemisier devant le miroir. Elle mit les mains sous ses seins et les souleva. Puis elle se lança un regard en coin provocant.

« Bon Dieu », dit-elle.

Elle ouvrit sa trousse de maquillage et la vida entièrement. Elle s'enduisit tout le visage de fond de teint. Puis elle tâtonna à la recherche de sa boîte de fards à paupières. Il y avait quatre couleurs différentes, pareilles à de petites ecchymoses. Elle les utilisa toutes, en commençant par la plus sombre pour remonter jusqu'à ses sourcils. Elle souligna le contour de ses yeux au crayon et ensuite, se penchant vers le miroir, appliqua deux couches de mascara. À l'aide d'un pinceau elle se mit du rouge aux joues puis en remit parce qu'elle semblait un peu pâle et soucieuse. Elle ouvrit ensuite son poudrier et y plongea le même pinceau, en faisant tomber la moitié sur le meuble dans sa hâte. Poudré, son visage paraissait figé, suspendu, comme le visage d'un tableau. Elle le considéra en fermant à demi les yeux. Elle fit la moue et un petit éventail de rides surgit autour de ses lèvres. Si elle faisait la grimace dans l'autre sens deux rides transversales apparaîtraient le long de ses joues. Elle prit un bâton de rouge à lèvres et se dessina une grande bouche rouge. Puis elle atténua la couleur avec un mouchoir en papier et se lança un nouveau regard aguicheur dans le miroir.

Dans la chambre, elle ôta le reste de ses vêtements et ouvrit l'armoire. Son corps tout entier se refléta dans le miroir en pied fixé sur la porte. Elle en avait eu assez d'elle-même aujourd'hui, après la cabine d'essayage à Merrywood. Elle aurait tout donné pour avoir le même corps que dix ans plus tôt. À l'époque, il lui était indifférent. Quand elle avait fait la connaissance de Joe, elle avait une jolie petite silhouette, de gros seins, des hanches minces, une peau blanche élastique. Le plus drôle c'était qu'à l'époque seule la position sociale l'intéressait. Elle était fascinée par la hiérarchie. On aurait dit qu'elle se dressait là, comme une grande montagne qui demeurait constamment dans son champ de vision mais que tout le monde ignorait. Elle était là, l'éternelle question : qui était-elle et que valait-elle ? Où qu'elle se tournât, elle lui lançait son défi, la grande et dure réalité de son existence. Elle ne savait pas exactement ce que cela signifiait ni même ce que c'était. Elle savait seulement qu'elle se trouvait en bas.

Cela changea, à la seconde où elle rencontra Joe. Soudain elle était plus près : soudain il y avait du détail, de la texture, de la sensation – la texture de ses chemises et de ses draps en coton, ce qu'il mangeait, le vin qu'il buvait, les sons qui sortaient de sa bouche, les choses avec lesquelles et pour lesquelles il vivait et qu'il touchait chaque jour. Quand elle était avec lui, il lui fallait penser avec son cerveau ; elle ne pensait pas avec son corps. Tout se passait dans son cerveau. La première fois qu'elle était entrée dans sa maison toutes ces années auparavant, et qu'elle avait vu ses tableaux, ses meubles anciens, ses livres d'architecture, les tapis, le jeu d'échecs, les fleurs séchées dans un vase, son cerveau avait brûlé sous la pression. C'était comme de se retrouver la tête en bas, l'envie de rire confrontée à la certitude absolue qu'elle avait tort, qu'elle était ignorante ; on aurait dit qu'une veine au milieu de son front était sur le point d'éclater. Un homme qui achetait des meubles anciens ! Un homme qui vivait seul, pas honteusement mais bien : pour Christine, c'était un territoire inconnu. Quand ils avaient fait l'amour, elle ne l'avait pas fait avec son corps mais avec son cerveau. Il était pareil à une tache de soleil dans laquelle il lui fallait se maintenir. La crainte, la terreur de retomber dans l'ombre, de retourner là où elle était avant : elle se disait qu'elle était à l'aise, que c'était une simple transition, mais elle ne l'était pas. Elle vivait dans la terreur d'être expulsée de la lumière. Elle vivait dans son cerveau jusqu'à ce qu'il lui fasse mal. Sa vie était devenue dépendante de cette chance unique, cette occasion qu'était Joe : c'était un défaut de son éducation, de ses parents, peut-être de sa propre personnalité aussi, de trouver si difficile de s'améliorer et pourtant de le désirer si ardemment. Loin de Joe, elle voyait très clairement sa vie comme celle de ses parents, une petite maison qui l'attendait patiemment, menaçante, à Newton Abbot. Elle comprit qu'une autre chance pourrait ne jamais se présenter. Elle réfléchit et réfléchit encore afin de ne pas la gâcher. Elle adhéra à Joe avec son cerveau jusqu'à ce qu'on eût dit qu'elle était éveillée même quand elle dormait à côté de lui.

C'était vraiment dommage, pensa-t-elle en examinant ses grosses cuisses dans le miroir, son ventre rebondi. Après tout, elle avait eu une jolie petite silhouette. Quelque part en elle, elle était toujours là, cherchant à sortir. Quand elle pensait aux hommes, la silhouette exécutait une petite danse. Elle se pavanait, elle bougeait ses hanches minces. Elle pensa à un jeune homme, à la poitrine large, plein de désir. Il y avait un garçon qui habitait de l'autre côté de la rue, avec des yeux couleur chocolat. Elle pensait à lui. Elle aurait pu lui apprendre une ou deux choses. Elle le ferait avec son corps, pas comme les filles qu'il connaissait probablement, des filles coincées qui le faisaient avec leur cerveau. Elle l'emporterait dans son lit en cuivre, parmi ses meubles anciens, et il lui en serait reconnaissant. Ou peut-être irait-elle de l'autre côté de la rue, dans la chambre minable qu'il occupait, et se tiendrait-elle là sans crainte, puissante, aveugle. Ce serait un peu trop, de le faire dans leur lit à Joe et elle. Elle irait dans sa chambre, apportant avec elle l'air de la montagne.

On sonna à la porte d'entrée. Elle sortit le nouveau haut de son sac et arracha ses étiquettes. Elle se rappela celui qui faisait pute, celui qui plaisait à Stephanie. Aurait-elle dû acheter celui-là plutôt ? Le nouveau haut, le violet, était ample et respectable. Elle l'avait acheté avec son cerveau ; elle n'avait pas pu s'en empêcher. Elle pensa aux hommes qui venaient, des hommes mariés, et pour elle ils étaient comme des enfants, exigeant beaucoup de travail et n'offrant que des compensations indirectes. Elle versait ses efforts et son énergie en eux et on aurait dit que son énergie coulait dans la maçonnerie, dans les fondàtions. Elle semblait assurer non la satisfaction mais la continuité, la poursuite future de tout ce qui ne pouvait jamais être résolu. Elle semblait garantir qu'elle ne recevrait jamais, elle-même, aucune attention. Pourquoi était-ce toujours elle qui cimentait la maçonnerie, les fondations ? Quand en serait-elle débarrassée, de ce sentiment que la vie n'était que travail, ce sentiment étrange et irrésistible que sans elle le ciel tomberait sur Arlington Park, ses avenues s'assombriraient, ses familles retourneraient à un état oblique et sauvage ? Elle ne pouvait pas s'imaginer ne pas être là, c'était ça : la prise qu'elle avait sur l'existence se manifestait uniquement dans ces rues et ces maisons, et les gens qui y habitaient. Aucun d'eux, pas même Joe, ne comprenait ce que c'était que d'être si près de l'oubli. Ils étaient poinçonnés, comme l'argenterie : pour eux le monde était ordonné, pas chaotique. Mais elle, Christine, n'était qu'à une génération de l'abandon : elle, le rejeton d'un petit machin, un petit déchet emporté par le vent, ressentait continuellement la présence de l'immense obscurité dont elle était issue.

Elle mit une jupe marron avec le haut violet. Ce n'était pas une tenue pour séduire le garçon de l'autre côté de la rue, mais au moins elle l'amincissait. Elle pensa que peut-être elle finirait comme sa mère, assise seule par terre dans une pièce quelque part, à boire une bouteille de vin, fruit mal formé tombé de l'arbre de l'amour. Elle entendait des voix au rez-de-chaussée, des voix d'hommes puissantes et le rire d'une femme. Elle se tourna pour sortir mais elle s'arrêta, et, se regardant dans le miroir par-dessus son épaule, elle souleva sa jupe et se cambra, les fesses tendues vers la glace.

« La race anglaise, déclara Joe Lanham aux hommes, est en train de s'éteindre. »

Il se pencha pour servir le vin. Benedict Randall et Dom Carrington étaient assis côte à côte sur le canapé. Dave Spooner était perché sur le tabouret à côté de la cheminée. Joe, seigneurial, était dans son fauteuil préféré, un véritable Chesterfield géorgien qu'il avait un jour discrètement pris dans un manoir que sa société transformait en appartements avant que le service des encombrants ne s'en empare. Ils étaient dans le salon du premier étage. C'était un des clous de la maison Lanham, le salon du premier. Il faisait toute la longueur du bâtiment, avec des fenêtres de chaque côté. La demeure des Lanham était une maison géorgienne, haute et étroite. La cuisine était au rez-de-chaussée et faisait elle aussi toute la longueur du bâtiment. Il arrivait souvent, au cours de soirées comme celle-ci, que les femmes se rassemblent à un étage et les hommes à un autre.

« Qu'est-ce que tu entends par là ? demanda Dave. Tu veux parler des danses folkloriques et ce genre de trucs ? »

Les Spooner – Dave et Maggie – étaient parmi les plus vieux amis des Lanham. On pouvait les voir sur les photos de mariage des Lanham. Dave ne manquait jamais un rendez-vous du mercredi soir au pub avec Joe. On savait où on était avec les Spooner. Ils faisaient partie des fondations : ils étaient solides.

« Je veux parler de la race elle-même, dit Joe. La race anglo-saxonne.

– Et c'est mauvais d'après toi ? » demanda Benedict. Il était affalé dans le coin du canapé, les jambes tendues et croisées à la cheville. Il tenait son verre par le pied pour y faire tourner le vin, et y plongeait son nez avant de boire.

« C'est un vin du Club du vin, lui dit Joe. Généralement ils sont plutôt bons. »

David tint son verre à la lumière, satisfait.

« Excellent, dit-il.

– Je te demande si c'est une tragédie, selon toi, insista Benedict. La fin des Anglais.

– Je pense que c'est triste, dit Joe.

– Dans quel sens triste ?

– Triste que nous n'existions plus.

– Quelle preuve en as-tu ?

– Je n'ai pas besoin de preuves, dit Joe. Je le vois de mes propres yeux. »

Benedict fit de nouveau tourner le vin dans son verre. D'un coup sec, il renversa la tête et but, vidant complètement le verre.

« Vraiment ? » dit-il, s'essuyant la bouche du revers de la main. Il regarda autour de lui. « Nous avons tous l'air plutôt anglais, il me semble. »

Dom s'éclaircit la gorge et se pencha vers Dave Spooner.

« Qu'est-ce que tu fais, Dave ?

– Je fais des étiquettes », dit Dave.

Dom était assis sur le bord du canapé, les coudes plantés sur ses genoux qui dépassaient, comme s'il jouait aux échecs. Il hocha la tête, évaluant le coup de Dave.

« Des étiquettes ? dit-il. Tu veux dire, comme pour des vêtements ?

– Des étiquettes, répéta Dave. Elles sont livrées sur bande adhésive, sans rien, et tu imprimes ce que tu veux.

– C’est bizarre, non ? dit Joe. On les utilise tous, mais on ne se demande jamais d’où elles viennent.

– Eh bien, les tiennes viennent probablement de Chine, dit Dave. Si tu parles d’étiquetage administratif comme ce qu’on a dans les bureaux. Nous vendons à un marché plus petit, de qualité supérieure. Des décorateurs, quelques galeries d’art. Même le National Trust. Tu serais surpris. »

Le silence se fit.

« Et depuis combien de temps tu fais ça ? » demanda Dom.

Dave réfléchit. « Environ six ans.

– Je vois. » Dom hocha la tête.

Joe bondit de son Chesterfield.

« On va mettre de la musique, dit-il. Pour réchauffer un peu l’atmosphère.

– Je ne supporte pas les danseurs folkloriques, déclara Dave aux deux autres. « Ils n’arrêtent pas de sautiller et d’agiter leurs cloches. Et ces chaussures à boucles qu’ils ont et leurs pantalons blancs à fanfreluches. À sautiller comme une bande de pédés. » Il frissonna. « Ça vous fait froid dans le dos. »

Au rez-de-chaussée, Christine admirait le ravissant châle en mohair de Maggie Spooner.

« Regardez-moi ça, dit-elle en tâtant la douce laine grise. Regarde comme tu es toute douce, somptueuse et féminine. »

Maggie était enceinte. On aurait dit qu’elle s’était collé un coussin sur le ventre, pensa Christine. Il était gros mais le reste de son corps était très mince. Elle avait quelque chose de fier, avec son corps souple de femme enceinte, son ravissant mohair et son visage qui semblait avoir été refondu, rendu plus éclatant, bronzé. On aurait dit une femme qui vivait dans la nature, une pionnière ou une Amazone, qui passait la journée à courir dans la jungle, à chasser avec sa lance avant de s'accroupir sur un tas de feuilles de bananier pour accoucher. Ce n'était pas une idée qu'on aurait associée à Maggie Spooner en temps normal. C'est seulement qu'elle paraissait soudain si puissante, si iconique.

N'était-ce pas surprenant, pensa Christine. N'était-ce pas incroyable la manière dont les fontaines de la vie surgissaient, jaillissaient dans ces milliers de maisons, parmi toute cette solidité : en plein milieu de tout ce qui était fixé et dur, la source de vie surgissait éternellement, prodiguant sans compter. Elle imagina Maggie courant pieds nus avec sa lance dans Arlington Park. Elle semblait être définitivement seule dans son corps souple de femme enceinte. Son visage était le visage bronzé d'une guerrière. Ayant bu à la source de la vie elle s'était séparée des hommes, avait laissé Dave réparer sa moto dans le jardin et s'était enfuie avec sa lance.

Christine but une grande gorgée. Il fallait bien reconnaître que les deux enfants que Maggie avait déjà, étaient parmi les moins séduisants que Christine ait jamais vus. Néanmoins – elle labourait sa parcelle de vie, non ? Elle en tirait tout ce qu'elle pouvait, et Christine ne trouvait rien de mal à cela. Et à la voir maintenant, ce soir, telle qu'elle était, toute bronzée et guerrière – eh bien, on comprenait qu'elle était vraiment vivante. Ce que l'avenir réservait et à quoi tout ça aboutissait, quelle importance ? En quoi importait-il que l'enfant dans le ventre de Maggie fût un nain à deux têtes comme son plus jeune fils Harry ? Il fallait vivre dans l'instant. À quoi bon amasser si on ne pouvait pas regarder en arrière et dire là, là, je vivais vraiment ! Beaucoup de gens que Christine connaissait étaient obsédés par l'argent. Quel était le sens de tout ça ? C'était l'expérience qui vous rendait riche : c'était la vie elle-même, sourdant par le plancher. Quand elle pensait à cette maison qu'elle partageait avec Joe ! C'était un coffret, une malle au trésor, avec des souvenirs empilés dans chaque pièce, tous les coins pleins de la sensation de la vie en train de pousser, de s'accumuler, d'amasser des intérêts.

Non, elle préférait Maggie. Elle la préférait aux gens qui étaient plus beaux ou plus intelligents, aux gens qui étaient plus riches, plus importants, plus excitants. Elle préférait largement Maggie aux gens qui remettaient tout en question, se plaignaient et n'étaient jamais satisfaits. C'étaient eux qu'elle ne supportait pas, ceux qui critiquaient et se plaignaient. Que faisaient-ils pour qui que ce soit ? Qu'est-ce qu'ils avaient jamais fait ?

« Regarde-moi ça, dit-elle à Maggie, touchant l'unique perle que Maggie portait au bout d'une chaîne en argent autour de son cou. C'est joli aussi, non ? Le raffinement dans la discrétion.

– Oh, ça, dit Maggie. Dave me l'a offert pour notre anniversaire.

– Mais bien sûr, dit Christine, satisfaite. Il est gentil, hein ? Te donner un magnifique collier pour votre anniversaire. Est-ce que ce n'est pas adorable ? Ce n'est pas comme ça qu'on devient célèbre, n'est-ce pas ? On ne monte pas dans l'échelle sociale, on ne devient pas important aux yeux des autres en donnant un collier à sa femme pour son anniversaire. Non ? »

Maggie la regarda, surprise, avec son visage bronzé d'Amazone. Ses yeux étaient ronds et bleus. Ils étaient pareils à deux petites fleurs bleues qui poussaient, insouciantes, dans un champ.

« Je ne sais pas », soupira Christine, remplissant de nouveau son verre de vin. Le verre de Maggie était encore plein. Il était posé sur la table à côté d'elle comme une coupe de lumière embuée. « Il faut s'émerveiller de temps en temps, non ? »

Elle regarda Maisie et Juliet Randall, qui discutaient, debout près du coin cuisine. Pourquoi s'étaient-elles éloignées ? Pourquoi ne venaient-elles pas s'asseoir à la table, où le vin coulait librement et où Christine avait allumé une bougie parfumée ; où elle essayait de créer un repaire féminin chaleureux, un petit feu qui chauffait du seul fait qu'elles étaient toutes des femmes, toutes dans le même bain tandis que les hommes étaient en haut ? Mais Maisie et Juliet étaient debout près du coin cuisine, aussi loin que possible. Elles parlaient là, comme des gens dans un séminaire, sans se toucher, sans chaleur, sans manifester la moindre solidarité sur ce radeau de vie voguant sur les vagues noires de l'oubli. Christine ne savait pas pourquoi elle les avait invitées. Elle préférait Maggie de beaucoup. Elle détailla la tenue de Maisie et décida qu'elle s'était de toute évidence faite belle. Elle était saisissante, d'une certaine façon. Elle était tout en noir, chemisier noir très élégant et pantalon noir. C'était parfait, mais Christine n'aimait pas que les gens ne s'habillent qu'en noir. Cela lui paraissait tellement négatif. C'était comme de dire qu'on avait abandonné tout espoir. Au moins, elle avait mis du mascara, ce qui aidait.

Et Juliet avait enfin coupé ses horribles cheveux ! Elle les portait longs depuis le collège, à l'époque où Christine l'avait connue. Juliet était une classe au-dessus. Elle s'était trimballée avec ces cheveux jusqu'à la taille comme si sa religion lui interdisait de les couper. Elle était très intelligente et suffisante à cette époque. Elle paraissait pleine d'informations, programmée, comme une fusée qu'on préparait pour un long voyage dans l'espace. Christine avait été incroyablement surprise de découvrir après toutes ces années qu'elle était revenue sur terre à Arlington Park. Elle l'avait rencontrée par hasard dans la grand-rue un mois auparavant avec deux petits enfants, en train de porter ses courses. Elle ne savait pas pourquoi, mais elle s'était attendue à ce que Juliet soit à des kilomètres de là, dans l'espace ; sur une orbite totalement différente. Elle avait souvent pensé à elle depuis l'école, elle se l'imaginait scintillant dans une lointaine constellation, professeur d'université, ou écrivain – une personne, de toute façon, qui donnait à Christine, ici à Arlington Park, un sens de la perspective, de l'étendue de l'univers, de ses dimensions étranges mais nécessaires. C'était ce sens de l'ordre qui permettait à la vie à Arlington Park d'être ce qu'elle était. Il fallait avoir les professeurs et les politiciens, les intelligents et les riches ; et aussi, supposait-elle, il fallait les millions d'affamés – que Dieu leur vienne en aide. Il fallait le haut et le bas pour que le milieu devienne possible. Ainsi cela ne lui avait pas plu de trouver Juliet ici, avec ses courses dans des sacs en plastique. Mais pourquoi pas ? Pourquoi ne pas l'avoir ici, enrichissant le terreau, l'ensemençant de ses connaissances – quel mal cela pourrait-il faire ? Peut-être qu'une de ses élèves serait un jour propulsée dans l'espace où elle brûlerait comme une étoile. Alors on pourrait dire qu'Arlington Park avait donné au monde une femme Premier ministre ou un auteur de best-seller, une personne d'importance, quelqu'un qui fixerait cet endroit plus fermement encore sur ses bases, qui fortifierait ses relations avec la vie à tous les niveaux. Est-ce que ce ne serait pas bien ?

En haut, les hommes avaient mis de la musique et elle n'entendait pas le timbre de leurs voix. Aucun ne lui plaisait vraiment, excepté Dave Spooner. Le mari de Juliet était tout en jambes arquées et sans cou, et Dom Carrington était un peu trop raffiné à son goût : il vous fixait comme si ce que vous alliez dire avait vraiment de l'importance puis se taisait pendant une minute après que vous aviez fini, ce que Christine trouvait déconcertant. Aussi, il avait un petit air parfait qui contredisait l'idée que se faisait Christine du sexe opposé. Qu'était un homme sinon une chose rugueuse contre laquelle on se frottait et qui vous donnait toute cette douceur ? Un homme devait être une chose rugueuse et pleine d'échardes, il devait être solide, imparfait, abrasif et épais de peau comme un tronc d'arbre à l'écorce rugueuse. On avait besoin de se sentir purifiée au contact d'un homme.

On avait besoin de se confronter à lui et de sentir que l'usure du conflit vous rendait plus douce, polie, récurée. Mais Dom était comme du marbre. Avec un homme comme du marbre, comme du verre, où était le frottement ? Où était le point de friction qui vous soulageait de l'irritation, de la démangeaison, du besoin rampant d'une surface rugueuse sur quoi trouver prise ? Dom vous donnait l'impression d'être un rhinocéros qui essaie de se gratter contre la tige d'une marguerite.

Non, ce soir c'était Dave qui lui plaisait, Dave le simple, les mains grasses d'huile de moto accrochant une perle sur une chaîne en argent autour de votre cou. Il fallait juste éviter de se faire coincer dans une conversation avec lui, c'était tout.

« J'ai passé une journée terrible aujourd'hui, dit-elle à Maggie, l'œil soudain larmoyant. Tu sais, ces journées où on n'arrête pas. »

Maggie hocha la tête en signe de compassion avec son visage pareil au bouclier en bronze d'une Amazone. « Ça n'a été que café ici et déjeuner là et se couper en quatre pour déposer un enfant et aller en chercher un autre en résolvant les problèmes du monde entre-temps, et puis soudain me voilà en train de farcir des poitrines de poulet pour huit. Tu vois ce que je veux dire ?

– On est tellement occupées parfois, non ? dit Maggie.

– Et puis tu te dis, tu sais, j'aurais pu juste rester ici. J'aurais pu coucher Ella, m'asseoir dans un fauteuil et lire un magazine. Quel mal y aurait-il eu à cela ?

– Je fais du yoga, dit Maggie. Ça m'aide énormément.

– Le yoga. » Christine fixa les profondeurs tournoyantes de son verre de vin. « Pourquoi pas ? Pourquoi ne pas caser un peu de yoga tant qu'on y est ? Pourquoi ne pas trouver du temps pour un peu de méditation transcendantale quand on fait le planning de la journée ?

– Le temps, il faut le trouver », acquiesça Maggie.

Christine regarda Juliet avec ses cheveux courts, elle

regarda Maisie qui fronçait les sourcils et hochait la tête, les bras croisés contre sa poitrine comme pour se protéger.

« En fait, dit-elle, nous sommes toutes si différentes, non ? Chacune doit tracer sa voie. C'est tout ce qu'on peut faire vraiment, tracer sa propre voie et ne pas trop réfléchir.

– Très juste, dit Maggie.

– Parce que c'est difficile parfois, de voir le côté positif de toutes ces différences. Parfois tu regardes tout ça et tu te demandes, tu sais, à quoi ça rime ? Quelle est la logique derrière ?

– C'est vrai, dit Maggie.

– Tu peux te mettre à voir le monde comme un endroit horrible.

– C'est vrai. »

Christine vida le reste de la bouteille dans son verre.

« À propos, reprit-elle, on a des nouvelles de cette petite fille ? Celle qui a disparu dans le parc. »

Maggie grimaça et ferma les yeux. « On l'a retrouvée, dit-elle.

– Ah oui ? » Maggie rouvrit les yeux et les fleurs bleues réapparurent.

« On l'a retrouvée dans un champ à quelques kilomètres de l'endroit où elle avait été enlevée. Elle était morte.

– Vraiment ? » Christine réfléchit, le verre aux lèvres, puis en vida rapidement le contenu. « Eh bien. »

« Tu es professeur, c'est ça ? », dit Joe.

Benedict acquiesça. Il parut surpris.

« Où est-ce que tu enseignes ?

– Hartford View.

– Dis-donc. » Joe siffla et se carra dans son Chesterfield. « C'est pas de chance. On n'aurait pas pu te trouver un poste ici ?

– J'aime beaucoup l'endroit où je suis, répondit Benedict.

– Il y a plein de bonnes écoles ici, dit Joe. Il y a même cette école privée, le collège. Tu serais probablement mieux payé si tu entrais dans le privé. »

Benedict sembla considérer la chose.

« Probablement, dit-il.

– Ce que je ne supporte pas dans les écoles, dit Joe en se penchant en avant, c'est ce discours politiquement correct. Tu vois ce que je veux dire. On ne peut pas appeler un tableau noir un tableau noir.

– Ils sont blancs maintenant, dit Benedict.

– Exactement ! beugla Joe, en riant.

– Non, je veux dire qu'ils sont vraiment blancs. On n'utilise plus de tableaux noirs. »

Joe hochait la tête avec enthousiasme.

« Et si un professeur touche à un élève, il est soit raciste, soit pédophile, non ? Et toute la classe doit se mettre en retard sur le programme parce que Abdul ne comprend pas l'anglais. C'est tout simplement ridicule, non ?

– Je connais un type dont les fils vont à Hartford View, dit Dave. Il dit que voir certains élèves à la sortie te fait froid dans le dos. Il dit que ce sont de vraies bêtes, certains. Ces terminales, des Noirs immenses d'un mètre quatre-vingt, vous savez, avec le pantalon qui leur tombe sur les fesses. Il dit que c'est un cauchemar.

– Et si tu lèves la main sur eux, on te traite de raciste, non ? demanda Joe. Même si tu fais la moitié de leur taille.

– De toute façon, il y a de fortes chances pour qu'on t'ait défoncé la tête avant, fit observer Dave.

– Tu es plus courageux que moi, dit Joe à Benedict. J'oserais à peine passer devant, encore moins aller y travailler.

– Ce n'est pas si terrible, dit Benedict. La plupart des écoliers sont parfaitement gentils.

– Gentils ! répéta Joe, secouant la tête et riant. En voilà une bien bonne – gentils ! »

Benedict avait le nez légèrement en l'air, comme s'il attendait que le calme revienne. Joe croisa les jambes et le regarda, le visage rouge, une main sur la bouche pour réprimer d'éventuels accès d'hilarité.

« En fait, poursuivit Benedict, ils n'ont que toi.

– Qu'est-ce que tu veux dire ?

– Pour la plupart d'entre eux, l'école est la seule chose organisée dans leur journée.

– Et à qui la faute ? » demanda Joe avec autorité.

Benedict fut de nouveau surpris.

« Entre autres, c'est la faute des parents.

– Exactement ce que je voulais dire ! fit Joe, tranchant l'air d'un doigt épais.

– Mais les parents ne sont pas vraiment le problème, dit Benedict, en tapotant le bras du canapé. Ce ne sont que des enfants.

– Dont certains font un mètre quatre-vingt, dit Joe à Dave.

– Et il faut faire le maximum pour les aider.

– Je sais ce que je ferais pour les aider, dit Joe. Je les obligerais à parler anglais. Je dirais : vous voulez venir dans nos écoles, alors vous devez parler notre putain de langue. Par la force si nécessaire. »

Benedict éclata de rire.

« Je le ferais, dit Joe. Je ne plaisante pas. À votre avis, où en est Christine avec le repas ?

– Elle s'est probablement perdue sur le chemin de la cuisine, dit Dave.

– Elle s'est laissé détourner par une bouteille de vin, tu veux dire, répliqua Joe. Elle boit depuis six heures. Il va quand même falloir qu'on la maintienne debout. On ne veut pas la voir s'écrouler avant d'avoir pu manger quelque chose.

– Depuis combien de temps vous habitez ici ? demanda Dave à Dom.

– Environ six mois.

– Oh, ça ne fait pas longtemps alors. Où est-ce que vous étiez avant ?

– Londres.

– Eh bien, vous voilà tirés d'affaire, au moins.

– Ce n'est pas ce que pense toujours Maisie, dit Dom en baissant la tête. Mais, oui, je suppose que oui.

– Elle n'est pas mieux ici ? demanda Joe. Tu plaisantes.

– Elle s'y fera.

– On me paierait que je n'irais pas habiter Londres, dit Joe. Foutue capitale mondiale du terrorisme. Ils sont tous là, rassemblés à Bayswater, libres comme l'air, à se faire retaper les dents sur le dos de la Sécurité sociale au passage. »

Il se leva pour aller remettre de la musique. Ses yeux tombèrent sur un objet traînant sur une étagère. Il le saisit avec précaution pour le montrer aux autres.

« Regardez ça, dit-il. Je l'ai trouvé l'autre jour chez un brocanteur à Weston-super-Mare. C'était dans une boîte de vieilles cochonneries. Je l'ai nettoyé et ça fonctionne parfaitement. C'est une pièce de collection, elle date du dix-huitième siècle. »

C'étaient deux figurines en bois peint à côté d'un palmier montées sur un socle. Le personnage debout était un homme en uniforme avec une moustache soigneusement sculptée, tenant une épée des deux mains. L'autre était un homme à la peau sombre vêtu d'un pagne, agenouillé, la tête penchée au-dessus d'une souche et les poignets délicatement liés derrière le dos.

« Regardez », dit Joe.

Il tourna la clé placée sur le côté pour remonter le mécanisme. Par petites secousses, la minuscule épée du soldat s'éleva jusqu'à ce qu'elle se trouve au-dessus de sa tête. Puis elle retomba sur la nuque de l'homme à la peau sombre. Il y eut une hésitation et un petit clic, puis la tête de l'homme se détacha et tomba dans un panier. Joe laissa échapper un rire tonitruant.

« C'est pas formidable ? demanda-t-il. Regardez, la tête tient sur les épaules par une corde qui sort du cul. On la tire et la tête reprend sa place. »

Il tira la ficelle et la petite tête sortit du panier et refit son trajet fantomatique jusqu'au cou coupé. Puis il remonta le mécanisme et fit une nouvelle démonstration.

Christine ignorait comment déterminer quand le poulet était prêt. Elle lui avait laissé tout son temps : il était aussi rôti que les passagers d'un charter au retour de Ténériffe. Elle piqua un des morceaux de chair et tenta de regarder à l'intérieur.

« Oh, je ne sais pas, dit-elle en le renfournant pour un nouveau coup de chaud de précaution.

– Dis-moi ce que je peux faire », dit Maggie, apparaissant devant Christine. Elle s'était même préparée en enlevant son châle en mohair. Voilà ce que vous apportaient des gens comme Maggie : une aide véritable.

« Tu es adorable », dit Christine.

Elle se rendit au pied de l'escalier et beugla le nom de son mari. Puis elle revint contempler la salade, qui semblait avoir dégonflé de moitié.

« Elle a l'air un peu fatigué, dit-elle à Maggie. Qu'est-ce que tu en penses ? »

Maggie jeta un coup d'œil appliqué à l'intérieur du saladier. Au-dessus de leurs têtes, on entendait le pas des hommes qui s'apprêtaient à descendre.

« J'aurais été ravie de les laisser là-haut, dit Christine. Je ne les aime pas ce soir. Je trouve qu'ils ne servent à rien.

– Tu as du concombre ? demanda Maggie. De la ciboule ou de la civette ? Je vais aller voir dans le réfrigérateur ce que je trouve », conclut-elle, n'ayant pas reçu de réponse.

Christine était révoltée. Joe n'aurait pas pu l'aider, au lieu de passer la moitié de la soirée dans son atelier et l'autre dans la salle de bains le nez collé au miroir ? Il n'avait même pas mis les enfants au lit ! Et maintenant elle était là à s'inquiéter à cause de la salmonelle, de la salade qui avait l'air d'un tas de fumier, du drôle de regard que lui lançait Maisie Carrington, de la mine supérieure et au-dessus de tout ça de Juliet, et de son haut, dont Stephanie avait dit qu'il la faisait ressembler au putain d'archevêque de Canterbury. Ça n'était pas juste ! Elle était sûre que Dom n'obligeait pas Maisie à faire des dîners pour huit personnes pendant qu'il se regardait dans la glace ; même ce type aux jambes torses donnait probablement un coup de main quand Juliet était fatiguée. Mais Joe était là, traînant au premier à boire du vin, tandis que Christine se débattait ici toute seule !

« Tu es vraiment nul », lui siffla-t-elle à l'oreille quand il passa tranquillement la porte, verre en main.

Il jeta un regard absent autour de lui, comme s'il cherchait qui avait pu parler.

« Tu m'as très bien entendue », dit-elle, en tournant les talons.

Était-ce de cela qu'il était question quand on parlait de l'inégalité des sexes ? Était-ce cela, le front, la ligne de bataille ? Elle n'avait jamais vu son père ne serait-ce que cuire un œuf, mais sa mère n'avait jamais tondu la pelouse ni réparé les placards de la cuisine non plus. Christine n'avait jamais cru bon de faire le tri alors que tout lui semblait être du pareil au même ; mais maintenant elle se demandait si ce n'était pas exactement cela qui vous maintenait à votre place, cette acceptation des choses, de sorte que vous tourniez continuellement en rond et n'arriviez jamais nulle part. Si vous acceptiez les choses, où aller quand elles devenaient inacceptables ? À qui le dire ? Il fallait de la place pour le changement – il fallait de la place pour l'imprévu ! Comme pour son père ; alors même que Viv avait une pneumonie, elle était obligée de se lever pour lui faire son thé. Ce n'était pas une vie, n'est-ce pas ?

« Regarde-moi ça, dit-elle en jetant un coup d'œil dans le saladier, dans lequel Maggie lançait avec vivacité de petits bouts hachés de choses fraîches, les manches retroussées. Tu es arrivée à donner une bonne tête à ce truc, non ? »

Maggie rougit de plaisir. On n'avait pas besoin de plus, juste d'un peu d'encouragement ! De quelqu'un qui vous remercie de temps à autre et vous dise « c'est bien » – tout le monde avait besoin de ça, non ? Le vin avait donné à Christine une sensation de chaleur et de légèreté. La pièce tournait dans ses profondeurs pailletées. Elle semblait construite autour d'un centre dense, comme les pétales d'une fleur. Être insatisfaite, quand on tournait, en ébullition, dans les pétales d'une fleur ! Un sentiment pareil c'était un ver, un insecte nuisible, de la rouille ! Ça ne pouvait jamais mener à rien – ça ne pouvait que vous noircir, vous noircir sur pied !

« Qu'est-ce qu'il y a ? » demanda Joe par-dessus l'épaule de Christine.

Il était derrière elle. Il lui parlait à l'oreille de sa voix rude. Elle sentait la présence, loin dans la cuisine, d'autres hommes : ils étaient assis ou debout, sombres et imparfaits, grossièrement façonnés. Sous leurs vêtements, leurs corps étaient impérieux, pleins de droits, pleins d'une violence à moitié oubliée. Pourtant cet homme était venu à elle. Il avait laissé les autres pour venir à elle. Pourquoi ne la touchait-il pas ? Pourquoi ne lui prenait-il pas les bras, ne frottait-il pas la rude écorce de sa joue contre sa gorge ? Elle songea à ôter sa tenue d'archevêque. Elle songea à l'arracher et à courir dans Arlington Park, nue, en tournant sur elle-même.

« J'en ai assez de toi, dit-elle.

– Mais qu'est-ce que j'ai fait ?

– Foutrement rien, dit Christine. Et j'en ai assez.

– Ce sont tes amis, dit-il d'un ton indigné. Ce n'est pas moi qui les ai invités. »

Était-ce ce que Dom Carrington disait à Maisie, au milieu d'un dîner ? Elle ne le pensait pas.

Elle vit Maggie, l'Amazone, qui continuait à s'activer avec le hachoir.

« Regarde, c'est Maggie qui fait tout le travail ! s'exclama Christine. Elle est enceinte de sept mois et elle fait tout le travail chez toi ! »

Joe affichait une expression maussade.

« Qu'est-ce que tu veux que je fasse ? demanda-t-il.

– Fais-les asseoir, c'est tout, dit Christine d'une voix lasse. Décide de leur place et fais-les asseoir. »

Derrière elle, Joe avait disparu. Elle sortit le poulet du four. Les petits bouts grésillaient dans leur graisse ; ils semblaient pleins d'une agitation impuissante : ils semblaient malheureux, dans leur univers de chaleur torride.

« Ça ira », dit Christine, fermant la porte du four d'un coup de talon.

Christine se retrouvait à côté de Dave. Joe s'était mis à l'autre bout de la table, aussi loin d'elle que possible.

« Tu ne manges pas beaucoup, observa Dave.

– On n'a pas très faim après s'être embêtée à faire la cuisine, dit-elle en repoussant son assiette.

– Mange, l'exhorta-t-il. Allez. Ça te fera du bien. »

Oh, elle aurait pu pleurer ! Dave, si attentionné, malgré ses propres problèmes, une femme enceinte de sept mois ! Joe aurait-il simplement remarqué que la femme assise à côté de lui était morte le nez dans son assiette ?

« Écoutez-le, dit-elle. Tu fais un tour de table pour vérifier que tout va bien.

– C'est très bon », dit-il la bouche pleine.

De l'autre côté, il y avait ce vieux jambes-torses de Benedict, mais il était occupé avec Maisie Carrington. Elle ne savait pas de quoi ils parlaient, mais Maisie semblait soucieuse. Ou peut-être que c'était son air habituel. Christine regarda les gens qui parlaient et mangeaient. N'était-ce pas bizarre, d'inviter tous ces gens chez vous pour ensuite les servir comme s'ils étaient dans un restaurant ? Pourquoi devaient-ils tous faire ça ? Quel sens cela avait-il ? Elle ne voulait pas se taper des dîners pour huit et les servir ensuite. Elle ne voulait pas passer le beurre, ni débarrasser les amuse-gueules. Elle voulait vivre – vivre !

Elle scrutait l'arrière de la tête de Benedict quand soudain il se tourna et son visage se trouva tout près du sien. Il avait un drôle de petit nez retroussé et deux points rouges sur les joues, et ses petits yeux bleus étincelaient tels de minuscules feux d'artifice furieux.

« Tu t'amuses ? demanda-t-il.

– J'étais juste en train de penser à quel point ce genre de truc est emmerdant », dit Christine.

Il laissa échapper un aboiement bizarre.

« Tu vois ce que je veux dire ? » demanda-t-elle. Elle renversa la bouteille à la verticale au-dessus de son verre de sorte que le vin en jaillit et provoqua un tourbillon écumant qui fit déborder le verre. « Je veux dire, pourquoi est-ce qu'on ne danse pas ? Pourquoi on est assis là comme le conseil municipal à discuter d'un foutu permis de construire ? »

Il sourit, croisa les bras et la fixa. C'était un drôle de petit gars. Il avait l'air d'un elfe, avec ses oreilles pointues, ses joues rouges et ses yeux pétillants. Où diable Juliet avait-elle été le pêcher ?

« Tu vois ce que je veux dire ? demanda-t-elle.

– Oui.

– Je veux dire, quand on parle de vieillir avant l'âge. Pourquoi est-ce qu'on ne pousse pas la table contre le mur pour danser ?

– Je ne sais pas, dit-il, amusé.

– De quoi est-ce qu'on a si foutrement peur ?

– Je ne sais pas. De se rendre ridicules. »

Christine était abasourdie. « Tu crois ? Je ne crois pas que ce soit ça du tout.

– C'est quoi alors ? »

La pièce se reposait dans sa beauté destructrice, la lumière des bougies dorant la table jonchée de plats entamés, de verres sales, de serviettes froissées, de couverts éparpillés et de restes bruns de nourriture. Elle vit des visages, travaillés par la lumière. L'obscurité attendait dans les coins, une grande obscurité patiente dont la relation à la lumière acculée et compliquée s'exprimait dans ces visages, de sorte qu'ils semblaient provenir du mélange de deux choses, l'obscurité et la lumière. Les visages étaient la manifestation de cette beauté destructrice : ils étaient si complexes, si pleins de détails et cependant si fragiles. Si vous souffliez les bougies, ils disparaîtraient.

« Nous avons peur de ce que nous pourrions faire, dit Christine. Et pourquoi ? »

Elle regarda son mari à l'autre bout de la table. Il parlait avec Dom, penché devant Juliet Randall, de sorte que Juliet était pressée contre le dossier de sa chaise, une expression tendue et résignée sur le visage, comme si elle était coincée dans un tunnel avec des gens qui n'arrêtaient pas de passer devant elle. Il avait l'air immense : il paraissait colossal, le bloc de sa tête sur le madrier de ses épaules, les bras comme des poutres, les mains comme des pelles. On ne pouvait pas éviter Joe. Il fallait faire avec lui ou abandonner le terrain. Elle n'allait pas laisser Joe pour pénétrer sur un nouveau terrain. Elle regarda sa chemise bleue : il la remplissait bien avec le madrier de ses épaules. Il faudrait s'enfuir dans les endroits pourris. Il faudrait aller là où une pourriture insidieuse faisait son chemin à travers toutes les choses solides. On ne pouvait pas s'opposer à lui et gagner : il faudrait aller autre part, loin d'Arlington Park et de la colossale réalité de Joe.

Mais ce qu'on retirait de Joe était un sentiment de certitude, pensa-t-elle. Elle ne savait pas ce que c'était d'être mariée à un petit elfe aux jambes torses – mais avec Joe on obtenait la certitude sans attendre. Ses parents l'avaient emmenée un jour à Lyme, où la mer se jetait contre la Cobb et formait de grandes arabesques scintillantes. Elle avait cru qu'elle allait la submerger. Elle était restée là, à l'abri du mur, terrifiée, tandis que la mer essayait de se jeter par-dessus elle et que les embruns les trempaient jusqu'aux os. Ils s'étaient trop avancés, là où la mer était pareille à une bête se précipitant contre le mur, luttant contre lui, luttant pour passer par-dessus afin d'engloutir la petite ville proprette qui s'étendait le long du littoral ; et ils avaient dû attendre pour rentrer, attendre tandis que les embruns les trempaient jusqu'aux os, attendre le mugissement et l'éclaboussement coléreux de l'eau à leurs pieds. Puis ils couraient quelques mètres et attendaient de nouveau. Ils avaient cru ne jamais pouvoir revenir. Ils avaient cru qu'ils étaient perdus. C'est comme ça qu'on se faisait emporter, avait dit son père après. C'était aussi facile que ça.

Ils avaient eu tellement de chance en fin de compte, non ? Chance d'être ici, en vie – au chaud, au sec et en vie, nourris et logés, s'entraidant quand ils le pouvaient. Et rien n'était parfait. Rien ! On pouvait faire son chemin dans le monde comme la pourriture, à la recherche de la perfection. Ce qu'il fallait, c'était se lancer des défis. Travailler avec ce qu'on avait et essayer de l'améliorer. Regardez Dave et Maggie, regardez Juliet ; regardez Maisie si vous voulez, qui essaie de se construire une nouvelle vie, qui donne aux choses sa propre perspective. Regardez Juliet qui apporte ses talents et son savoir-faire à la table. Regardez Maggie, qui est juste inspirante, qui se contente d'être là et de les inspirer tous. Toutes avaient une contribution à apporter ; non ? Toutes faisaient leur part, faisaient de leur mieux pour rendre la vie intéressante. Et Christine aurait bien aimé savoir ce pour quoi la vie était faite, sinon pour être intéressante ?

« Qu'est-ce que tu ferais, tu le sais ? disait le petit elfe à côté d'elle. Tu le sais ? »

Elle était déroutée : elle ne savait pas vraiment ce qu'il voulait dire par là.

« Pourquoi s'inquiéter autant ? dit-elle de manière indistincte. À quoi est-ce que ça nous mène à la fin ? »

Il semblait la regarder d'un œil inquisiteur.

« Maisie ! cria-t-elle, de sorte que Maisie sursauta sur sa chaise et tourna vers elle un visage inquiet. Pourquoi est-ce que tu as l'air si soucieuse ? Pourquoi, pourquoi tout ce souci ?

– Qu'est-ce que tu veux dire ? demanda Maisie.

– On aurait dit que tu pensais que la fin du monde allait arriver, observa Christine d'un ton morose.

– Parfois je me dis que c'est déjà fait, dit Maisie, avec une sorte de dignité hésitante. Du moins notre petit bout à nous.

– "Les chœurs sculptés, les petites rues, dit l'elfe. Les ombres, les prés, les chemins verts."

– Qu'est-ce que c'est ? demanda Christine. Ce que tu es en train de dire ?

– C'est un poème, dit l'elfe.

– Répète, demanda Christine. Répète ce que tu viens de dire. »

L'elfe récita avec la tête légèrement penchée en avant et de côté, comme si les mots pénétraient dans son oreille tel un fil très fin et ressortaient par sa bouche.

Et ce sera la fin de l'Angleterre
Des chœurs sculptés, des petites rues
Des ombres, des prés, des chemins verts.
Elle survivra dans les bibliothèques et les musées
Mais pour nous il ne restera plus
Que le béton les pneus et la fumée. [1]

1. Extrait d'un poème de Philip Larkin, « Going, Going ».

« Voyez-vous ça, dit Christine, admirative. C'est-y pas formidable, de savoir tout ça par cœur ? »

L'elfe acquiesça d'un hochement de tête et d'un sourire.

« Qu'est-ce que ça veut dire ? demanda-t-elle.

– Oh, ça parle de la destruction de ce qui est beau, dit l'elfe.

– Vraiment ? Oh.

– En particulier de l'Angleterre, dit l'elfe. Mais je suppose que ce pourrait être n'importe où. »

Christine réfléchit, là, dans la pièce qui tournoyait autour d'elle.

« Je ne comprends jamais pourquoi les gens s'excitent à ce point là-dessus, dit-elle.

– Ah bon ? » L'elfe semblait surpris.

« On ne peut pas vivre dans le passé, n'est-ce pas ? Votre bonheur ne peut pas dépendre du fait que les choses demeurent identiques. Il faut embrasser le changement. Il faut embrasser l'avenir !

– Dans ce cas, dit l'elfe, je suppose que l'avenir c'est toi. »

Cela plut à Christine. Cela résumait bien la chose pour elle. Elle voulut lui faire part de sa vision sur-le-champ. Elle voulait lui expliquer l'importance de mener sa barque. C'était un mélange d'intendance et de navigation. Il fallait protéger ce qui en valait la peine, tout en allant de l'avant. Il fallait s'occuper de ce qu'on avait, tout en tirant de la vie tout ce qu'on pouvait. C'était pourquoi il était inutile de s'inquiéter de choses qui n'avaient rien à voir avec vous. Il fallait mener sa barque et prendre ce qu'on pouvait, en n'oubliant jamais qu'il y avait des limites.

Elle voulait le lui expliquer, mais ça lui cassait les pieds. Elle était trop soûle.

« Nous bâtissons tous l'avenir à notre façon, non ? se contenta-t-elle de dire. Joe construit des appartements et des bureaux. Dave remplit son rôle en faisant des choses qui simplifient la vie. Et nous, les femmes, nous portons les générations futures, les nourrissons, les élevons. Tu… » – elle essaya de trouver une manière polie de le dire – « … les prépares à entrer dans le monde. »

Elle tint le pied de son verre à deux mains et tâcha de rester droite sur sa chaise. Quelle journée elle avait passée ! quelle journée ! elle n'en pouvait quasiment plus de parler. Elle était quasiment vidée d'avoir tant parlé. Elle avait presque touché le fond. Elle avait besoin que la source de vie surgisse de nouveau, surgisse à travers le plancher pour la remplir de lendemains jusqu'au bord.

« Et l'amour ? » demanda l'elfe.

Elle pensa n'avoir pas bien entendu. « Oui ?

– Est-ce important ? Est-ce que ça a de l'importance, dans toute cette activité frénétique de construction d'avenir ? »

Christine leva son verre et s'aperçut qu'il n'y avait rien dedans.

« Je ne sais pas pourquoi tu me poses cette question », dit-elle.

Il haussa les épaules. « Je pensais que tu savais peut-être, c'est tout. »

Elle reposa son verre qui tomba de côté. Elle regarda une dernière petite goutte sombre, pareille à une larme, s'écouler par-dessus bord.

« Il faut aimer la vie, dit-elle vaguement. Il faut aimer juste… le fait d'être en vie.

– Mais comment saura-t-on que tu l'as aimée ? » demanda l'elfe.

La pièce s'inclina. Elle tourna sur son axe avec tout son désordre mal fixé, ses assiettes, ses occupants et ses meubles, son enregistrement du temps mal fixé. Christine redressa son verre mais la pièce demeura penchée.

« Pourquoi est-ce que quelqu'un devrait le savoir ? » demanda-t-elle.

Les gens se levaient. Soudain un soulèvement se produisit, comme si la soirée avait été retournée, comme une motte de terre retournée par une bêche. Il y eut une sorte d'exhalaison de la journée usée. Les gens se levaient et s'appariaient, se joignant comme autant de paires de mains. C'était beau, d'une certaine façon, de les voir se joindre, se serrer comme des mains. Elle regarda la pendule. Il était minuit. Dave et Maggie se tenaient près de la porte et Maggie avait mis son châle.

« Vous ne partez pas ? demanda Christine. Pas vous deux ! J'allais rouler le tapis – je mettais de la musique pour danser. »

Il n'y avait pas de musique mais elle dansa quand même. Elle dansa devant eux. Elle leva les bras au-dessus de la tête, claqua des doigts et roula des hanches.

« Désolée ! » dit Maggie. Elle ferma les yeux très fort. « Je sais que c'est vraiment ennuyeux.

– Oh, allez », dit Christine, saisissant les mains de Maggie tout en dansant.

Maggie dansa gauchement. D'un air gêné, elle rejeta ses cheveux soyeux d'un mouvement de tête et dansa sur la musique inaudible. Christine hurlait de rire. Dave regarda sa montre.

« Viens, chérie, dit-il.

– La tarte au citron ! s'exclama Christine. J'ai oublié la tarte au citron – elle est toujours dans sa boîte au frigidaire ! Vous ne pouvez pas partir avant d'avoir mangé la tarte au citron, dit-elle, faisant maladroitement tourner Maggie sur elle-même de sorte que celle-ci trébucha contre une chaise.

– La tarte devra attendre, dit Dave, sentencieux comme un policier en s'emparant du bras de Maggie.

– Oh, écoutez-le, dit Christine. Écoutez comme il est ennuyeux et sérieux. Joe, écoute, j'ai oublié la tarte au citron ! »

Joe était dans l'entrée avec les autres. Les lumières étaient allumées. Ils prenaient leurs manteaux.

« J'ai oublié la tarte au citron, dit-elle. Elle est encore dans le frigidaire. »

Joe l'entoura d'un bras.

« Tu es une sacrée emmerdeuse, lui dit-il à l'oreille. Une foutue emmerdeuse, voilà ce que tu es.

– Et moi qui pensais que ma tarte au citron ferait si chic, murmura Christine, s'appuyant à lui. Je ne suis bonne à rien, hein ? »

La porte d'entrée était ouverte. Un vent froid tout neuf s'y engouffrait. Il soufflait dans l'entrée, faisait osciller les tableaux le long des murs et s'envoler des bouts de papier sur la console de l'entrée. Tous allaient absurdement dans différentes directions. Ils suivaient leurs folles trajectoires. Ils cabriolaient : ils faisaient des loopings avant de se poser sur le sol. Les gens partaient, s'engageant sur le sentier. Par la porte, elle vit la grande coupole de la nuit toute palpitante d'étoiles. Elle vit les cimes noires des arbres qui s'agitaient violemment dans le vent. Quand Maggie passa devant elle, Christine fit une petite danse, claqua des doigts au-dessus de sa tête et Maggie pouffa.

« Au revoir ! dit Joe de sa voix tonitruante, le bras toujours autour de ses épaules. Au revoir ! »

Ils descendaient le sentier sombre. En groupe ils gagnèrent la rue, s'enfonçant dans la nuit. Puis elle les vit qui s'éparpillaient et se dispersaient, s'appelant, allant de-ci de-là, comme une brassée d'oiseaux lâchés dans le ciel. Elle resta sur le pas de la porte à les regarder jusqu'à ce qu'elle ne puisse plus les voir. Puis elle rentra et ferma la porte. Joe était toujours dans l'entrée. Son visage était très animé. Il était pareil à une scène sur laquelle toutes sortes de choses étaient interprétées. C'était comme si tout s'était rassemblé là, tout ce qu'elle savait : tout cela avait trouvé son chemin jusqu'au visage de Joe comme pour s'y abriter, son monde tout entier concentré sur cette petite scène de théâtre.

Elle refit sa danse, claquant des doigts. Joe posa sur elle un regard insondable.

« Viens ici », dit-il.

RÉALISATION : PAO ÉDITIONS DU SEUIL
IMPRESSION : CPI BRODARD ET TAUPIN À LA FLÈCHE
DÉPÔT LÉGAL : SEPTEMBRE 2013. N° 114577 (3001828)
IMPRIMÉ EN FRANCE

Éditions Points

le cercle

Le catalogue complet de nos collections est sur Le Cercle Points, ainsi que des interviews de vos auteurs préférés, des jeux-concours, des conseils de lecture, des extraits en avant-première…

www.lecerclepoints.com

DERNIERS TITRES PARUS

P2465. Lettre à un ami perdu, *Patrick Besson*
P2466. Les Insomniaques, *Camille de Villeneuve*
P2467. Les Veilleurs, *Vincent Message*
P2468. Bella Ciao, *Eric Holder*
P2469. Monsieur Joos, *Frédéric Dard*
P2470. La Peuchère, *Frédéric Dard*
P2471. La Saga des francs-maçons
Marie-France Etchegoin, Frédéric Lenoir
P2472. Biographie de Alfred de Musset, *Paul de Musset*
P2473. Si j'étais femme. Poèmes choisis
Alfred de Musset
P2474. Le Roman de l'âme slave, *Vladimir Fédorovski*
P2475. La Guerre et la Paix, *Léon Tolstoï*
P2476. Propos sur l'imparfait, *Jacques Drillon*
P2477. Le Sottisier du collège, *Philippe Mignaval*
P2478. Brèves de philo, *Laurence Devillairs*
P2479. La Convocation, *Herta Müller*
P2480. Contes carnivores, *Bernard Quiriny*
P2481. « Je démissionne de la présidence », *suivi de* « Un grand État cesse d'exister » *et de* « Un jour je vous le promets »
Richard Nixon, Mikhaïl Gorbatchev, Charles de Gaulle
P2482. « Africains, levons-nous ! », *suivi de* « Nous préférons la liberté » *et de* « Le devoir de civiliser »
Patrice Lumumba, Sékou Touré, Jules Ferry
P2483. « ¡ No pasarán ! », *suivi de* « Le peuple doit se défendre » *et de* « Ce sang qui coule, c'est le vôtre »
Dolores Ibárruri, Salvador Allende, Victor Hugo
P2484. « Citoyennes, armons-nous ! », *suivi de* « Veuillez être leurs égales » *et de* « Il est temps »
Théroigne de Méricourt, George Sand, Élisabeth Guigou
P2485. Pieds nus sur les limaces, *Fabienne Berthaud*
P2486. Le renard était déjà le chasseur, *Herta Müller*
P2487. La Fille du fossoyeur, *Joyce Carol Oates*

P2488. Vallée de la mort, *Joyce Carol Oates*
P2489. Moi tout craché, *Jay McInerney*
P2490. Toute ma vie, *Jay McInerney*
P2491. Virgin Suicides, *Jeffrey Eugenides*
P2492. Fakirs, *Antonin Varenne*
P2493. Madame la présidente, *Anne Holt*
P2494. Zone de tir libre, *C.J. Box*
P2495. Increvable, *Charlie Huston*
P2496. On m'a demandé de vous calmer, *Stéphane Guillon*
P2497. Je guéris mes complexes et mes déprimes
Christophe André & Muzo
P2498. Lionel raconte Jospin, *Lionel Jospin*
P2499. La Méprise – L'affaire d'Outreau, *Florence Aubenas*
P2500. Kyoto Limited Express, *Olivier Adam*
avec des photographies de Arnaud Auzouy
P2501. « À la vie, à la mort », Amitiés célèbres
dirigé par Patrick et Olivier Poivre d'Arvor
P2502. « Mon cher éditeur », Écrivains et éditeurs
dirigé par Patrick et Olivier Poivre d'Arvor
P2503. 99 clichés à foutre à la poubelle, *Jean-Loup Chiflet*
P2504. Des Papous dans la tête – Les Décraqués – L'anthologie
P2505. L'Étoile du matin, *André Schwarz-Bart*
P2506. Au pays des vermeilles, *Noëlle Châtelet*
P2507. Villa des hommes, *Denis Guedj*
P2508. À voix basse, *Charles Aznavour*
P2509. Un aller pour Alger, *Raymond Depardon*
avec un texte de Louis Gardel
P2510. Beyrouth centre-ville, *Raymond Depardon*
avec un texte de Claudine Nougaret
P2511. Et la fureur ne s'est pas encore tue, *Aharon Appelfeld*
P2512. Les Nouvelles Brèves de comptoir, tome 1
Jean-Marie Gourio
P2513. Six heures plus tard, *Donald Harstad*
P2514. Mama Black Widow, *Iceberg Slim*
P2515. Un amour fraternel, *Pete Dexter*
P2516. À couper au couteau, *Kriss Nelscott*
P2517. Glu, *Irvine Welsh*
P2518. No Smoking, *Will Self*
P2519. Les Vies privées de Pippa Lee, *Rebecca Miller*
P2520. Nord et Sud, *Elizabeth Gaskell*
P2521. Une mélancolie arabe, *Abdellah Taïa*
P2522. 200 dessins sur la France et les Français, *The New Yorker*
P2523. Les Visages, *Jesse Kellerman*
P2524. Dexter dans de beaux draps, *Jeff Lindsay*
P2525. Le Cantique des innocents, *Donna Leon*
P2526. Manta Corridor, *Dominique Sylvain*
P2527. Les Sœurs, *Robert Littell*

P2528. Profileuse – Une femme sur la trace des serial killers, *Stéphane Bourgoin*
P2529. Venise sur les traces de Brunetti – 12 promenades au fil des romans de Donna Leon, *Toni Sepeda*
P2530. Les Brumes du passé, *Leonardo Padura*
P2531. Les Mers du Sud, *Manuel Vázquez Montalbán*
P2532. Funestes carambolages, *Håkan Nesser*
P2533. La Faute à pas de chance, *Lee Child*
P2534. Padana City, *Massimo Carlotto, Marco Videtta*
P2535. Mexico, quartier Sud, *Guillermo Arriaga*
P2536. Petits Crimes italiens *Ammaniti, Camilleri, Carlotto, Dazieri, De Cataldo, De Silva, Faletti, Fois, Lucarelli, Manzini*
P2537. La guerre des banlieues n'aura pas lieu, *Abd Al Malik*
P2538. Paris insolite, *Jean-Paul Clébert*
P2539. Les Ames sœurs, *Valérie Zenatti*
P2540. La Disparition de Paris et sa renaissance en Afrique *Martin Page*
P2541. Crimes horticoles, *Mélanie Vincelette*
P2542. Livre de chroniques IV, *António Lobo Antunes*
P2543. Mon témoignage devant le monde, *Jan Karski*
P2544. Laitier de nuit, *Andreï Kourkov*
P2545. L'Évasion, *Adam Thirlwell*
P2546. Forteresse de solitude, *Jonathan Lethem*
P2547. Totenauberg, *Elfriede Jelinek*
P2548. Méfions-nous de la nature sauvage, *Elfriede Jelinek*
P2549. 1974, *Patrick Besson*
P2550. Conte du chat maître zen *(illustrations de Christian Roux), Henri Brunel*
P2551. Les Plus Belles Chansons, *Charles Trenet*
P2552. Un monde d'amour, *Elizabeth Bowen*
P2553. Sylvia, *Leonard Michaels*
P2554. Conteurs, menteurs, *Leonard Michaels*
P2555. Beaufort, *Ron Leshem*
P2556. Un mort à Starvation Lake, *Bryan Gruley*
P2557. Cotton Point, *Pete Dexter*
P2558. Viens plus près, *Sara Gran*
P2559. Les Chaussures italiennes, *Henning Mankell*
P2560. Le Château des Pyrénées, *Jostein Gaarder*
P2561. Gangsters, *Klas Östergren*
P2562. Les Enfants de la dernière chance, *Peter Høeg*
P2563. Faims d'enfance, *Axel Gauvin*
P2564. Mémoires d'un antisémite, *Gregor von Rezzori*
P2565. L'Astragale, *Albertine Sarrazin*
P2566. L'Art de péter, *Pierre-Thomas-Nicolas Hurtaut*
P2567. Les Miscellanées du rock *Jean-Éric Perrin, Jérôme Rey, Gilles Verlant*

P2568. Les Amants papillons, *Alison Wong*
P2569. Dix mille guitares, *Catherine Clément*
P2570. Les Variations Bradshaw, *Rachel Cusk*
P2571. Bakou, derniers jours, *Olivier Rolin*
P2572. Bouche bée, tout ouïe… ou comment tomber amoureux des langues, *Alex Taylor*
P2573. La grammaire, c'est pas de la tarte ! *Olivier Houdart, Sylvie Prioul*
P2574. La Bande à Gabin, *Philippe Durant*
P2575. « Le vote ou le fusil », *suivi de* « Nous formons un seul et même pays », *Malcolm X, John Fitzgerald Kennedy*
P2576. « Vive la Commune ! », *suivi de* « La Commune est proclamée » et de « La guerre civile en France » *Louise Michel, Jules Vallès, Karl Marx*
P2577. « Je vous ai compris ! », *suivi de* « L'Algérie n'est pas la France » et de « Le droit à l'insoumission » *Charles de Gaulle, Gouvernement provisoire algérien, Manifeste des 121*
P2578. « Une Europe pour la paix », *suivi de* « Nous disons NON » et de « Une communauté passionnée » *Robert Schuman, Jacques Chirac, Stefan Zweig*
P2579. 13 heures, *Deon Meyer*
P2580. Angle obscur, *Reed Farrel Coleman*
P2581. Le Tailleur gris, *Andrea Camilleri*
P2582. La Vie sexuelle d'un Américain sans reproche *Jed Mercurio*
P2583. Une histoire familiale de la peur, *Agata Tuszyńska*
P2584. Le Blues des Grands Lacs, *Joseph Coulson*
P2585. Le Tueur intime, *Claire Favan*
P2586. Comme personne, *Hugo Hamilton*
P2587. Fille noire, fille blanche, *Joyce Carol Oates*
P2588. Les Nouvelles Brèves de comptoir, tome 2 *Jean-Marie Gourio*
P2589. Dix petits démons chinois, *Frédéric Lenormand*
P2590. L'ombre de ce que nous avons été, *Luis Sepúlveda*
P2591. Sévère, *Régis Jauffret*
P2592. La Joyeuse Complainte de l'idiot, *Michel Layaz*
P2593. Origine, *Diana Abu-Jaber*
P2594. La Face B, *Akhenaton*
P2595. Paquebot, *Hervé Hamon*
P2596. L'Agfa Box, *Günter Grass*
P2597. La Ville insoumise, *Jon Fasman*
P2598. Je résiste aux personnalités toxiques (et autres casse-pieds), *Christophe André & Muzo*
P2599. Le soleil me trace la route. Conversations avec Tiffy Morgue et Jean-Yves Gaillac, *Sandrine Bonnaire*
P2600. Mort de Bunny Munro, *Nick Cave*

P2601. La Reine et moi, *Sue Townsend*
P2602. Orages ordinaires, *William Boyd*
P2603. Guide farfelu mais nécessaire de conversation anglaise *Jean-Loup Chiflet*
P2604. Nuit et Jour, *Virginia Woolf*
P2605. Trois hommes dans un bateau (sans oublier le chien !) *Jerome K. Jerome*
P2606. Ode au vent d'Ouest. Adonaïs et autres poèmes *Percy Bysshe Shelley*
P2607. Les Courants fourbes du lac Tai, *Qiu Xiaolong*
P2608. Le Poisson mouillé, *Volker Kutscher*
P2609. Faux et usage de faux, *Elvin Post*
P2610. L'Angoisse de la première phrase, *Bernard Quiriny*
P2611. Absolument dé-bor-dée !, *Zoe Shepard*
P2612. Meurtre et Obsession, *Jonathan Kellerman*
P2613. Sahara, *Luis Leante*
P2614. La Passerelle, *Lorrie Moore*
P2615. Le Territoire des barbares, *Rosa Montero*
P2616. Petits Meurtres entre camarades. Enquête secrète au cœur du PS, *David Revault d'Allonnes*
P2617. Une année avec mon père, *Geneviève Brisac*
P2618. La Traversée des fleuves. Autobiographie *Georges-Arthur Goldschmidt*
P2619. L'Histoire très ordinaire de Rachel Dupree *Ann Weisgarber*
P2620. À la queue leu leu. Origines d'une ribambelle d'expressions populaires, *Gilles Guilleron*
P2621. Poèmes anglais, *Fernando Pessoa*
P2622. Danse avec le siècle, *Stéphane Hessel*
P2623. L'Épouvantail, *Michael Connelly*
P2624. London Boulevard, *Ken Bruen*
P2625. Pourquoi moi ?, *Omar Raddad*
P2626. Mes étoiles noires, *Lilian Thuram*
P2627. La Ronde des innocents, *Valentin Musso*
P2628. Ô ma mémoire. La poésie, ma nécessité, *Stéphane Hessel*
P2629. Une vie à brûler, *James Salter*
P2630. Léger, humain, pardonnable, *Martin Provost*
P2631. Lune captive dans un œil mort, *Pascal Garnier*
P2632. Hypothermie, *Arnaldur Indridason*
P2633. La Nuit de Tomahawk, *Michael Koryta*
P2634. Les Raisons du doute, *Gianrico Carofiglio*
P2635. Les Hommes-couleurs, *Cloé Korman*
P2636. Le Cuisinier, *Martin Suter*
P2637. N'exagérons rien !, *David Sedaris*
P2638. Château-l'Arnaque, *Peter Mayle*
P2639. Le Roman de Bergen. 1900 L'aube, tome I *Gunnar Staalesen*

P2640. Aurora, Kentucky, *Carolyn D. Wall*
P2641. Blanc sur noir, *Kriss Nelscott*
P2642. Via Vaticana, *Igal Shamir*
P2643. Le Ruban rouge, *Carmen Posadas*
P2644. My First Sony, *Benny Barbash*
P2645. « On m'a demandé de vous virer », *Stéphane Guillon*
P2646. Les Rillettes de Proust. Ou 50 conseils pour devenir écrivain, *Thierry Maugenest*
P2647. 200 expressions inventées en famille, *Cookie Allez*
P2648. Au plaisir des mots, *Claude Duneton*
P2649. La Lune et moi. Les meilleures chroniques, Haïkus d'aujourd'hui
P2650. Le marchand de sable va passer, *Andrew Pyper*
P2651. Lutte et aime, là où tu es !, *Guy Gilbert*
P2652. Le Sari rose, *Javier Moro*
P2653. Le Roman de Bergen. 1900 L'aube, tome II *Gunnar Staalesen*
P2654. Jaune de Naples, *Jean-Paul Desprat*
P2655. Mère Russie, *Robert Littell*
P2656. Qui a tué Arlozoroff ?, *Tobie Nathan*
P2657. Les Enfants de Las Vegas, *Charles Bock*
P2658. Le Prédateur, *C.J. Box*
P2659. Keller en cavale, *Lawrence Block*
P2660. Les Murmures des morts, *Simon Beckett*
P2661. Les Veuves d'Eastwick, *John Updike*
P2662. L'Incertain, *Virginie Ollagnier*
P2663. La Banque. Comment Goldman Sachs dirige le monde *Marc Roche*
P2664. La Plus Belle Histoire de la liberté, *collectif*
P2665. Le Cœur régulier, *Olivier Adam*
P2666. Le Jour du Roi, *Abdellah Taïa*
P2667. L'Été de la vie, *J.M. Coetzee*
P2668. Tâche de ne pas devenir folle, *Vanessa Schneider*
P2669. Le Cerveau de mon père, *Jonathan Franzen*
P2670. Le Chantier, *Mo Yan*
P2671. La Fille de son père, *Anne Berest*
P2672. Au pays des hommes, *Hisham Matar*
P2673. Le Livre de Dave, *Will Self*
P2674. Le Testament d'Olympe, *Chantal Thomas*
P2675. Antoine et Isabelle, *Vincent Borel*
P2676. Le Crépuscule des superhéros, *Deborah Eisenberg*
P2677. Le Mercredi des Cendres, *Percy Kemp*
P2678. Journal. 1955-1962, *Mouloud Feraoun*
P2679. Le Quai de Ouistreham, *Florence Aubenas*
P2680. Hiver, *Mons Kallentoft*
P2681. Habillé pour tuer, *Jonathan Kellerman*
P2682. Un festin de hyènes, *Michael Stanley*

P2683. Vice caché, *Thomas Pynchon*
P2684. Traverses, *Jean Rolin*
P2685. Le Baiser de la pieuvre, *Patrick Grainville*
P2686. Dans la nuit brune, *Agnès Desarthe*
P2687. Une soirée au Caire, *Robert Solé*
P2688. Les Oreilles du loup, *Antonio Ungar*
P2689. L'Homme de compagnie, *Jonathan Ames*
P2690. Le Dico de la contrepèterie.
Des milliers de contrepèteries pour s'entraîner et s'amuser
Joël Martin
P2691. L'Art du mot juste.
275 propositions pour enrichir son vocabulaire
Valérie Mandera
P2692. Guide de survie d'un juge en Chine
Frédéric Lenormand
P2693. Doublez votre mémoire. Journal graphique
Philippe Katerine
P2694. Comme un oiseau dans la tête.
Poèmes choisis, *René Guy Cadou*
P2695 Poète… vos papiers !, *Léo Ferré*
P2696. La Dernière Frontière, *Philip Le Roy*
P2697. Country blues, *Claude Bathany*
P2698. Le Vrai Monde, *Natsuo Kirino*
P2699. L'Art et la manière d'aborder son chef de service pour lui demander une augmentation, *Georges Perec*
P2700. Dessins refusés par le *New Yorker*, *Matthew Diffee*
P2701. Life, *Keith Richards*
P2702. John Lennon, une vie, *Philip Norman*
P2703. Le Dernier Paradis de Manolo, *Alan Warner*
P2704. L'Or du Maniéma, *Jean Ziegler*
P2705. Le Cosmonaute, *Philippe Jaenada*
P2706. Donne-moi tes yeux, *Torsten Pettersson*
P2707. Premiers Romans, *Katherine Pancol*
P2708. Off. Ce que Nicolas Sarkozy n'aurait jamais dû nous dire
Nicolas Domenach, Maurice Szafran
P2709. Le Meurtrier de l'Avent, *Thomas Kastura*
P2710. Le Club, *Leonard Michaels*
P2711. Le Vérificateur, *Donald Antrim*
P2712. Mon patient Sigmund Freud, *Tobie Nathan*
P2713. Trois explications du monde, *Tom Keve*
P2714. Petite sœur, mon amour, *Joyce Carol Oates*
P2715. Shim Chong, fille vendue, *Hwang Sok Yong*
P2716. La Princesse effacée, *Alexandra de Broca*
P2717. Un nommé Peter Karras, *George P. Pelecanos*
P2718. Haine, *Anne Holt*
P2719. Les jours s'en vont comme des chevaux sauvages dans les collines, *Charles Bukowski*

P2720. Ma grand-mère avait les mêmes. Les dessous affriolants des petites phrases *Philippe Delerm*
P2721. Mots en toc et formules en tic. Petites maladies du parler d'aujourd'hui, *Frédéric Pommier*
P2722. Les 100 plus belles récitations de notre enfance
P2723. Chansons. L'Intégrale, *Charles Aznavour*
P2724. Vie et opinions de Maf le chien et de son amie Marilyn Monroe, *Andrew O'Hagan*
P2725. Sois près de moi, *Andrew O'Hagan*
P2726. Le Septième Fils, *Arni Thorarinsson*
P2727. La Bête de miséricorde, *Fredric Brown*
P2728. Le Cul des anges, *Benjamin Legrand*
P2729. Cent seize Chinois et quelque, *Thomas Heams-Ogus*
P2730. Conversations avec moi-même. Lettres de prison, notes et carnets intimes, *Nelson Mandela*
P2731. L'Inspecteur Ali et la CIA, *Driss Chraïbi*
P2732. Ce délicieux Dexter, *Jeff Lindsay*
P2733. Cinq femmes et demie, *Francisco González Ledesma*
P2734. Ils sont devenus français, *Doan Bui, Isabelle Monnin*
P2735. D'une Allemagne à l'autre. Journal de l'année 1990 *Günter Grass*
P2736. Le Château, *Franz Kafka*
P2737. La Jeunesse mélancolique et très désabusée d'Adolf Hitler *Michel Folco*
P2738. L'Enfant des livres, *François Foll*
P2739. Karitas, livre I – L'esquisse d'un rêve *Kristín Marja Baldursdóttir*
P2740. Un espion d'hier et de demain, *Robert Littell*
P2741. L'Homme inquiet, *Henning Mankell*
P2742. La Petite Fille de ses rêves, *Donna Leon*
P2743. La Théorie du panda, *Pascal Garnier*
P2744. La Nuit sauvage, *Terri Jentz*
P2745. Les Lieux infidèles, *Tana French*
P2746. Vampires, *Thierry Jonquet*
P2747. Eva Moreno, *Håkan Nesser*
P2748. La 7e victime, *Alexandra Marinina*
P2749. Mauvais fils, *George P. Pelecanos*
P2750. L'espoir fait vivre, *Lee Child*
P2751. La Femme congelée, *Jon Michelet*
P2752. Mortelles Voyelles, *Gilles Schlesser*
P2753. Brunetti passe à table. Recettes et récits *Roberta Pianaro et Donna Leon*
P2754. Les Leçons du Mal, *Thomas Cook*
P2755. Joseph sous la pluie. Roman, poèmes, dessins *Mano Solo*
P2756. Le Vent de la Lune, *Antonio Muñoz Molina*

P2757. Ouvrière, *Franck Magloire*
P2758. Moi aussi un jour, j'irai loin, *Dominique Fabre*
P2759. Cartographie des nuages, *David Mitchell*
P2760. Papa et maman sont morts, *Gilles Paris*
P2761. Caravansérail, *Charif Majdalani*
P2762. Les Confessions de Constanze Mozart
Isabelle Duquesnoy
P2763. Esther Mésopotamie, *Catherine Lépront*
P2764. L'École des Absents, *Patrick Besson*
P2765. Le Livre des brèves amours éternelles, *Andreï Makine*
P2766. Un long silence, *Mikal Gilmore*
P2767. Les Jardins de Kensington, *Rodrigo Fresán*
P2768. Samba pour la France, *Delphine Coulin*
P2769. Danbé, *Aya Cissoko et Marie Desplechin*
P2770. Wiera Gran, l'accusée, *Agata Tuszyńska*
P2771. Qui a tué l'écologie ?, *Fabrice Nicolino*
P2772. Rosa Candida, *Audur Ava Olafsdóttir*
P2773. Otage, *Elie Wiesel*
P2774. Absurdistan, *Gary Shteyngart*
P2775. La Geste des Sanada, *Yasushi Inoué*
P2776. En censurant un roman d'amour iranien
Shahriar Mandanipour
P2777. Un café sur la Lune, *Jean-Marie Gourio*
P2778. Caïn, *José Saramago*
P2779. Le Triomphe du singe-araignée, *Joyce Carol Oates*
P2780. Faut-il manger les animaux ?, *Jonathan Safran Foer*
P2781. Les Enfants du nouveau monde, *Assia Djebar*
P2782. L'Opium et le Bâton, *Mouloud Mammeri*
P2783. Cahiers de poèmes, *Emily Brontë*
P2784. Quand la nuit se brise. Anthologie de poésie algérienne
P2785. Tibère et Marjorie, *Régis Jauffret*
P2786. L'Obscure Histoire de la cousine Montsé, *Juan Marsé*
P2787. L'Amant bilingue, *Juan Marsé*
P2788. Jeux de vilains, *Jonathan Kellerman*
P2789. Les Assoiffées, *Bernard Quiriny*
P2790. Les anges s'habillent en caillera, *Rachid Santaki*
P2791. Yum Yum Book, *Robert Crumb*
P2792. Le Casse du siècle, *Michael Lewis*
P2793. Comment Attila Vavavoom remporta la présidentielle
avec une seule voix d'avance, *Jacques Lederer*
P2794. Le Nazi et le Barbier, *Edgar Hilsenrath*
P2795. Chants berbères de Kabylie, *Jean Amrouche*
P2796. Une place au soleil, *Driss Chraïbi*
P2797. Le Rouge du tarbouche, *Abdellah Taïa*
P2798. Les Neuf Dragons, *Michael Connelly*
P2799. Le Mécano du vendredi
(illustrations de Jacques Ferrandez), *Fellag*

P2800. Le Voyageur à la mallette *suivi de* Le Vieux Quartier
Naguib Mahfouz
P2801. Le Marquis des Éperviers, *Jean-Paul Desprat*
P2802. Spooner, *Pete Dexter*
P2803. « Merci d'avoir survécu », *Henri Borlant*
P2804. Secondes noires, *Karin Fossum*
P2805. Ultimes Rituels, *Yrsa Sigurdardottir*
P2806. Le Sourire de l'agneau, *David Grossman*
P2807. Le garçon qui voulait dormir, *Aharon Appelfeld*
P2808. Frontière mouvante, *Knut Faldbakken*
P2809. Je ne porte pas mon nom, *Anna Grue*
P2810. Tueurs, *Stéphane Bourgoin*
P2811. La Nuit de Geronimo, *Dominique Sylvain*
P2812. Mauvais Genre, *Naomi Alderman*
P2813. Et l'âne vit l'ange, *Nick Cave*
P2814. Les Yeux au ciel, *Karine Reysset*
P2815. Un traître à notre goût, *John le Carré*
P2816. Les Larmes de mon père, *John Updike*
P2817. Minuit dans une vie parfaite, *Michael Collins*
P2818. Aux malheurs des dames, *Lalie Walker*
P2819. Psychologie du pingouin et autres considérations
scientifiques, *Robert Benchley*
P2820. Petit traité de l'injure. Dictionnaire humoristique
Pierre Merle
P2821. L'Iliade, *Homère*
P2822. Le Roman de Bergen. 1950 Le Zénith – tome III
Gunnar Staalesen
P2823. Les Enquêtes de Brunetti, *Donna Leon*
P2824. Dernière Nuit à Twisted River, *John Irving*
P2825. Été, *Mons Kallentoft*
P2826. Allmen et les libellules, *Martin Suter*
P2827. Dis camion, *Lisemai*
P2828. La Rivière noire, *Arnaldur Indridason*
P2829. Mary Ann en automne. Chroniques de San Francisco,
épisode 8, *Armistead Maupin*
P2830. Les Cendres froides, *Valentin Musso*
P2831. Les Compliments. Chroniques, *François Morel*
P2832. Bienvenue à Oakland, *Eric Miles Williamson*
P2833. Tout le cimetière en parle, *Marie-Ange Guillaume*
P2834. La Vie éternelle de Ramsès II, *Robert Solé*
P2835. Nyctalope ? Ta mère. Petit dictionnaire loufoque
des mots savants, *Tristan Savin*
P2836. Les Visages écrasés, *Marin Ledun*
P2837. Crack, *Tristan Jordis*
P2838. Fragments. Poèmes, écrits intimes, lettres,
Marilyn Monroe
P2839. Histoires d'ici et d'ailleurs, *Luis Sepúlveda*

P2840. La Mauvaise Habitude d'être soi
Martin Page, Quentin Faucompré
P2841. Trois semaines pour un adieu, *C.J. Box*
P2842. Orphelins de sang, *Patrick Bard*
P2843. La Ballade de Gueule-Tranchée, *Glenn Taylor*
P2844. Cœur de prêtre, cœur de feu, *Guy Gilbert*
P2845. La Grande Maison, *Nicole Krauss*
P2846. 676, *Yan Gérard*
P2847. Betty et ses filles, *Cathleen Schine*
P2848. Je ne suis pas d'ici, *Hugo Hamilton*
P2849. Le Capitalisme hors la loi, *Marc Roche*
P2850. Le Roman de Bergen. 1950 Le Zénith – tome IV
Gunnar Staalesen
P2851. Pour tout l'or du Brésil, *Jean-Paul Delfino*
P2852. Chamboula, *Paul Fournel*
P2853. Les Heures secrètes, *Élisabeth Brami*
P2854. J.O., *Raymond Depardon*
P2855. Freedom, *Jonathan Franzen*
P2856. Scintillation, *John Burnside*
P2857. Rouler, *Christian Oster*
P2858. Accabadora, *Michela Murgia*
P2859. Kampuchéa, *Patrick Deville*
P2860. Les Idiots (petites vies), *Ermanno Cavazzoni*
P2861. La Femme et l'Ours, *Philippe Jaenada*
P2862. L'Incendie du Chiado, *François Vallejo*
P2863. Le Londres-Louxor, *Jakuta Alikavazovic*
P2864. Rêves de Russie, *Yasushi Inoué*
P2865. Des garçons d'avenir, *Nathalie Bauer*
P2866. La Marche du cavalier, *Geneviève Brisac*
P2867. Cadrages & Débordements
Marc Lièvremont (avec Pierre Ballester)
P2868. Automne, *Mons Kallentoft*
P2869. Du sang sur l'autel, *Thomas Cook*
P2870. Le Vingt et Unième cas, *Håkan Nesser*
P2871. Nous, on peut. Manuel anticrise à l'usage du citoyen
Jacques Généreux
P2872. Une autre jeunesse, *Jean-René Huguenin*
P2873. L'Amour d'une honnête femme, *Alice Munro*
P2874. Secrets de Polichinelle, *Alice Munro*
P2875. Histoire secrète du Costaguana, *Juan Gabriel Vásquez*
P2876. Le Cas Sneijder, *Jean-Paul Dubois*
P2877. Assommons les pauvres !, *Shumona Sinha*
P2878. Brut, *Dalibor Frioux*
P2879. Destruction massive. Géopolitique de la faim
Jean Ziegler
P2880. Une petite ville sans histoire, *Greg Iles*
P2881. Intrusion, *Natsuo Kirino*

P2882. Tatouage, *Manuel Vázquez Montalbán*
P2883. D'une porte l'autre, *Charles Aznavour*
P2884. L'Intégrale Gainsbourg. L'histoire de toutes ses chansons *Loïc Picaud, Gilles Verlant*
P2885. Hymne, *Lydie Salvayre*
P2886. B.W., *Lydie Salvayre*
P2887. Les Notaires. Enquête sur la profession la plus puissante de France, *Laurence de Charette, Denis Boulard*
P2888. Le Dépaysement. Voyages en France *Jean-Christophe Bailly*
P2889. Les Filles d'Allah, *Nedim Gürsel*
P2890. Les Yeux de Lira, *Eva Joly et Judith Perrignon*
P2891. Recettes intimes de grands chefs, *Irvine Welsh*
P2892. Petit Lexique du petit, *Jean-Luc Petitrenaud*
P2893. La Vie sexuelle d'un islamiste à Paris, *Leïla Marouane*
P2894. Ils sont partis avec panache. Les dernières paroles, de Jules César à Jimi Hendrix, *Michel Gaillard*
P2896. Le Livre de la grammaire intérieure, *David Grossman*
P2897. Philby. Portrait de l'espion en jeune homme *Robert Littell*
P2898. Jérusalem, *Gonçalo M. Tavares*
P2899. Un capitaine sans importance, *Patrice Franceschi*
P2900. Grenouilles, *Mo Yan*
P2901. Lost Girls, *Andrew Pyper*
P2902. Satori, *Don Winslow*
P2903. Cadix, ou la diagonale du fou, *Arturo Pérez-Reverte*
P2904. Cranford, *Elizabeth Gaskell*
P2905. Les Confessions de Mr Harrison, *Elizabeth Gaskell*
P2906. Jón l'Islandais, *Bruno d'Halluin*
P2907. Journal d'un mythomane, vol. 1, *Nicolas Bedos*
P2908. Le Roi prédateur, *Catherine Graciet et Éric Laurent*
P2909. Tout passe, *Bernard Comment*
P2910. Paris, mode d'emploi. Bobos, néo-bistro, paniers bio et autres absurdités de la vie parisienne *Jean-Laurent Cassely*
P2911. J'ai réussi à rester en vie, *Joyce Carol Oates*
P2912. Folles nuits, *Joyce Carol Oates*
P2913. L'Insolente de Kaboul, *Chékéba Hachemi*
P2914. Tim Burton : entretiens avec Mark Salisbury
P2915. 99 proverbes à foutre à la poubelle, *Jean-Loup Chiflet*
P2916. Les Plus Belles Expressions de nos régions *Pascale Lafitte-Certa*
P2917. Petit dictionnaire du français familier. 2000 mots et expressions, d'« avoir la pétoche » à « zigouiller », *Claude Duneton*
P2918. Les Deux Sacrements, *Heinrich Böll*
P2919. Le Baiser de la femme-araignée, *Manuel Puig*

P2920. Les Anges perdus, *Jonathan Kellerman*
P2921. L'Humour des chats, *The New Yorker*
P2922. Les Enquêtes d'Erlendur, *Arnaldur Indridason*
P2923. Intermittence, *Andrea Camilleri*
P2924. Betty, *Arnaldur Indridason*
P2925. Grand-père avait un éléphant
Vaikom Muhammad Basheer
P2926. Les Savants, *Manu Joseph*
P2927. Des saisons au bord de la mer, *François Maspero*
P2928. Le Poil et la Plume, *Anny Duperey*
P2929. Ces 600 milliards qui manquent à la France.
Enquête au cœur de l'évasion fiscale, *Antoine Peillon*
P2930. Pensées pour moi-même. Le livre autorisé de citations
Nelson Mandela
P2931. Carnivores domestiques (illustrations d'OlivSteen)
Erwan Créac'h
P2932. Tes dernières volontés, *Laura Lippman*
P2933. Disparues, *Chris Mooney*
P2934. La Prisonnière de la tour, *Boris Akounine*
P2935. Cette vie ou une autre, *Dan Chaon*
P2936. Le Chinois, *Henning Mankell*
P2937. La Femme au masque de chair, *Donna Leon*
P2938. Comme neige, *Jon Michelet*
P2939. Par amitié, *George P. Pelecanos*
P2940. Avec le diable, *James Keene, Hillel Levin*
P2941. Les Fleurs de l'ombre, *Steve Mosby*
P2942. Double Dexter, *Jeff Lindsay*
P2943. Vox, *Dominique Sylvain*
P2944. Cobra, *Dominique Sylvain*
P2945. Au lieu-dit Noir-Étang..., *Thomas H. Cook*
P2946. La Place du mort, *Pascal Garnier*
P2947. Terre des rêves. La Trilogie du Minnesota, vol. 1
Vidar Sundstøl
P2948. Les Mille Automnes de Jacob de Zoet, *David Mitchell*
P2949. La Tuile de Tenpyô, *Yasushi Inoué*
P2950. Claustria, *Régis Jauffret*
P2951. L'Adieu à Stefan Zweig, *Belinda Cannone*
P2952. Là où commence le secret, *Arthur Loustalot*
P2953. Le Sanglot de l'homme noir, *Alain Mabanckou*
P2954. La Zonzon, *Alain Guyard*
P2955. L'éternité n'est pas si longue, *Fanny Chiarello*
P2956. Mémoires d'une femme de ménage
Isaure (en collaboration avec Bertrand Ferrier)
P2957. Je suis faite comme ça. Mémoires, *Juliette Gréco*
P2958. Les Mots et la Chose. Trésors du langage érotique
Jean-Claude Carrière
P2959. Ransom, *Jay McInerney*

P2960. Little Big Bang, *Benny Barbash*
P2961. Vie animale, *Justin Torres*
P2962. Enfin, *Edward St Aubyn*
P2963. La Mort muette, *Volker Kutscher*
P2964. Je trouverai ce que tu aimes, *Louise Doughty*
P2965. Les Sopranos, *Alan Warner*
P2966. Les Étoiles dans le ciel radieux, *Alan Warner*
P2967. Méfiez-vous des enfants sages, *Cécile Coulon*
P2968. Cheese Monkeys, *Chip Kidd*
P2969. Pommes, *Richard Milward*
P2970. Paris à vue d'œil, *Henri Cartier-Bresson*
P2971. Bienvenue en Transylvanie, *Collectif*
P2972. Super triste histoire d'amour, *Gary Shteyngart*
P2973. Les Mots les plus méchants de l'Histoire
Bernadette de Castelbajac
P2474. La femme qui résiste, *Anne Lauvergeon*
P2975. Le Monarque, son fils, son fief, *Marie-Célie Guillaume*
P2976. Écrire est une enfance, *Philippe Delerm*
P2977. Le Dernier Français, *Abd Al Malik*
P2978. Il faudrait s'arracher le cœur, *Dominique Fabre*
P2979. Dans la grande nuit des temps, *Antonio Muñoz Molina*
P2980. L'Expédition polaire à bicyclette
suivi de La Vie sportive aux États-Unis, *Robert Benchley*
P2981. L'Art de la vie. Karitas, Livre II
Kristín Marja Baldursdóttir
P2982. Parlez-moi d'amour, *Raymond Carver*
P2983. Tais-toi, je t'en prie, *Raymond Carver*
P2984. Débutants, *Raymond Carver*
P2985. Calligraphie des rêves, *Juan Marsé*
P2986. Juste être un homme, *Craig Davidson*
P2987. Les Strauss-Kahn, *Raphaëlle Bacqué, Ariane Chemin*
P2988. Derniers Poèmes, *Friedrich Hölderlin*
P2989. Partie de neige, *Paul Celan*
P2990. Mes conversations avec les tueurs, *Stéphane Bourgoin*
P2991. Double meurtre à Borodi Lane, *Jonathan Kellerman*
P2992. Poussière tu seras, *Sam Millar*
P2993. Jours de tremblement, *François Emmanuel*
P2994. Bataille de chats. Madrid 1936, *Eduardo Mendoza*
P2995. L'Ombre de moi-même, *Aimee Bender*
P2996. Il faut rentrer maintenant…
Eddy Mitchell (avec Didier Varrod)
P2997. Je me suis bien amusé, merci !, *Stéphane Guillon*
P2998. Le Manifeste Chap. Savoir-vivre révolutionnaire
pour gentleman moderne, *Gustav Temple, Vic Darkwood*
P2999. Comment j'ai vidé la maison de mes parents, *Lydia Flem*
P3000. Lettres d'amour en héritage, *Lydia Flem*
P3001. Enfant de fer, *Mo Yan*

P3002. Le Chapelet de jade, *Boris Akounine*
P3003. Pour l'amour de Rio, *Jean-Paul Delfino*
P3004. Les Traîtres, *Giancarlo de Cataldo*
P3005. Docteur Pasavento, *Enrique Vila-Matas*
P3006. Mon nom est légion, *António Lobo Antunes*
P3007. Printemps, *Mons Kallentoft*
P3008. La Voie de Bro, *Vladimir Sorokine*
P3009. Une collection très particulière, *Bernard Quiriny*
P3010. Rue des petites daurades, *Fellag*
P3011. L'Œil du léopard, *Henning Mankell*
P3012. Les mères juives ne meurent jamais
Natalie David-Weill
P3013. L'Argent de l'État. Un député mène l'enquête
René Dosière
P3014. Kill kill faster faster, *Joel Rose*
P3015. La Peau de l'autre, *David Carkeet*
P3016. La Reine des Cipayes, *Catherine Clément*
P3017. Job, roman d'un homme simple, *Joseph Roth*
P3018. Espèce de savon à culotte ! et autres injures d'antan
Catherine Guennec
P3019. Les mots que j'aime et quelques autres…
Jean-Michel Ribes
P3020. Le Cercle Octobre, *Robert Littell*
P3021. Les Lunes de Jupiter, *Alice Munro*
P3022. Journal (1973-1982), *Joyce Carol Oates*
P3023. Le Musée du Dr Moses, *Joyce Carol Oates*
P3024. Avant la dernière ligne droite, *Patrice Franceschi*
P3025. Boréal, *Paul-Émile Victor*
P3026. Dernières nouvelles du Sud
Luis Sepúlveda, Daniel Mordzinski
P3027. L'Aventure, pour quoi faire ?, *collectif*
P3028. La Muraille de lave, *Arnaldur Indridason*
P3029. L'Invisible, *Robert Pobi*
P3030. L'Attente de l'aube, *William Boyd*
P3031. Le Mur, le Kabyle et le marin, *Antonin Varenne*
P3032. Emily, *Stewart O'Nan*
P3033. Les oranges ne sont pas les seuls fruits
Jeanette Winterson
P3034. Le Sexe des cerises, *Jeanette Winterson*
P3035. À la trace, *Deon Meyer*
P3036. Comment devenir écrivain quand on vient
de la grande plouquerie internationale, *Caryl Férey*
P3037. Doña Isabel (ou la véridique et très mystérieuse histoire
d'une Créole perdue dans la forêt des Amazones)
Christel Mouchard
P3038. Psychose, *Robert Bloch*
P3039. Équatoria, *Patrick Deville*

P3040. Moi, la fille qui plongeait dans le cœur du monde
Sabina Berman
P3041. L'Abandon, *Peter Rock*
P3042. Allmen et le diamant rose, *Martin Suter*
P3043. Sur le fil du rasoir, *Oliver Harris*
P3044. Que vont devenir les grenouilles ?, *Lorrie Moore*
P3045. Quelque chose en nous de Michel Berger
Yves Bigot
P3046. Elizabeth II. Dans l'intimité du règne, *Isabelle Rivère*
P3047. Confession d'un tueur à gages, *Ma Xiaoquan*
P3048. La Chute. Le mystère Léviathan (tome 1), *Lionel Davoust*
P3049. Tout seul. Souvenirs, *Raymond Domenech*
P3050. L'homme naît grâce au cri, *Claude Vigée*
P3051. L'Empreinte des morts, *C.J. Box*
P3052. Qui a tué l'ayatollah Kanuni ?, *Naïri Nahapétian*
P3053. Cyber China, *Qiu Xiaolong*
P3054. Chamamé, *Leonardo Oyola*
P3055. Anquetil tout seul, *Paul Fournel*
P3056. Marcus, *Pierre Chazal*
P3057. Les Sœurs Brelan, *François Vallejo*
P3058. L'Espionne de Tanger, *María Dueñas*
P3059. Mick. Sex and rock'n'roll, *Christopher Andersen*
P3060. Ta carrière est fi-nie !, *Zoé Shepard*
P3061. Invitation à un assassinat, *Carmen Posadas*
P3062. L'Envers du miroir, *Jennifer Egan*
P3063. Dictionnaire ouvert jusqu'à 22 heures
Académie Alphonse Allais
P3064. Encore un mot. Billets du Figaro, *Étienne de Montety*
P3065. Frissons d'assises. L'instant où le procès bascule
Stéphane Durand-Souffland
P3066. Y revenir, *Dominique Ané*
P3067. J'ai épousé Johnny à Notre-Dame-de-Sion
Fariba Hachtroudi
P3068. Un concours de circonstances, *Amy Waldman*
P3069. La Pointe du couteau, *Gérard Chaliand*
P3070. Lila, *Robert M. Pirsig*
P3071. Les Amoureux de Sylvia, *Elizabeth Gaskell*
P3072. Cet été-là, *William Trevor*
P3073. Lucy, *William Trevor*
P3074. Diam's. Autobiographie, *Mélanie Georgiades*
P3075. Pourquoi être heureux quand on peut être normal ?
Jeanette Winterson
P3076. Qu'avons-nous fait de nos rêves ?, *Jennifer Egan*
P3077. Le Terroriste noir, *Tierno Monénembo*
P3078. Féerie générale, *Emmanuelle Pireyre*
P3079. Une partie de chasse, *Agnès Desarthe*
P3080. La Table des autres, *Michael Ondaatje*

P3081. Lame de fond, *Linda Lê*
P3082. Que nos vies aient l'air d'un film parfait, *Carole Fives*
P3083. Skinheads, *John King*
P3084. Le bruit des choses qui tombent, *Juan Gabriel Vásquez*
P3085. Quel trésor !, *Gaspard-Marie Janvier*
P3086. Rêves oubliés, *Léonor de Récondo*
P3087. Le Valet de peinture, *Jean-Daniel Baltassat*
P3088. L'État au régime. Gaspiller moins pour dépenser mieux *René Dosière*
P3089. Refondons l'école. Pour l'avenir de nos enfants *Vincent Peillon*
P3090. Vagabond de la bonne nouvelle, *Guy Gilbert*
P3091. Les Joyaux du paradis, *Donna Leon*
P3092. La Ville des serpents d'eau, *Brigitte Aubert*
P3093. Celle qui devait mourir, *Laura Lippman*
P3094. La Demeure éternelle, *William Gay*
P3095. Adulte ? Jamais. Une anthologie (1941-1953) *Pier Paolo Pasolini*
P3096. Le Livre du désir. Poèmes, *Leonard Cohen*
P3097. Autobiographie des objets, *François Bon*
P3098. L'Inconscience, *Thierry Hesse*
P3099. Les Vitamines du bonheur, *Raymond Carver*
P3100. Les Trois Roses jaunes, *Raymond Carver*
P3101. Le Monde à l'endroit, *Ron Rash*
P3102. Relevé de terre, *José Saramago*
P3103. Le Dernier Lapon, *Olivier Truc*
P3104. Cool, *Don Winslow*
P3105. Les Hauts-Quartiers, *Paul Gadenne*
P3106. Histoires pragoises, *suivi de* Le Testament *Rainer Maria Rilke*
P3107. Œuvres pré-posthumes, *Robert Musil*
P3108. Anti-manuel d'orthographe. Éviter les fautes par la logique, *Pascal Bouchard*
P3109. Génération CV, *Jonathan Curiel*
P3110. Ce jour-là. Au cœur du commando qui a tué Ben Laden *Mark Owen et Kevin Maurer*
P3111. Une autobiographie, *Neil Young*
P3112. Conséquences, *Darren William*
P3113. Snuff, *Chuck Palahniuk*
P3114. Une femme avec personne dedans, *Chloé Delaume*
P3115. Meurtre au Comité central, *Manuel Vázquez Montalbán*
P3116. Radeau, *Antoine Choplin*
P3117. Les Patriarches, *Anne Berest*
P3118. La Blonde et le Bunker, *Jakuta Alikavazovic*
P3119. La Contrée immobile, *Tom Drury*
P3120. Peste & Choléra, *Patrick Deville*
P3121. Le Veau *suivi de* Le Coureur de fond, *Mo Yan*

P3122. Quarante et un coups de canon, *Mo Yan*
P3123. Liquidations à la grecque, *Petros Markaris*
P3124. Baltimore, *David Simon*
P3125. Je sais qui tu es, *Yrsa Sigurdardóttir*
P3126. Le Regard du singe
Gérard Chaliand, Patrice Franceschi, Patrick Gambache
P3127. Journal d'un mythomane. Vol. 2 : Une année particulière
Nicolas Bedos
P3128. Autobiographie d'un menteur, *Graham Chapman*
P3129. L'Humour des femmes, *The New Yorker*
P3130. La Reine Alice, *Lydia Flem*
P3131. Vies cruelles, *Lorrie Moore*
P3132. La Fin de l'exil, *Henry Roth*
P3133. Requiem pour Harlem, *Henry Roth*
P3134. Les mots que j'aime, *Philippe Delerm*
P3135. Petit Inventaire des plaisirs belges, *Philippe Genion*
P3136. La faute d'orthographe est ma langue maternelle
Daniel Picouly
P3137. Tombé hors du temps, *David Grossman*
P3138. Petit oiseau du ciel, *Joyce Carol Oates*
P3139. Alcools (illustrations de Ludovic Debeurme)
Guillaume Apollinaire
P3140. Pour une terre possible, *Jean Sénac*
P3141. Le Baiser de Judas, *Anna Grue*
P3142. L'Ange du matin, *Arni Thorarinsson*
P3143. Le Murmure de l'ogre, *Valentin Musso*
P3144. Disparitions, *Natsuo Kirino*
P3145. Le Pont des assassins, *Arturo Pérez-Reverte*
P3146. La Dactylographe de Mr James, *Michiel Heyns*
P3147. Télex de Cuba, *Rachel Kushner*
P3148. Promenades avec les hommes, *Ann Beattie*
P3149. Le Roi Lézard, *Dominique Sylvain*
P3150. Scènes de la vie quotidienne à l'Élysée, *Camille Pascal*
P3151. Je ne t'ai pas vu hier dans Babylone
António Lobo Antunes
P3152. Le Condottière, *Georges Perec*
P3153. La Circassienne, *Guillemette de Sairigné*
P3154. Au pays du cerf blanc, *Zhongshi Chen*
P3155. Juste pour le plaisir, *Mercedes Deambrosis*
P3156. Trop près du bord, *Pascal Garnier*
P3157. Seuls les morts ne rêvent pas.
La Trilogie du Minnesota, vol. 2, *Vidar Sundstøl*
P3158. Le Trouveur de feu, *Henri Gougaud*
P3159. Ce soir, après la guerre, *Viviane Forrester*
P3160. La semaine où Jérôme Kerviel a failli faire sauter
le système financier mondial. Journal intime
d'un banquier, *Hugues Le Bret*